Hundsgemein!

Hausmeister Pasows erster Fall

Berlin-Krimi der Autorengruppe

Spandau Krimi Connection

Herausgegeben von Claudia Johanna Bauer

Verlag Karim Pieritz

I

Pasow streckte den Bauch vor und stemmte sich aus dem Sessel. Mit der einen Hand kratzte er seine Weichteile, mit der anderen nahm er die Fernbedienung und schaltete aufs erste Programm. In einer knappen Viertelstunde kam die Tagesschau, die sah er regelmäßig. Schließlich wollte er mitreden können. Die Hausbewohner sollten ihn nicht für dämlich halten, nur weil er hier der Hausmeister war.

Er trank den letzten Schluck aus seiner Bierflasche und rülpste. »Gertrud!«, brüllte er. »Ick werd ma noch die kaputte Glühbirne uff 'm Dachboden auswechseln jehn. Wenn die Nachrichten anfangen, haste mir 'n neuet Bier hinjestellt!«

Im Fernsehen redete Meister Proper. Sonst redete niemand.

»Na, wo isse denn?« Pasow warf einen verdutzten Blick in die leere Küche. Er furzte genüsslich und freute sich, dass seine Alte es nicht hörte. Nicht, dass ihre Gegenwart ihm Zurückhaltung auferlegt hätte, aber ihr missbilligendes Gesicht störte ihn jedes Mal.

Er steckte die neue Glühbirne in seinen Arbeitsanzug, pflanzte sich den kalten Zigarrenstumpen in den Mundwinkel und trat ins Treppenhaus. In der dunklen Jahreszeit schloss er die Haustür immer schon um sieben ab. Spandau war nachts kein sicheres Pflaster mehr, das konnte man jeden Tag in der Zeitung lesen. Der Kontrollgriff zeigte, dass die Hausbewohner sich endlich an seine Spielregeln hielten: Die Tür war verschlossen.

»Allet muss seine Richtigkeit haben«, grunzte Pasow. »Die Fahrstuhlheinis bring ick ooch noch zur Räson!« Stundenlang hatte er heute auf die Monteure gewartet, die den Aufzug reparieren sollten. Drei Mal hatten sie ihn am Telefon vertröstet, zu guter Letzt hieß es dann: Gleich morgen früh. »So wat lässt Erwin Pasow nich mit sich machen!«

Jetzt musste er wohl oder übel Treppen steigen.

In der ersten Etage stieg ihm säuerlicher Friseurgeruch in die Nase, der unter der linken Wohnungstür hervorkroch. Seit

Marthe Finck ihren Salon nicht mehr hatte, legte sie der Stammkundschaft die Dauerwellen in ihrem Wohnzimmer. Gertrud war auch schon ein paarmal bei ihr gewesen. Die Finck war preiswert. »Aber der Jestank is wirklich 'ne Zumutung«, brummte Pasow. Ein Wunder, dass die Lazar von gegenüber sich noch nicht beschwert hatte, die Frau Oberstudienrätin, wo sie doch immer so etepetete daherkam.

In der zweiten Etage zündete Pasow seine Zigarre an. Er lauschte. Bei Familie Bessert war es heute ungewöhnlich still. Die Lazar, die direkt darunter wohnte, beklagte sich immer über den abendlichen Lärm der Kinder. Aber heute hörte man nichts von Thorben und Billa.

Die Treppenstufen knarzten, als Pasow seinen Aufstieg fortsetzte. Es roch lecker nach Essen, und er spürte, wie sein Magen knurrte. Hoffentlich war Gertrud bald wieder da und machte ihm zur Tagesschau was zu spachteln. Zwei Schrippen mit Hackepeter und Zwiebeln, dazu ein frisches Schultheiss. Ihm lief schon das Wasser im Mund zusammen.

In diesem Moment ging das Licht aus. »Auch das noch.«

Der nächste Lichtschalter war in der dritten Etage. Aber seine Zigarre glühte im Halbdunkel, und von den Lampen im Innenhof drang genügend Helligkeit in den Hausflur. Pasow stapfte weiter. Er durfte morgen nicht vergessen, die Topfpalmen auf dem Podest zwischen den beiden Stockwerken zu gießen. Die Kerner hatte sie vor Jahren hier hingestellt; seitdem wucherte das Grünzeug wie verrückt, und weil sie selbst wegen ihrer Gehbehinderung nicht gießen konnte, zahlte sie Pasow für seine Dienste zwanzig Euro pro Monat. Gar nicht schlecht. Trotzdem war ihm die alte Hexe immer ein bisschen unheimlich mit ihrer Spökenkiekerei. Und seit sie letztens mitgekriegt hatte, wie er sie »Hexe« nannte, war sie auch nicht besonders gut auf ihn zu sprechen.

Sein Fuß stieß gegen etwas Hartes. »Nanu, wat is 'n ...?« Da lag etwas – nein, jemand. »Mensch, Frau Kerner!« Er beugte sich über die reglose Gestalt. »Is Ihnen nich jut? Sind Se die Treppe runterjefallen?«

Keine Antwort, nur Stille.

»Warten Se, ick helf Ihnen hoch. Warum sagen Se denn nüscht?!«

Er zog das Feuerzeug aus seiner Tasche und leuchtete der Kerner ins Gesicht. Das eine Auge war zu, das andere zur Hälfte auf.

»Mensch, Sie liejen ja mit 'm Kopp nach unten!«

Plötzlich war ihm mulmig zumute. Er fasste die Kerner bei den Schultern und wollte sie aufrichten, doch der schlaffe Körper rutschte ihm aus den Händen. »Nu sagen Se doch wat!«

Stoff raschelte. Sonst blieb es still.

Pasow hastete die Stufen hinauf und drückte den Lichtschalter. Von oben und bei voller Beleuchtung sah er die groteske Haltung, in der die Frau dalag. Ihr Hals war verdreht, ein Fuß steckte im Treppengeländer. Der Rock war hochgerutscht, so dass Pasow unter der Nylonstrumpfhose ihren Schlüpfer sehen konnte.

»Scheiße, die ist tot«, entfuhr es ihm.

Und nun? Er knetete seinen Dreitagebart und zog das Handy aus der Jackentasche. »Wen ruf ick jetzt an? Die Polizei oder die Feuerwehr?« Sein Finger wählte die 110. »Ja, Erwin mein Name. Ick bin hier der Hausmeister.« Sein Hals war trocken, er musste sich räuspern. »Hier liegt die tote Frau Kerner im Treppenhaus und hat sich det Jenick jebrochen.«

»Wie war der Name?«, fragte es aus dem Hörer.

»Kerner. Christa Kerner.«

»Ja. Und Ihr Name? Erwin ...«

»Pasow heiß ick, Erwin Pasow.« Jetzt 'n Bier und 'n Kurzen!

Der Polizist fragte nach Straße und Hausnummer.

»Kladowstraße«, krächzte Pasow. »Fünf.« Oder besser noch: zwee Kurze!

»Fassen Sie die Tote nicht an«, warnte der Polizist. »Lassen Sie den Fundort unverändert. Wir schicken jemanden vorbei.«

»Aber ick hab se schon verändert«, platzte es aus Pasow heraus. »Ick wusste ja nich ...« Es klickte in der Leitung. Der Polizist hatte aufgelegt.

Pasow seufzte. Mann, Mann, Mann!

Er hörte ein Kratzen und Winseln hinter der rechten Wohnungstür. Das war der Hund von der Kerner, ein Yorkshire-Terrier. Jetzt kläffte er kurz und schrill. »Ja, ja. Is ja jut, Paisy«, brummte Pasow.

Aus der anderen Wohnung tönte laute Musik.

»Mensch, ick muss die Polizei ja rinlassen! Die Haustür is doch zu!« Er fuhr sich mit der Hand an die Stirn. »Und hier oben muss eener uffpassen! Sascha! Sascha Wolf!« Er rammte seinen Finger auf den Klingelknopf und hämmerte gleichzeitig mit der Faust an die Wohnungstür. »Mach uff, Sascha! Hier is wat passiert!«

Jetzt kläffte der Hund in der Kernerschen Wohnung ununterbrochen.

»Dreh die Musik ab, Junge! Ick brauch deine Hilfe!«

Er holte ein weiteres Mal mit der Faust aus, da öffnete sich die Tür. Pasows Blick fiel auf Saschas nackte Füße. Die Jeans hatten Risse, der Kapuzenpullover war fleckig, die Haare zerzaust.

»Was ist denn, Herr Hausmeister?« Es klang ironisch.

Aus der Wohnung wummerte Rockmusik, und ein seltsam käsiger Geruch schwappte Pasow entgegen. »Die Kerner ist tot!«, brüllte er.

»Echt? Wie denn das?«

Pasow trat zur Seite und gab den Blick auf die Tote frei. Ein wenig genierte er sich, weil er wusste, dass auch Sascha sofort den Schlüpfer sehen würde. Es gehörte sich nicht, dass ein Student von Mitte zwanzig einer älteren Frau unter den Rock guckte.

»Wahnsinn!«, entfuhr es Sascha. »Wo wollte die denn so spät noch hin?«

»Wat weeß ick? Bin ja keen Hellseher.«

Sascha kicherte. »Nee, der Hellseher des Hauses liegt da auf der Treppe.« Er deutete auf die Tote. »Verzeihung, die Hellseherin.« Wieder ein unterdrücktes Kichern.

»Na, jetzt werd ma nich komisch, Jungchen!«, schnauzte Pasow. »Kannste hier uffpassen, det sich keener an ihr zu schaffen macht? Ick muss die Polizei in Empfang nehmen.« Er war schon auf dem Weg nach unten, wandte sich aber noch einmal um: »Und dreh endlich die Hottmusik ab! Det jehört sich nich, wenn eener tot is.«

Sascha saß neben der Leiche. Es war ein komisches Gefühl. Er hockte in diesem schummrigen Treppenhaus, und es roch seltsam. Nach Zigarrenrauch und Bohnerwachs. Und nach Urin. Unter der Toten hatte sich eine Pfütze ausgebreitet.

Sascha dachte daran, wie die Kerner ihm heute Morgen noch ganz lebendig einen schönen Tag gewünscht hatte. Jetzt lag sie da und war tot, und er saß daneben. Es war ein unangenehmes Gefühl. Noch wurde ihm nicht übel, aber er war auf dem besten Wege dahin.

Missmutig schaute er vor sich hin. Die Kerner lag halb auf den Stufen, halb auf dem Treppenabsatz. Ihr wirres Haar bauschte sich wie ein umgestülptes Vogelnest über das Gesicht. Durch das Chaos der grauen Strähnen glitzerte matt der Stein eines Ohrrings. Sascha rieb sich die Augen. Zu allem Unwohlsein gesellten sich jetzt auch noch Kopfschmerzen. Ihm kam der Gedanke, dass er die Tote nicht nur bewachte, sondern sich auch schon beinahe wie sie fühlte. Fast tot.

Die Kerner war ganz tot. Still lag sie da. Ganz still. Die würde nicht mehr mucksen. Auch nicht, wenn man ihr eine Nadel in die Wade piekte. Aber würde sie bluten? Sascha hatte mal im Fernsehen gesehen, dass Tote nicht bluteten, wenn man sie stach. Es war ein Bericht über die Auferstehung Christi gewesen. Ein römischer Soldat hatte Jesus, als er am Kreuz hing, mit einer Lanze in die Seite gestochen. Und Jesus hatte geblutet. Also war er nicht tot gewesen. Ein Umstand, so hatten sie in dem Bericht gesagt, der Jesus später seine Auferstehung sehr erleichtert hatte. Kein Wunder, dass die Kirche ihn geflissentlich übersah.

Naja, die Kerner würde nicht auferstehen. Und bluten wohl auch nicht. Aber konnte man es wissen? Nur, wenn man es ausprobierte. Er könnte es ausprobieren! Ja, warum denn nicht?! Irgendwo in der Wohnung müssten noch Stecknadeln sein.

Seine Übelkeit war vergessen. Ein schneller Blick übers Treppengeländer: Niemand zu sehen. Mit schnellen Schritten ging er durch seine offene Wohnungstür über den Flur bis zum Schreibtisch und kippte den Inhalt mehrerer Blechbüchsen auf die Arbeitsplatte. Verdammt, wo waren die Nadeln?! War draußen auf der Straße schon Blaulicht zu sehen? Nein. Seine Finger tasteten sich durch Büroklammern, abgerissene Knöpfen und Gummiringe. Autsch! Jetzt hatte ihn eine Nadel erwischt. Sie steckte in der Kuppe seines rechten Zeigefingers. Er hob den Finger zur Begutachtung vor die Augen, zog die Nadel heraus, leckte das Blut ab und rannte zurück ins Treppenhaus.

Er drückte auf den Lichtschalter. Jetzt wollte er sehen!

Die rechte Hüfte der Toten ragte hervor wie ein Buckel. Sie hatte ein Hüftleiden gehabt, aber man hatte es nie so gut erkennen können wie jetzt. Ihre Arme streckten sich der Topfpalme entgegen. Ein Stückchen weiter lag ihr Gehstock.

Sascha trat näher, die Nadel in der Hand. Sein prüfender Blick glitt über den schuhlosen Fuß, die geblümte Unterhose unter der Strumpfhose. Er beschloss, sein Experiment an einem Bein durchzuführen. Langsam ging er in die Hocke. Seine Nackenhaare sträubten sich, als er die kalte Haut unter der Nylonhülle berührte. Es schüttelte ihn.

»Okay«, murmelte er, »jetzt oder nie.«

Seine Finger zitterten, als er die Nadel in den Unterschenkel drückte.

Das hier ist nur eine leere Hülle, sagte eine Stimme in seinem Kopf. Christa Kerner wohnt hier nicht mehr. Sie ist ausgezogen.

Jetzt begann auch seine Unterlippe zu zittern. Er kniff den Mund zusammen. Du rauchst zu viel Gras, Sascha! Pass bloß auf, dass du nicht total abdrehst! Er drückte die Nadel tiefer.

Nichts geschah. Kein Blut.

Er zog die Nadel wieder raus. Wartete. Immer noch kein Blut.

Also war Jesus nicht am Kreuz gestorben, so viel stand schon mal fest. Das ganze Christentum basierte auf einem Missverständnis. Wahnsinn!

Der Kerner war es egal. Sie lag immer noch so bizarr da wie vorher. Wie schnell man doch sterben konnte, dachte Sascha und kniff die Augen zusammen. Die Kerner war nicht mehr die Jüngste gewesen, so um die sechzig, aber dafür eigentlich noch gut in Schuss. Er betrachtete ihre langen, schlanken Beine. Gar nicht schlecht. Und ihre Bluse stand auch ein Stückchen offen, da fehlte wohl ein Knopf – nein, das war ihm jetzt doch einen Tick zu morbide.

Plötzlich fiel ihm auf, wie still es war. Totenstill. Wahnsinn, Wahnsinn, Wahnsinn! Er reckte sich ausgiebig, knackte mit den Gelenken. In seinem Magen rumorte es. Die Übelkeit kam zurück. Die Stille wurde unerträglich. Er musste sich ablenken. Nur wie?

Behutsam strich er der Toten das wirre Haar aus dem Gesicht. Einzelne Strähnen drapierte er hinter das Ohr mit dem silbrig glitzernden Anhänger. Den Rest zupfte er ein bisschen in Form. Schon besser.

Da fiel ihm wieder ein, was Pasow gesagt hatte. Sollte er nicht aufpassen, dass sich keiner an der Toten zu schaffen machte? Verdammt, das hatte er ganz vergessen! Mit gespreizten Fingern fuhr er der Kerner in die Haare und struwwelte sie kräftig durcheinander. Jetzt sah sie wieder aus wie ein Wischmopp.

Die Polizei und der Notarztwagen kamen ohne Sirenengeheul.

»Na, Mensch, det hat aber jedauert«, brummte Pasow. »Und die Herren Polizisten steigen so jemütlich aus, als wollten se zum Kaffeekränzchen.« Er schaute genauer hin. »Oh, einer der Herren is 'ne Dame. Na, denn isset ja keen Wunder.«

Jetzt hielt er der Polizistin die Tür auf. »'n Abend, Frau Wachtmeisterin.«

Sie musterte ihn streng. »Wo liegt die Tote?«

»Frau Kerner? Janz oben.« Er zeigte mit dem Daumen zur Treppe.

»Herr Heuer! Wat machen Sie denn hier?!«

Der alte Heuer aus der rechten Parterrewohnung hatte sich mitten im Hausflur aufgebaut. Militärisch gerade, in karierten Filzpantoffeln.

»Wilhelm Heuer!«, rief der Polizist, der gerade hereintrat. »Der liebe Ex-Kollege und Oberverdachtsschöpfer! Welches Delikt willst du denn diesmal zur Anzeige bringen?« Er grinste breit.

»Ich weiß von nichts«, erklärte Heuer. »Ist etwas passiert?«

»Das werden wir sehen«, sagte der Polizist. Er wandte sich an Pasow. »Ich nehme an, Sie sind der Hausmeister, der uns informiert hat?«

»Jawoll!« Pasow nickte diensteifrig. »Soll ick berichten, wie ick die Leiche jefunden habe?

»Leiche? Welche Leiche?«, fragte Heuer.

»Du kennst doch die Prozedur, Wilhelm. Warst schließlich lange genug bei der Polizei.« Es klang beschwichtigend.

»Na und?«, drängelte Heuer.

»Lass uns erst mal machen.« Er wandte sich bereits der Treppe zu, aber Heuer gab noch nicht auf.

»Flottes Kielschwein haste dir zugelegt«, lobte er mit einem Blick auf den Hintern der Polizistin, die bereits die Treppe hochstieg. »Alle Achtung! Seid ihr ein gutes Team?« Pasow staunte über den anzüglichen Ton, der zum alten Heuer gar nicht zu passen schien.

Der Polizist ignorierte die Frage. »Sie kommen mit nach oben, Herr ...?«

»Pasow!«, krähte Pasow.

»Und du bleibst bitte hier, Wilhelm.«

Pasow sah, wie der Alte einen roten Kopf bekam. Jeschah ihm janz recht, dem ollen Korinthenkacker! Kein Wunder, dass die Polizisten ihn nicht leiden konnten, wo er bei jeder Kleinigkeit im Revier vorstellig wurde, um irgendwen anzuschwärzen. Sogar Paisy hatte er angezeigt, weil sie so oft in den Hausflur puschte. Dabei blieb dem armen Köter gar nichts anderes übrig!

»Herr Pasow? Kommen Sie?«

»Bin schon unterwegs.« Pasow nahm zwei Stufen auf einmal. »Ick hab die Hausbeleuchtung uff Dauer einjestellt, Herr Wachtmeister.«

»Sehr gut«, nickte der Polizist. »Das nenne ich Zivilcourage.«

Im zweiten Stock kam ihnen der Notarzt entgegen. »Todesursache ungeklärt. Ich habe schon den Leichenschauschein ausgestellt.«

»Dann müssen wir die Kripo verständigen«, sagte der Polizist. »Carola, kannst du das über Funk erledigen?«

Die Angesprochene nickte.

»Mensch, ham Se denn keen Handy, Herr Oberwachtmeister?!«

»Herr Pasow, lassen Sie mich einfach machen.«

»Ick könnte Ihnen mit meinem aushelfen ...«

»Wir werden jetzt von sämtlichen Hausbewohnern die Personalien aufnehmen. Und während wir auf die Kripo warten, geben Sie mir eine vorläufige Aussage zu Protokoll.«

»Aber wieso denn vorläufig?«, wunderte sich Pasow. »Ick habe die Tote jefunden und Punkt. Sie is die Treppe runterjefallen.« Er riss erschrocken die Augen auf. »Oder meinen Sie, die hat eener jeschubst?«

»Bei ungeklärter Todesursache ist Fremdverschulden nicht auszuschließen«, sagte der Polizist.

»Ach nee ...?«

»Nein, natürlich nicht!«, tönte plötzlich die Stimme des alten Heuer aus dem ersten Stock herauf. »Und es gibt hier gravierende Verdachtsmomente, die auf ein Fremdverschulden hinweisen. Christa Kerner ist die Besitzerin dreier Eigentumswohnungen hier im Haus, alle von erheblichem Wert!«

»Wat redet der da?« Pasow bohrte hektisch mit dem Finger im Ohr. »Liest der uns wat vor, oder wie?« Er beugte sich über die Brüstung.

»Frau Kerner hat eine Tochter«, fuhr Heuer fort, »Sandra Kerner, neunundzwanzig Jahre alt, ihr einziges Kind, zu der sie seit Jahren schon ein extrem angespanntes Verhältnis hat. Und das ist noch stark untertrieben! Die Adresse der jungen Frau liegt unten in meiner Wohnung parat.« Heuers Kopf tauchte über dem Treppengeländer auf. »Was glotzen Sie denn so, Pasow?!«

»Ick verstehe immer nur Bahnhof und Kofferklauen.«

Der Polizist seufzte. »Dann geh in deine Wohnung, Wilhelm, und gib uns meinetwegen die Adresse.« Seine Stimme verschärfte sich mit jedem Wort. »Aber lass uns in Ruhe unsere Arbeit machen!«

Saschas Hand zitterte, der ganze Arm bebte. Es fiel ihm immer schwerer, die Klappe über dem Briefschlitz aufzuhalten. Auch seine Beine zitterten, weil er sich nicht bewegen durfte. Die Bullen hatten ihn in seine Wohnung geschickt. Seitdem klebte er mit der Nase am Lack und beobachtete sie. Sicherheitshalber hatte er in seiner Bude sofort die Fenster aufgerissen. Man konnte nie wissen. Es war inzwischen schweinekalt hier. Vielleicht zitterte er auch deshalb so sehr.

Im Hausflur hatte vor kurzem die Mannschaft gewechselt. Ein Kriminalkommissar hatte die Leitung übernommen, ein paar Typen in komischen Anzügen wuselten herum, und eine Fotografin machte Bilder.

Jetzt trat der dicke Pasow ins Blickfeld. Sascha sah nur seinen Bauch, weiter hinten Palmwedel. »Wat suchen Se denn, Herr Kommissar?«

»Ich kann den Wohnungsschlüssel nicht finden.« Der Bulle war abgetaucht, wühlte wohl gerade in den Manteltaschen der Toten. Ihre Handtasche hatte er schon durch. »Die Lady hat 'ne ganz schöne Fahne.«

»Ick hab 'nen Ersatzschlüssel von ihr«, sagte Pasow. »Hab ick von alle Wohnungen hier. Soll ick 'n holen jehn?«

»Nur im Notfall. Der Schlüssel muss doch hier irgendwo sein ...«

Wieder setzten sich alle in Bewegung. Die Fotografin schob sich in Saschas Sichtfeld, und er bewunderte ihren knackigen Po. Gutes Material, da kamen einem gleich spannende Gedanken ...

»He, Momentchen!« Das war Pasow. »Wat seh ick da? Da liegt er doch, der Schlüssel, hier am Blumentopp. Hinter 'n Unterteller isser jerutscht.« Es war nicht zu überhören, wie sehr er sich über seinen Fund freute. »Det is 'n Ding, wa? Wie er da nu wieder hinjekommen is, der Schlüssel.«

Sascha spürte sein Herz klopfen. Verdammt, verdammt!

»Kann ick sonst noch wat für Sie tun, Herr Kommissar?«

»Ja, kommen Sie als Zeuge mit in die Wohnung. Wir müssen die Versorgungsleitungen abstellen, Gas und Strom.«

Sascha hörte, wie der Schlüssel im Schloss gedreht wurde. Sie standen so dicht vor seiner Tür, dass er sie riechen konnte, Zigarrenrauch und ein billiges Rasierwasser. Sascha hielt den Atem an.

»Nicht abgeschlossen«, sagte der Kommissar.

Die Tür öffnete sich mit vernehmbarem Knarren.

Für einen Moment war es sehr still.

»Na, wo is denn der kleene Kläffer?«, fragte Pasow. »Paisy ...?« Doch es blieb still. »Der is jar nich mehr hier.«

2

Sandra ließ sich aufs Sofa fallen. Wieder ein Tag geschafft. Sechs waren seit Christas Tod schon vergangen, und mit jedem war das Gefühl der inneren Leere gewachsen. Sicher, sie hatte noch ihre Freunde. Aber von der Familie war niemand mehr da. Ich bin die Letzte, die noch lebt. Bin jetzt allein. Sie spürte dem Schmerz nach, den die Gedanken auslösten. Bestimmt würde sie sich auch daran gewöhnen. An die Leere und den Schmerz. Irgendwann.

Ihr Vater war vor fünf Jahren bei einer Bergwanderung in der Brenta abgestürzt. Ein Unfall. Danach waren Sandra und Christa wieder dichter zusammengerückt, aber nicht mehr wie Mutter und Tochter. Christa kam mit dem Verlassensein nicht zurecht. Sandra hatte versucht, sie zu stützen. »Du trinkst zu viel, Christa! Du lässt dich gehen!«

Aber die Mutter hatte protestiert. »Das ist mein Leben, Sandra. Wir sind beide erwachsen. Hör auf, dich ständig einzumischen!«

Sandra hatte nicht aufhören können, hatte sich verantwortlich gefühlt. Immer wieder waren sie in Streit geraten, auch am vergangenen Montag. Bloß, dass es diesmal keine klärende Aussprache, keine Versöhnung mehr geben würde. Nie mehr.

Sandra starrte in die Dunkelheit. Ein schönes heißes Bad würde ihre Lebensgeister wieder auf Vordermann bringen. Sie raffte sich auf und tappte ins Badezimmer. Ihr Spiegelbild erschreckte sie. Das lange, blonde Haar hing ihr strähnig um das Gesicht.

Sie drehte den Wasserhahn auf, ließ sich ein Lavendelbad ein und stieg in die Wanne. Der Badeschaum knisterte. Die Wärme des Wassers strömte durch ihren Körper. Während sie vor sich hindöste, fiel die äußere Anspannung von ihr ab. Doch natürlich dachte sie wieder an Christa, ihr ganzer Kopf war voller Bilder. Es half ja nichts, sich davor zu verstecken.

Sie sah ihre Mutter, wie sie mit gebeugtem Rücken, ganz in sich versunken, über den ausgelegten Karten brütete. Es hatte sich in der Nachbarschaft herumgesprochen, dass sie auch für andere die Zukunft deutete. Etliche Nachbarn hatten diesen Dienst regelmäßig in Anspruch genommen, das wusste Sandra. Und sie wusste auch, wie unangenehm so etwas werden konnte, wenn die Karten einmal nicht Glück, Gesundheit und Wohlstand verhießen.

Im Gegensatz zu ihrer Mutter nutzte Sandra das Tarot nur für ihre eigenen Bedürfnisse. Vielleicht konnte eine kleine Session ihr ja jetzt helfen, den Kopf freizubekommen? Ja, vielleicht vertrieb es die trüben Gedanken.

Sie stieg aus der Wanne. Nach dem Bad ging es ihr schon besser. Sie holte ihr abgegriffenes Tarot-Deck, entzündete ein Räucherstäbchen und legte Sitarmusik auf. Dann legte sie ihr kleines indisches Sitzkissen aufs Bett und warf den Bademantel in die Ecke. Kein Stoff sollte beim Kartenlegen ihre Bewegungsfreiheit einschränken. Nackt setzte sie sich auf das Kissen, brachte ihren Körper in den halben Lotussitz und schloss die Augen. Die Hände hatte sie vor dem Bauch übereinandergelegt, beide Handflächen nach oben. So lauschte sie eine Weile dem eigenen Atem, während sich Gleichmut in ihr ausbreitete.

Sie öffnete die Augen und mischte die Karten, schloss die Augen und verharrte wieder. Die Klänge der Sitar vertieften ihre Gelassenheit. Mit der Linken fächerte sie den Kartenstapel so auf, dass die Rückseiten oben lagen. Ihre Hand sank zurück in den Schoß.

Sie lauschte ihrem Atem.

Irgendwo in ihren Gedanken tauchte ein Bedürfnis auf, aus dem sie nun eine Frage formte. »Warum habe ich das Gefühl, dass mit Christas Tod etwas nicht stimmt?«

Sie hob die linke Hand und schüttelte sie aus. Die Energie sollte fließen, alles Störende abgeworfen werden. Mit geschlossenen Augen konzentrierte sie sich auf die Frage. Ihre Hand glitt über den Kartenfächer, geführt durch die Energie der Karten und ihre eigene Intuition. Jetzt schnippte sie mit den Fingern, um die Energie zu erhöhen. Hin und her schweifte die Hand, von einem Ende des Fächers zum anderen.

Dann nahmen die Finger zielsicher eine Karte am linken Rand und drehten sie um. Sandra öffnete die Augen.

»Acht Schwerter.« Sie runzelte die Stirn. »Das bedeutet Einmischung.« Wie konnte das gemeint sein? Wer könnte sich wo eingemischt haben? Oder war das viel zu konkret gedacht?

Die Polizei glaubte jedenfalls an einen Unfall und hatte die Ermittlungen eingestellt. Also war es vielleicht Christa gewesen, die durch ihre Einmischung den Unfall herbeigeführt hatte? Der Gedanke schien gar nicht so abwegig, durch die Kartenlegerei war sie oft tief in die Privatsphäre ihrer Kundschaft eingedrungen.

Sandra schüttelte hilflos den Kopf. Sie musste noch eine Frage stellen. Aber welche? Fragen, die mit ja oder nein beantwortet werden konnten, waren nicht möglich. Das Tarot arbeitete mit Bildern, die man deuten musste. Sie legte den Kopf in den Nacken, schloss die Augen und atmete. Ein und aus ...

»Was ...« Sie zögerte. »Ja, was ging Christas Tod unmittelbar voraus?«

Ihre Hand glitt über die Karten. Alles geschah von allein, ohne ihr Zutun. Sanft, fast zärtlich berührte sie die Karte, hob sie auf und verharrte. Sie fühlte ihren Herzschlag, den schweren Atem.

Jetzt schaute sie die Karte an. »Der Tod.« Ein schwarzer Skelettmann mit ägyptischer Totenkrone, der mit der Sense einen Menschen erntete. Das sollte die Antwort sein? Der Tod war dem Tod vorausgegangen? Natürlich war Christa tot. Aber der Tod vor dem Tod? Sandra biss sich auf die Lippen. Noch nie hatte die Karte in ihren Sitzungen tatsächlich »Tod« bedeutet. Sie konnte für eine Veränderung stehen, für einen Neubeginn. Oder vielleicht auch für das Töten.

Sie starrte auf den Sensenmann. War es das? War dem Tod ihrer Mutter das Töten vorausgegangen? Konnte sie einen Mord denn wirklich ausschließen? Sandra begann zu zittern, eine Gänsehaut zog sich über ihren Körper. Benommen streifte sie ihr Nachthemd über. Das konnte doch nicht sein! Oder doch ...?

Der Drucker spuckte den Entwurf einer einstweiligen Verfügung aus. Ruth Morgenstern entnahm die Seiten und las sie noch einmal durch. Sie war zufrieden mit sich, die zwei Stunden Arbeit hatten sich gelohnt. Aber sie wusste auch, dass keiner ihrer finanzschwachen Mandanten sich vorzustellen vermochte, wie viel

Aufwand so ein Schreiben erforderte. Die dachten, sie schüttelte das alles in zwei Minuten aus dem Ärmel. Da lag das Problem.

Ruth war Rechtsanwältin mit Schwerpunkt Sozialrecht, und sie liebte ihren Beruf. Weil sie selbst aus einer Arbeiterfamilie stammte, konnte sie gut mit einfachen Leuten umgehen. Vor Gericht war sie oft erfolgreich. Für ihr Konto wäre eine andere Ausrichtung allerdings besser gewesen. Ihre Kanzlei lief leider nur im Hinblick auf die Anzahl der Mandanten sehr gut.

Es klingelte an der Tür. Ruths Blick prüfte reflexartig den Tischkalender. Nein, so früh hatte sie keine Termine. Wer mochte das sein? Eine Sekretärin konnte sie sich nicht leisten, und die Praktikantin war noch nicht da. Sie speicherte die Datei und ging zur Tür.

»Herr Heuer ...?!«

»Guten Tag, Frau Morgenstern.« Er machte eine zackige kleine Verbeugung. »Hätten Sie wohl einen Moment Zeit?«

Hinter Heuer stand mit verschämter Miene seine Frau.

»Kommen Sie doch bitte rein«, sagte Ruth mit einem Lächeln, das sich nicht ganz ehrlich anfühlte. Das hier war die Kehrseite der Medaille. Als Alleinerziehende war es ihr damals sehr schwer gefallen, die Kanzlei aufzubauen. Sie hatte einige Hausverwaltungen übernommen, um ihre Einkünfte aufzubessern – gerade so viele, dass es für die laufenden Kosten reichte. Seitdem war sie als Verwalterin für die Kladowstraße 5 zuständig. Aber es war keine angenehme Aufgabe, sich regelmäßig das Genörgel bestimmter Bewohner anhören zu müssen.

Nun führte sie die Heuers in ihr Büro und deutete auf die abgenutzte Sitzgruppe. »Nehmen Sie doch Platz.«

Heuers Blick inspizierte den Raum. »Sehr freundlich, dass Sie auch Mietern Gehör schenken. Ich weiß das zu schätzen.«

Das war typisch Heuer, aber Ruth lächelte trotz der Spitze. »Ehrlich gesagt, hat es mich damals gewundert, dass Sie Ihre Wohnung nicht gekauft haben. Das war doch eigentlich Ihre Absicht, oder?«

Jetzt presste er die Lippen zusammen. Gut so.

»Darf ich Ihnen vielleicht einen Kaffee anbieten? Ich hab ihn gerade frisch gebrüht.«

Frau Heuer bekam leuchtende Augen. »Oh ja, sehr gern ...«

»Nein, danke!«, fiel Heuer ihr ins Wort. »Wir haben gerade gefrühstückt und möchten es kurz machen.«

Ruth zog eine Augenbraue hoch. Na, die arme Frau hatte ja nicht viel zu melden bei ihrem Mann.

»Es geht um die verstorbene Frau Kerner«, begann Heuer, »die, wie Sie ja wissen, die Eigentümerin unserer Mietwohnung ist ... oder war.«

»Ja«, nickte Ruth. »Die Tochter, Sandra Kerner, wird die beiden Wohnungen erben.«

»Genau. Und eben wegen dieser Person sind wir hier.«

»Ach ja ...?« Jetzt war sie aber mal gespannt.

»Es ist nicht meine Art, um den heißen Brei herumzureden, Frau Morgenstern. Wir sind beide der Überzeugung, dass Sandra Kerner den Tod ihrer Mutter herbeigeführt hat.« Heuer schaute kurz zu seiner Frau.

»Ja, das sind wir«, sagte Frau Heuer.

»Ach ...?« Für einen Moment wusste Ruth nicht, was sie sagen sollte. »Wissen Sie, dass das eine schwere Anschuldigung ist?«, fragte sie dann. »Meines Wissens war der tragische Tod von Frau Kerner ein Unfall. Das hat die polizeiliche Untersuchung ergeben, und ich sehe keinen Grund, daran zu zweifeln.«

»Wir schon«, knurrte Heuer.

»Außerdem ist mir nicht klar, wieso Sie damit zu mir kommen. Die Polizei ist in diesem Fall wohl eher der richtige Ansprechpartner.«

»Ach, da waren wir doch schon«, seufzte Frau Heuer.

Ruth schnappte nach Luft. »Da waren Sie schon?!«

»Die hören meinem Wilhelm doch gar nicht mehr zu.«

»Hertha!« Er legte seine Hand auf ihren Arm.

»Ich war mein Leben lang Polizeibeamter, Frau Morgenstern. Diese Tätigkeit schärft den Blick und schult den Verstand. Deshalb sage ich Ihnen in aller Deutlichkeit: Sandra Kerner hat ihre Mutter die Treppe hinuntergestoßen.«

»Ich bitte Sie, Herr Heuer! Zufällig kenne ich Sandra recht gut. Warum sollte sie einen Mord begehen? Das ist doch absurd!«

»Oh, von Mord habe ich nichts gesagt. Totschlag wäre auch möglich.«

»Wollen Sie mich belehren?«, fuhr Ruth ihn an.

»Ich wollte nur andeuten, dass es im Affekt passiert sein kann«, sagte Heuer. »Wenn Mutter und Tochter Kerner sich da oben gestritten haben, war es manchmal bis ins Erdgeschoss zu hören.«

»Jedes Mal, wenn die Tochter da war, haben sie sich angeschrien«, ergänzte Frau Heuer. »Das Gebrüll schallte durchs ganze Treppenhaus.«

»Haben Sie auch mitbekommen, worum es ging?«, fragte Ruth.

»Das nun wieder nicht«, gab Heuer zu. »Aber man kann es sich denken.« Er machte eine Geste, als würde er trinken. »Und ich meine doch, dass die Erbschaft zweier Eigentumswohnungen einen kleinen Treppensturz durchaus rechtfertigt, nicht wahr? Das werden Sie mir als Juristin sicher bestätigen.« Er zwinkerte vertraulich. »Ich kann es jedenfalls nicht mit meinem Gewissen vereinbaren, dass ein solches Verbrechen ...«

In diesem Moment wurde die Tür aufgerissen.

»Sind Sie jetzt total verrückt geworden?!«, kreischte jemand.

Ruth sprang auf. Heuer fuhr zusammen. Seine Frau riss entsetzt die Augen auf. »Fräulein Kerner ...«

Alle starrten auf Sandra, die sich schwer atmend am Türrahmen festhielt. In die peinliche Stille sagte Ruth: »Fräulein Kerner ist meine Praktikantin. Hatte ich das schon erwähnt?«

Frau Heuer rang um Fassung. »Fräulein Kerner, wir ...«

»Sei still, Hertha!« Er hatte sich schon wieder im Griff. »Nun wissen wir ja, woran wir hier sind«, erklärte er barsch. »Machen Sie sich keine Mühe, Frau Morgenstern. Wir finden allein hinaus.«

Die Tür knallte hinter ihnen ins Schloss.

Ruth stieß den Atem aus. Sie trat an die Kommode und schenkte sich eine Tasse Kaffee ein. »Was für ein Morgen.«

»Ich hoffe, du glaubst nicht, was die beiden senilen Quatschköppe da erzählt haben«, schnaubte Sandra.

Der Kaffee war bitter, Ruth goss sich Milch nach. »Aber du hast mir doch gestern selber so eine Räuberpistole aufgetischt.«

»Ich habe Christa nicht umgebracht!«

»Sicher?« Ruth musterte sie über den Rand ihrer Tasse hinweg, ein beschwichtigendes Zwinkern im Augenwinkel.

»Ja, ganz sicher!«, schrie Sandra. »Das ist nicht lustig, Ruth!«

»Aber du glaubst, dass es Mord war, genau wie die Heuers.«

»Ja, das glaube ich!«

»Weil es in den Tarotkarten gestanden hat«, seufzte Ruth. »Sandra, wir leben im 21. Jahrhundert. Komm bitte zurück in die Realität.«

Sandra zog mit nervösen Fingern eine Zigarette aus der Jackentasche. »Ich weiß, dass ich hier nicht rauchen soll!«, blaffte sie.

»Na, wie schön. Immerhin etwas.« Ruth schob ihr den Aschenbecher über den Tisch, den sie für nervöse Mandanten bereithielt.

»Es sind doch nicht nur die Karten, Ruth. Es gibt so viele Ungereimtheiten, angefangen mit der Frage, wo Christa eigentlich hinwollte, abends um acht. Um die Zeit ging sie sonst nicht mehr aus dem Haus.«

»Tja, das würde ich auch gern wissen«, murmelte Ruth. »Aber sie hatte ihren Mantel an. Vielleicht wollte sie Gassi gehen?«

»Paisy war bei Marthe Finck.«

»Also ist die wahrscheinlich mit ihr Gassi gegangen«, nickte Ruth.

»Und warum hat Christa nicht den Aufzug benutzt?«, fragte Sandra.

»Weil er kaputt war. Wie so oft.«

»Siehst du, und genau das ist der Grund, warum ich sie die ganze Zeit überreden wollte, ins Parterre zu ziehen«, erklärte Sandra. »Weil sie mit ihrer Hüfte im dritten Stock festsaß. Auch wenn's mal gebrannt hätte. Sie sollte den Heuers kündigen, verstehst du?« Sie ließ sich in einen der abgewetzten englischen Ledersessel fallen und sog an ihrer Zigarette, dass die Glut knisterte. »Christa hätte das auch gemacht, Ruth. Aber nur unter einer Bedingung: Sie wollte mir die obere Wohnung überlassen, damit ich in ihrer Nähe bin. Sie wollte mich zurückholen.« Sie blies eine Rauchfontäne an die Decke. »Es stimmt ja, dass wir uns dauernd gestritten haben. Aber wir waren uns auch nicht gleichgültig.«

»Das hätte sicher auch niemand vermutet«, sagte Ruth.

Sandra kniff die Augen zusammen. »Wusstest du, dass Heuer zwei Tage nach ihrem Tod bei mir angerufen hat? Er wollte wissen, ob sie jetzt in ihrer Wohnung bleiben dürften.«

»Ach, sieh an! Und? Lässt du sie?«

»Ehrlich gesagt wusste ich gar nicht, dass Christa ihnen bereits gekündigt hatte. Also hab ich gesagt, dass ich an den Entscheidungen meiner Mutter vorerst nichts ändern will. Es war eher aus Verlegenheit. Aber Heuer war stinksauer.«

»Und jetzt glaubst du, dass er sich an dir rächen will.«

»Na, ist das denn so abwegig? So gesehen haben sogar die beiden alten Heuers ein sehr plausibles Mordmotiv.«

»Ach, komm ...« Ruth schüttelte unwillig den Kopf. »Das ist doch Quatsch.«

»Kannst du dich nicht mal mit den Leuten im Haus unterhalten?«, fragte Sandra zaghaft.

»Kannst du das nicht selbst?«

»Die Sache macht mich so wütend, ich gehe immer gleich in die Luft.«

»Ja, das haben wir gerade gesehen.«

»Aber du bleibst cool, Ruth. Das Pokerface gehört einfach zu deinem Job.«

»Was erwartest du von mir? Dass ich für dich Detektiv spiele?«

»Ja. Ich bitte dich darum.«

»Es war ein Unfall, Sandra.«

»Ich kann doch solche Anschuldigungen nicht auf mir sitzen lassen! Das würdest du auch nicht, Ruth! Und ich merke doch, dass du misstrauisch bist. Mir gegenüber. Du verdächtigst mich.«

»Blödsinn!« Ruths Tasse klirrte auf die Tischplatte. »Wenn dir das keine Ruhe lässt, dann geh zur Polizei, Sandra.«

Irene Lazar blickte versonnen aus dem Fenster. Draußen trieb der Wind vereinzelte Schneeflocken gegen die Scheibe. Sie hob das Kristallglas mit glutrotem Schlehenfeuer. »Auf dich«, murmelte sie, trank einen Schluck und stellte das Glas zurück auf den Schreibtisch. Das leise Klirren ließ sie zusammenzucken.

Ihre Hand strich über die Kalenderseite, die den 13. November zeigte. Neben dem Datum leuchtete ein rotes Ausrufungszeichen.

Zwei Drittel der Seite waren mit einem farbigen Zeitungsausschnitt beklebt: eine kniende Frau mit flehendem Blick, die gefalteten Hände himmelwärts gerichtet. Dazu die Unterschrift: Maria Magdalena unter dem Kreuz, Detail aus dem Isenheimer Altar von Matthias Grünewald um 1515. In ihrer akkuraten Handschrift hatte Irene Lazar mit Tinte ergänzt: Die reuige Sünderin.

Ein leises Stöhnen. »So viele Jahre.«

Sie nahm den Rosenkranz aus der Kristallschale, legte ihn auf die ledergebundene Bibel und eilte mit beiden Gegenständen ins Schlafzimmer. Auf dem Bett platzierte sie sie neben das rüschenverzierte Paradekissen. Dann öffnete sie ihren Kleiderschrank und holte hinter einem Turm exakt gestapelter Büstenhalter ein Perlmuttkästchen hervor. Andächtig klappte sie den Deckel zurück, beugte sich vor und sog den Duft tief in ihre Lungen. Der Flakon war noch immer in Seidenpapier eingewickelt. *1900 – Eau de Parfum*, stand auf dem vergilbten Etikett. Irene Lazar tupfte sich etwas Parfüm hinter die Ohrläppchen. Dann wickelte sie das Fläschchen wieder ein und legte es zurück. Langsam drehte sie sich zu dem großen Spiegel, der an der Innenseite der Schranktür angebracht war, und strich sich die Bluse glatt. Für einen Moment ließ sie die Hände auf ihren Brüsten ruhen. Ihre dünnen Lippen öffneten sich leicht und bekamen einen weichen Schwung. Sie schloss die Augen, atmete tief ein und wieder aus. Wieder ein genussvolles Stöhnen.

Plötzlich riss sie die Augen auf. Ihr Arm schoss vor und knallte die Schranktür so heftig zu, dass der Schlüssel auf die Dielen polterte. Anstatt ihn aufzuheben, raffte sie Bibel und Rosenkranz vom Bett, presste beides an die Brust und fiel auf die Knie.

»Das Blut Jesu reinigt uns von jeder Sünde«, murmelte sie. »Wenn wir unsere Sünden bekennen, ist er treu und gerecht.« Sie blickte starr vor sich hin. »Das Blut Jesu reinigt uns von jeder Sünde ...«

Es dauerte eine Weile, bis ihr Herz wieder ruhiger schlug.

Schließlich stand sie auf und steckte Bibel und Rosenkranz in ihre Handtasche. Der Verschluss schnappte zu. Im Flur schlüpfte sie in ihren Lodenmantel, bürstete mit energischen Strichen ihr silbergraues Haar und richtete es beidseits der exakten Scheitellinie zu einem korrekten Pagenschnitt aus. Der Kontrollblick in den Spiegel beruhigte sie: Man würde ihr nichts anmerken, das war das Wichtigste. Sie klemmte sich die Handtasche unter den Arm, nahm den Wohnungsschlüssel und zog die Tür zu.

Im Treppenhaus kniete Gertrud Pasow auf den Stufen und staubte mit einer struppigen Bürste die gedrechselten Geländerstäbe ab.

»Tach, Frau Lazar. Wolln Se wirklich raus bei dem Sauwetter?« Sie drückte die Hand ins Kreuz und richtete sich mühsam auf. »Also, wenn mir die Pflicht nich rufen würde, wär ick im Bette jeblieben.«

»Guten Morgen, Frau Pasow.« Irene Lazar drückte sich die Handtasche vor der Brust und rauschte die Treppe hinunter.

Gertrud tippte sich an die Stirn. »Tut, als wär se wat Besseret mit ihr 'n schwülstijen Parföng. Die hat se doch nich mehr alle.«

Im Vorraum der Kirche hielt Irene Lazar zielstrebig auf den Schaukasten mit dem Beichtplan zu. Sie fuhr mit dem Finger die Spalte hinab, bis sie beim 13. November angekommen war: Pfarrer Berger, ab 8.30 Uhr. Ihre Gesichtszüge entspannten sich.

Beim Betreten des Kirchenschiffes benetzte sie ihre Fingerspitzen mit Weihwasser und bekreuzigte sich. Die Kirche war leer. Unter einem Fenster stand ein gusseiserner Baum, auf dem Kerzen flackerten. Irene Lazar nahm eine Kerze aus dem Holzkasten, zündete sie an und stellte sie auf die Spitze des Kerzenständers. Daneben stand eine Spendenschatulle: Opferlicht 0,50 €/Stück. Irene Lazar steckte einen Euro in den Schlitz. Hocherhobenen Hauptes schritt sie durch den Mittelgang bis zur dritten Reihe, bekreuzigte sich, kniete nieder und legte ihre Stirn auf die gefalteten Hände. Mit dem Rosenkranz begann sie zu beten.

Im Hintergrund fiel eine Tür ins Schloss. Irene Lazar erstarrte. Langsame Schritte hallten durch die Kirche. Sie kniete mit dem Rosenkranz in den Händen und lauschte. Ihr rechtes Knie begann zu zittern. Erst als es vollkommen still war, schloss sie die Augen. Ihr wurde warm, ihr wurde heiß und immer heißer. Jetzt sprang sie auf. Der Rosenkranz zerriss, und sämtliche Perlen fielen mit sprödem Klimpern zu Boden. Irene Lazar ergriff die Flucht.

Sie lief zum Altar, bekreuzigte sich im Vorbeihasten und blieb im Seitenschiff vor dem Beichtstuhl stehen. Sie rang nach Atem.

»Alles, was ihr auf Erden binden werdet, das wird auch im Himmel gebunden sein, und alles, was ihr auf Erden lösen werdet, das wird auch im Himmel gelöst sein«, las sie auf der steinernen Tafel. Ihre Hand fuhr an den Hals, rückte den Kragen zurecht. Dann stellte sie das Schild »Heilige Beichte« vor den Beichtstuhl und trat ein.

Ruth saß in einem der englischen Ledersessel. Sie war inzwischen bei der vierten Tasse Kaffee. »Ich glaube nicht an Hirngespinste, Sandra. Weder an deine noch an die von Heuers, aber ...«

»Jemand aus dem Haus muss Christa gestoßen haben«, fiel Sandra ihr ins Wort. »Es gibt keine andere Möglichkeit.«

»Wie kannst du da so sicher sein?«

»Weil Pasow überall rumerzählt, dass er um sechs Uhr die Haustür abgeschlossen hat. Er schwört Stein und Bein, dass danach nur noch die beiden Galeristinnen ins Haus gekommen sind.«

»Karla Schubert und Mechthild Kaminsky?«

»Genau«, nickte Sandra. »Du weißt ja, dass Pasow diesen Rückspiegel an seiner Fensterbank hat. Wenn er vor der Glotze sitzt, sieht er jeden, der die Haustür benutzt. Und ich wette mit dir, dass ihn das mehr interessiert als das Fernsehprogramm. Also wird es stimmen, was er sagt: Es muss jemand aus dem Haus gewesen sein!«

»Ach, Sandra ...« Ruth seufzte.

»Pasow sagt, sie waren alle zuhause«, rief Sandra. »Die Pasows und die Heuers im Erdgeschoss, die Lazar und Marthe Finck im ersten Stock, die Besserts und die beiden Galeristinnen im zweiten und Sascha Wolf oben im dritten. Sie waren alle da, Ruth.«

»Das ist beileibe kein Verbrechen.«

»Nein, aber es ist ein Ansatz, diesem Fall durch logisches Denken auf die Spur zu kommen.«

»Ach? Ist es jetzt schon ein Fall, ja?«

»Du hast nicht gehört, wie Christa in letzter Zeit über die Hausbewohner geredet hat«, fuhr Sandra unbeirrt fort. »Da stimmte etwas nicht. Was ihr da entgegenkam, das war ...«

»Ja, was denn?«, fragte Ruth.

Sandra zögerte. »Abneigung. Empörung. Zorn. Die waren plötzlich alle gegen sie.«

»Es gab Beschwerden wegen der Hundepisse im Treppenhaus«, sagte Ruth. »Deine Mutter hat Paisy einfach in den Hausflur gelassen.«

»Ich weiß. Aber deswegen bringt man niemanden um.«

»Nein, wohl kaum.«

»Meine Mutter hat für die Nachbarinnen die Karten gelegt.«

Ruth schüttelte unwillig den Kopf. »Nicht schon wieder Hokuspokus!«

»Das Kartenlegen ist etwas sehr Privates«, beharrte Sandra. »Das erfordert Fingerspitzengefühl. Man muss aufpassen, was man sagt.«

Ruth hob die Augenbrauen. »Inwiefern?«

»Naja, nehmen wir einfach mal an, Christa hätte etwas herausgefunden.« Sandra hielt inne, überlegte einen Moment. »Etwas, das jemand anderen erpressbar machte. Versteh mich nicht falsch, Ruth, ich will damit nicht sagen, dass Christa jemanden erpresst hätte. Aber neugierig war sie immer schon. Und vielleicht hatte sie sogar Beweise.«

»Das sind doch alles nur Vermutungen«, wandte Ruth ein.

Sandra nickte heftig. »Ja, im Moment sind es Vermutungen. Aber vier Augen sehen mehr als zwei. Lass uns hinfahren! Vielleicht finden wir in der Wohnung einen brauchbaren Hinweis.«

Ruth seufzte schon wieder. »Na gut, vielleicht hast du Recht. Um vier holen wir Joshua aus dem Hort und besichtigen den Tatort. Zufrieden?«

»Sehr«, lächelte Sandra. »Danke, Ruth.«

3

»Komm, Schätzchen.« Marthe Finck nahm Paisy an die Leine. »Die Mutti geht mit dir in den Koeltzepark.«

Der Hund wedelte begeistert mit dem Hinterteil.

Marthe fuhr ihm zärtlich übers Köpfchen. »Ja, da freust du dich, mein Paisylein. Eigentlich sind Hunde doch die besseren Menschen, nicht? Wir zwei, wir verstehen uns.« Sie öffnete die Wohnungstür.

Im Hausflur trafen sie Gertrud Pasow, die auf den Knien herumrutschte und die Fußleisten abwischte. »Kann dein Mann dir nicht mal ’n anständigen Wischmopp besorgen, wenn er schon nicht selber putzt?«

»Wer? Erwin?« Gertrud fuhr sich mit der gummibehandschuhten Hand über die Stirn. »Der doch nich.«

In diesem Moment öffnete sich Pasows Wohnungstür, und der Hausmeister erschien in seinem Hausdress: Jogginghose, Gummilatschen, Unterhemd und Bierflasche. »Tach, Frau Finck.« Er bedachte Marthe mit einem mürrischen Nicken und wandte sich an seine Frau: »Biste immer noch nich fertig? Nu wird’s aber langsam Zeit!«

Gertrud drückte die Hand ins Kreuz. »Gleich.«

»Sie könnten Ihrer Frau ruhig mal ’n anständigen Wischmopp besorgen«, wiederholte Marthe. »Zahlt doch die Hausgemeinschaft.«

Pasow ignorierte sie. »Nachher räumste noch den Dreck anne Mülltonnen weg«, wies er Gertrud an. Und zu Marthe: »Wenn man die Müllkutscher keen Weihnachtsschmalz jibt, lassen se die Hälfte liegen.« Er genehmigte sich einen Schluck Bier und verschwand in seiner Wohnung.

Marthe schüttelte irritiert den Kopf. »Wann kommst du zur Dauerwelle?«, fragte sie mit resigniertem Blick auf Gertruds Frisur.

»Dienstag.«

»Ich mach dir ’n Sonderpreis.«

Gertrud nickte wortlos.

»Komm, mein Paisylein.« Draußen war es kalt, die Luft roch nach Schnee. Trotzdem nahm Marthe heute wieder den Umweg über die Lutherstraße. Ob wohl ihr ehemaliges Friseurgeschäft immer noch leer stand? Tatsächlich, hinter schmutzigen Scheiben hing das vergilbte Schild »Zu vermieten« mit der Telefonnummer des Hausbesitzers.

»Geschieht ihm ganz recht, dem alten Knauser«, sagte Marthe zu Paisy. »Hätte ja mit der Miete ein bisschen runtergehen können. Das hätte immer noch mehr eingebracht als zwei Jahre Leerstand. Aber bitte! Jetzt kann er sehen, was er davon hat.«

Das Geschäft war den Bach runtergegangen, seit schräg gegenüber zwei junge Ukrainerinnen einen Salon eröffnet hatten, der auch Maniküre und Pediküre anbot. Und wahrscheinlich noch ganz andere Dienstleistungen. »Kein Wunder, dass mir die Kerle alle abgewandert sind«, brummte Marthe, »so schamlos, wie diese Weiber sich anziehen.«

Eine von ihnen, ein blondes Gift mit durchsichtiger Bluse und extrem kurzem Minirock, schaute gerade aus dem Fenster, als Marthe mit Paisy um die Ecke bog. Die Blonde lächelte und winkte Marthe zu.

Marthe hob ebenfalls die Hand, aber ihr Lächeln misslang.

»Verdammte Russenschlampen«, flüsterte sie mit zusammengebissenen Zähnen. »Dürfen einreisen, bloß weil der Urgroßvater mal 'n deutschen Schäferhund hatte, und nehmen uns Spandauern die Arbeit weg.«

Als Paisy ihr Geschäft erledigt hatte, beförderte Marthe das Häufchen mit der Kinderschaufel in eine Plastiktüte, die sie zum nächsten öffentlichen Abfalleimer trug. Vom Himmel fielen einzelne nasse Schneeflocken.

An einer Laterne lehnten zwei Männer, einer mit Glatze, der andere mit Baseballkappe, und tranken Dosenbier. Zu ihnen gehörte ein Rottweilermischlingsrüde, der frei auf der Wiese herumlief. Marthe sah zu, wie er Paisy zuerst fast über den Haufen rannte und dann versuchte, sie zu bespringen. Der kleine Yorkshire knurrte den Riesenkerl an und schnappte nach ihm.

»Könnt ihr euren Köter nicht anleinen?!«

»Wat denn, wat denn?«, brummte der Glatzkopf.

Aber Marthe war nicht zu bremsen. »Typen wie euch haben wir's zu verdanken, wenn hier demnächst ein Hundeverbot kommt!«

»Wie, Hundeverbot?«, echote der Glatzkopf.

»Na, weil ihr eure Kackhaufen hier einfach liegenlasst!«, empörte sich Marthe. »Eure Töle hat ja nicht mal 'ne Hundemarke! Und das Futter bezahlt wohl das Sozialamt, was?«

Der Kerl mit der Baseballkappe rülpste wie zur Bestätigung. Der andere pumpte sich auf. »Pass bloß uff!«, brüllte er und knüllte demonstrativ seine Bierdose zusammen. »Sowat wie deinen kleenen Muschilecker jenehmigt sich mein Rambo zum Frühstück. Und dich gleich hinterher, wenn de nich die Flieje machst!« Er grinste so breit, dass Marthe seine unglaublich schlechten Zähne sehen konnte.

Paisy knurrte und fletschte ebenfalls die Zähne.

»Ich werde den Kontaktbereichsbeamten informieren«, keifte Marthe. Aber sie hatte doch ein mulmiges Gefühl im Bauch und zog Paisy an der kurz arretierten Leine hinter sich her. »Mein Gott, was muss man sich alles bieten lassen«, schimpfte sie vor sich hin. »Was ist nur aus unserem schönen Spandau geworden.«

Der Schneeregen war stärker geworden. Sie spannte ihren Schirm auf.

Vorne an der Wegkreuzung hetzte ein junger Mensch im Laufschritt über den Rasen. »Mensch, den ollen Mantel kenn ich doch ...« Marthe kniff die Augen zusammen. Paisy sah zu ihr auf und kläffte. »Ja, meine Süße, das ist unser Sascha. Wohnt in der Wohnung von seinem Papa, aber 'n ordentlicher Student ist der nicht. Könnte doch wenigstens mal grüßen, der Bengel!« Sie beschleunigte ihren Schritt. Das Wetter wurde jetzt ungemütlich.

In der Hofeinfahrt begegnete sie wieder Gertrud Pasow, die gerade mit spitzen Fingern eine benutzte Damenbinde aufhob und in eine der Mülltonnen warf. »Lass gut sein, Gertrud. Hast heute genug geschuftet.«

»Ja, ja.« Auf Gertruds Gesicht erschien ein mattes Grinsen. Sie deutete auf Paisy. »Darfste die kleene Ratte jetzt behalten? Haste

Sandra mal jefragt?« Sie streckte den Gummihandschuh aus und wollte Paisy streicheln, doch die knurrte und schnappte nach ihr.

Marthe beugte sich vor und nahm den Hund eilig auf den Arm. »Ja, mein Schätzchen, gleich gibt's Happihappi.«

»Seit du se hast, stinkt's hier wenigstens nich mehr nach Hundepusche.«

»Die Kleine fühlt sich bei mir sehr wohl. Ja, Paisylein.« Marthe ließ sich die Nase ablecken. »Is 'n richtig liebes Hundchen. Könnt ich nicht verantworten, wenn man sie ins Tierheim abschieben würde.«

»Du lieber Himmel!« Gertrud machte große Augen. »War davon denn schon die Rede?«

»Nein, nein. Das Fräulein Sandra hat doch gar kein Interesse an Paisy.«

»Na, man muss et ihr ja ooch nich uff de Nase binden.« Gertrud zwinkerte Marthe verschwörerisch zu. »Vielleicht vergisst se't ja.«

Eigentlich hatte Sascha das Haus erst im Dunkeln verlassen wollen, zur Sicherheit. Aber er konnte nicht länger warten. Sie würden ihm den Arm brechen. Oder die Nase. Vielleicht sogar beides. »Ehrenschulden«, hatte der fette Moto gesagt, als sie Sascha auf der Straße abgefangen hatten. »Sagt man das nicht so bei euch?« Ein feistes Grinsen hatte sein Mondgesicht in die Breite gezogen. »Du weißt, was das bedeutet, kleiner Sascha. Wenn ich du wäre, würde ich lieber pünktlich zahlen.«

Am liebsten hätte Sascha seine Faust mitten in dieses Grienen gedonnert. Aber gut, dass er es dann doch gelassen hatte, sonst läge er jetzt vielleicht schon im Krankenhaus. Mit Moto war nicht zu spaßen. Der spaßte bloß gern mit anderen.

»Verdammtes Arschloch.« Sascha schlug den Kragen seines alten Marinemantels hoch. Große, nasse Schneeflocken schlugen ihm ins Gesicht, als er zu laufen begann. Zuerst quer durch den Park, dann in halsbrecherischem Tempo über die Straße, im Sprung über gefrorene Pfützen, immer weiter und weiter.

Sechsundzwanzig Klingelknöpfe. Für Spandauer Verhältnisse war das hier fast schon ein Hochhaus. Sein Finger strich fahrig über die lange Reihe von Namen, bis er den richtigen gefunden hatte.

»Komm rauf!«, schnarrte es aus der Sprechanlage.

Offenbar erwarteten sie ihn schon. Das war nicht gut. In Saschas Manteltasche knisterte die Plastiktüte. Seine nassen Turnschuhe quietschten auf dem Linoleum. Beklommen stieg er in den dritten Stock.

Motos Bodyguard füllte mit seiner fetten Glatze den ganzen Türrahmen.

»Sascha! Jungchen! Komm rein!« Ein muskulöser Affenarm schmiegte sich um seine Schultern und zog ihn in die Wohnung. »Bist ja ganz nass.«

»Vom Schnee«, stieß Sascha mit rostiger Stimme hervor.

»Dacht ich's mir doch. Kein gutes Wetter.« Es klang leutselig. »Bringst uns hoffentlich was Schönes mit?«

Hier wurde nicht lange gefackelt, hier ging's gleich zur Sache.

»Das hier ...«, Sascha musste sich räuspern, »... ist alles, was ich auftreiben konnte.« Er zog die Karstadttüte aus dem Mantel. »Sind 'n paar kostbare Stücke dabei.«

Der Glatzkopf guckte neugierig in die Tüte.

»Jungchen«, sagte er vorwurfsvoll. »Das wird dem Chef aber gar nicht gefallen. Das war so nicht ausgemacht.«

»Ich hab kein Geld.«

»Nicht gut, Sascha.« Wieder schlang sich der Affenarm um seinen Oberkörper, diesmal schon bedrohlicher. »Willst mir doch keine Arbeit machen, oder?«

Sascha schrumpfte in sich zusammen. »Ich hab wirklich kein Geld«, murmelte er. »Tut mir leid.«

Er wurde vorwärtsgeschoben, einer Tür entgegen.

»Wolln hören, was der Chef dazu sagt«, brummte der Glatzkopf. »Aber ich fürchte ... ich fürchte ...« Ein Stoß. Ein Knall. Dann drehte sich der Schlüssel von außen im Schloss. Jetzt sitzt du in der Falle, Sascha! In seinem Kopf fuhr die Welt Karussell.

Merkwürdigerweise fand er sich in der Küche wieder. Er registrierte gesprungene gelbe Kacheln und hellblaue Hängeschränke, außerdem einen Kühlschrank, einen Gasherd und einen Tisch mit drei Stühlen. Davor stand eine junge Frau mit glattem, schwarzem Haar, die Hände tief im Teig vergraben. Eine Asiatin, stellte Sascha fest, als sie sich jetzt zu ihm umdrehte. Sie trug einen kurzen geblümten Kittel, rote Rosen auf orangefarbigem Grund. Das konnte doch nicht ...? Sascha kniff fachmännisch die Augen zusammen: Nein, außer diesem Kittel schien sie nichts anzuhaben.

»Na, so was«, sagte die Frau. Es klang eher gelangweilt als überrascht. Auch sie musterte ihn prüfend, und was sie sah, gefiel ihr offenbar. Sie strich sich kokett eine Haarsträhne aus der Stirn. »Bist ganz schön nass geworden, was?«

»Ja, vom Schnee.«

Sie wirkte amüsiert. »Hier ist ein Handtuch.« Es schien sie nicht zu stören, dass er nur Augen für ihren rosenumrankten Ausschnitt hatte.

»Sie haben uns beide hier eingesperrt«, murmelte er und reckte den Hals. Viel war da nicht unter den Ranken.

»Tatsächlich?« Sie lächelte zuckersüß und kam ihm dabei näher, er konnte ihre Wärme spüren. So waren sie, die Mädels. Sie fanden ihn niedlich, das machte es ihm leicht.

»Wenn die Tür wieder aufgeht, werden sie mich zusammenschlagen«, sagte er und fuhr sich mit dem Handtuch durch die Haare.

Sie begann unvermittelt zu lachen. »Oh, das tut mir leid«, rief sie und hielt sich kichernd zwei mehlige Hände vor den Mund.

»Na, ich kann mir was Lustigeres vorstellen«, brummte er.

Sie kicherte immer noch. »Du hast Mehl in den Haaren. Vom Handtuch. Ich lache wegen dem Mehl.«

»Ach so. Na dann.« Er sank auf einen der Küchenstühle.

»Manchmal reicht Madame Moto Gebäck. Bei exklusiven Gästen.«

»Wie schön für die Gäste«, grunzte Sascha.

»Und manchmal gibt es noch ausgefallenere Erfrischungen.« Lächelnd legte sie den Arm um seinen Hals und schob sich auf seinen Schoß. »Dafür bin ich zuständig.«

»Ach ja?« Seine Hand tastete nach ihrer Hüfte, die sich ihm tröstend entgegenschmiegte. Jetzt konnte er auch ihren Hintern befühlen. Ein ziemlich mageres Hühnchen.

»Hundertfünfzig«, raunte sie ihm ins Ohr.

Sascha fuhr zurück. »Spinnst du? Ich hab noch nie was dafür bezahlt!« Das traf ihn in seiner Ehre.

Sie war aufgesprungen und musterte ihn säuerlich. »Aber jetzt wirst du gleich was bezahlen.« Sie deutete auf die Tür. Sascha hörte, wie sich der Schlüssel im Schloss drehte. »So ein leckeres Bürschchen wie du darf seine Schuld bei uns manchmal auch in Naturalien begleichen. Der fette Moto übernimmt so was gern selbst.«

»Es ist eine Schande, dass dieser Fahrstuhl dauernd kaputt ist«, keuchte Ruth, als sie die Treppen zu Christa Kerners Wohnung hinaufstiegen. »Da hat dein Vater damals wirklich am falschen Ende gespart, Sandra.«

Joshua, ihr achtjähriger Sohn, sprang ihnen leichtfüßig voran.

»Es war nicht genug Geld da«, sagte Sandra. »Ich kann mich erinnern, dass er damals Tag und Nacht gerechnet hat. Die Renovierung wurde immer teurer, es fehlte an allen Ecken und Enden. Aber zum Schluss hat er's hingekriegt.«

»Indem er sich für den billigsten Fahrstuhl entschied.«

»Na ja, besser als gar keinen Aufzug. Und als die Eigentumswohnungen dann verkauft waren, hatten wir keine Sorgen mehr.«

»Wie schön für euch.« Es klang bissig.

Joshua hatte sich am Flurfenster hinter eine der Topfpalmen gequetscht und schaute hinunter auf den Hof. An der Schaukel spielten Kinder, ein Junge und ein Mädchen. Sie lachten.

»Das sind die Bessertkinder aus dem zweiten Stock«, sagte Ruth. »Willst du runtergehen, mit ihnen spielen?« Sie sah, dass er nachdachte und sämtliche Möglichkeiten abwog, wie es seine Art war: langsam und gründlich. Deswegen hatte er kaum Freunde. »Na? Willst du?«

Joshua sah zu ihr auf. »Noch nicht«, erklärte er gewichtig.

Ruth schmunzelte. »Dann sag mir Bescheid, wenn's so weit ist.«

»Ruth! Schau mal!« Sandra hatte bereits den Wohnungsschlüssel aus der Tasche gezogen. »Da, vor der Tür.« Auf der Fußmatte lag ein Sträußchen aus rostbraunen und gelben Astern.

»Wer hat die denn da hingelegt?«, fragte Ruth.

»Keine Ahnung.« Sandra hob das Sträußchen auf. »Aber Christa hätte es gefallen. Sie mochte solche harmlosen kleinen Geschenke.« Sie schob den Schlüssel ins Schloss und öffnete die Tür. Aus der Wohnung schlug ihnen ein strenger Geruch entgegen.

Ruth und Joshua traten zögernd ein. Der Junge hielt sich demonstrativ die Nase zu. »Puh, hier müffelt's.«

Sandra stürzte in die Küche und riss das Fenster auf.

»Kann ich jetzt runter zu den Kindern gehen, Mama?«

Ruth nickte. »Ist gut, Joshi. Aber du bleibst auf jeden Fall im Hof, ja? Und wenn die anderen in ihre Wohnung gehen, kommst du zurück.«

»Hierher? In diese Wohnung?«

»Genau das.«

»Aber es müffelt.«

»Trotzdem.« Ruth küsste ihn zum Abschied auf die Stirn.

»Na gut ...« Joshua wandte sich zur Tür, den Blick auf den Teppich gerichtet. Ruth rechnete bereits mit weiteren Einwänden. Stattdessen bückte er sich und hob etwas auf, das unter der Flurkommode gelegen hatte: eine Spielkarte. Er schaute sie kurz an, legte sie auf die Kommode, öffnete die Tür und verschwand im Hausflur.

War das etwa eine Tarotkarte? Ruth machte zwei hastige Schritte. Beim Anblick des Motivs spürte sie die Gänsehaut. »Du lieber Himmel!« Widerwillig nahm sie die Karte und zeigte sie Sandra. »Das hier hat Joshua gefunden.«

»Wow, deine Hand zittert ja richtig!« Sandra musterte sie verwundert. »Ich denke, du glaubst nicht an Hokuspokus.«

»Das ist ja grausig!« Auf einem stolzen Schimmel ritt ein schwarzes Skelett, die Sense in der Knochenhand. »Was hat das zu bedeuten?«

»Das ist der Tod«, sagte Sandra.

Joshua lächelte. Ihm gefiel die Frau, die gerade aus der anderen Wohnung kam. Sie war nett zu dem Mann mit dem Pflaster auf der Stirn. Bestimmt hatte sie ihn verarztet. Ihr Haar war durcheinander, und sie schwitzte. Aber sie roch nach Duschgel, Joshua erkannte die Sorte. Wahrscheinlich hatte sie Sport gemacht. Auch

Mama machte manchmal Sport, weil sie zu dick war. Sie hatten zuhause einen Hometrainer im Wohnzimmer. Aber die Frau hier war nicht zu dick. Sie lächelte zurück.

Joshua stieg langsam die Stufen hinunter. Durch das Flurfenster hörte er Kinderlachen. Sie schaukelten also immer noch. Vorsichtig betrat er den Hof. Die Kinder auf der Schaukel blickten ihm entgegen. Sie waren eindeutig jünger als er.

»Zieht ihr in die Wohnung von der Frau Kerner?« fragte das Mädchen.

Joshua schüttelte den Kopf. »Wie heißt du?«

»Billa«, sagte das Mädchen. »Und das ist Thorben. Er ist noch ein kleiner Hosenscheißer.« Sie tätschelte dem Jungen auf der Schaukel den Kopf.

»Bin ich nicht«, protestierte Thorben. »Willste auch gleich mal schaukeln?«

Joshua überlegte. »Nö. Noch nicht«, sagte er dann.

»Und wie heißt du?«, fragte Billa.

»Joshua. Wir sind mit Sandra hier. Damit sie nicht so traurig ist. Wegen ihrer Mama.«

»Die Frau Kerner war nett«, sagte Billa.

»Hatte immer Kekse für uns«, ergänzte Thorben.

»Sind die Blumen von euch?«, fragte Joshua.

Beide nickten.

»Hab ich mir gleich gedacht.«

Thorben erklärte ihm umständlich, dass sie die Blumen aus dem Eckladen vorne an der Schönwalder Straße hatten. »Die Verkäuferin schenkt uns immer die abgebrochenen.« Billa hatte das Sträußchen gebunden, und gestern Abend, als die Eltern vor dem Fernseher saßen, waren sie noch mal raufgeschlichen und hatten die Blumen auf die Matte gelegt. »Das haben wir öfter so gemacht«, sagte Billa. »Als Dankeschön.«

»Gab oft Smarties«, ergänzte Thorben. »Oder Negerküsse.«

»Das war nett von euch«, sagte Joshua. »Sandra hat sich gefreut. Sie dachte nämlich schon, dass ihre Mama keiner leiden mochte.«

»Ich konnte sie gut leiden«, sagte Billa.

»Ich auch«, nickte Thorben. »Sie hatte Kinderschokolade.«

»Das ist eigentlich ein Geheimnis«, sagte Billa. Sie schaute zu Thorben.

Der machte ein missmutiges Gesicht. »Vielleicht haben die Großen keine Süßigkeiten von ihr bekommen«, mutmaßte er.

Billa lachte. »Bestimmt nicht.«

»Wenn ihr nicht einzieht, dann ziehen wir ein«, grinste Thorben. Aber Billa legte wieder mahnend den Finger auf den Mund. »Psst!«

»Weil die olle Frau Lazar sich immer über uns beschwert«, sagte Thorben. Das musste er unbedingt noch loswerden.

Billa stieß ihn in die Seite. »Guck mal! Da ist Mami!«

Im zweiten Stock wurde ein Fenster geöffnet. Joshua legte den Kopf in den Nacken. Das war doch die nette Frau aus dem Treppenhaus.

»Essen fertig«, rief sie. »Der Papi ist schon auf dem Heimweg.«

Die Kinder drehten sich zu Joshua.

»Mach's gut«, sagte Billa.

»Du hast's gut«, seufzte Thorben. »Du kannst jetzt die ganze Schokolade und die Kekse und die Smarties aufessen. Mann, hast du's gut!«

»Meine Mutter hatte viele gute Seiten«, murmelte Sandra. »Aber die meisten davon sind mit meinem Vater gestorben.«

»Sie hat ihn wohl sehr geliebt?«

Sandra nickte. »Als sie sich kennenlernten, hatte mein Vater eine Freundin, aber er hat sich wegen Christa von ihr getrennt. Sie gab ihm immer das Gefühl, der Größte zu sein. Und sie hatte einen umwerfenden Humor. Als ich klein war, haben wir viel gelacht.«

»Damals hat sie noch nicht getrunken, was?« Ruth deutete auf die leeren Flaschen, die überall in der Wohnung herumstanden.

»Nein, erst in den letzten Jahren. Die Polizei hat jede Menge Promille in ihrem Blut festgestellt.«

»Ein weiteres Indiz, dass ihr Tod ein Unfall war.«

Sandra stieß einen Seufzer aus, ging aber nicht auf die Bemerkung ein. »Schau mal, das Foto hier.« Sie deutete auf einen der

Bilderrahmen im Flur. »Das ist der Chor, in dem sich meine Eltern nähergekommen sind.«

Ruth beugte sich vor. »Tolle Frisuren.«

»Ja, gruselig. Aber das war mal modern.«

Ruth betrachtete das Foto, lauter fröhliche Gesichter. »Wie alt war deine Mutter, als du zur Welt kamst?«

»Dreiunddreißig.«

»Sie hat sich Zeit gelassen.«

»Ja. Aber sie hatte garantiert vorher ihren Spaß. Schau sie dir an, Ruth, sie war eine Schönheit!« Christa war eindeutig der Mittelpunkt des Bildes. Ihr dunkles, seitlich gescheiteltes Haar glänzte im Sonnenlicht. Sie wirkte glücklich und unbeschwert.

»Und das hier ist dein Vater?« Ruth tippte auf den athletischen blonden Mann, dessen Arm sich um Christas Taille schmiegte.

Sandra nickte. »Da war er schon Assessor, glaube ich. Vielleicht sogar schon Richter. Aber ich bin mir nicht sicher.«

»Und wo ist dieses Foto gemacht worden?« Ruth zeigte auf ein Bild mit Bergen im Hintergrund.

Sandra nahm es von der Wand. »Das ist der Ort, wo mein Vater verunglückte – aber viele Jahre früher.«

Ruth erkannte Christa und Wolfgang, beide in Wanderkleidung, er mit einem Rucksack, sie mit kariertem Kopftuch und Wanderstock.

»Sie waren beide leidenschaftliche Wanderer.« Sandra biss sich auf die Lippe. »Aber dann wurde es mit Christas Hüfte immer schlimmer. Mein Vater ist dann mit dem Wanderverein dort hingereist. Und ganz zum Schluss sogar alleine.« Sie schluckte, kämpfte mit dem Kloß im Hals. »Es hat fast zwei Wochen gedauert, bis die Suchtrupps ihn da unten in der Schlucht gefunden hatten. Tot natürlich.«

Ruth legte ihr den Arm um die Schultern. »Es wird Zeit, dass du dich mal richtig ausheulst.« Nachdenklich streichelte sie Sandras Arm. »Und du musst akzeptieren, dass auch der Tod deiner Mutter ...«

»Nein, das war kein Unfall!« Sandra riss sich los. »Es wird Zeit, dass du das akzeptierst, Ruth!« Sie stürzte ins Bad und schlug die Tür zu.

»Ich mache uns einen Tee«, sagte Ruth zur Badezimmertür.

Dahinter blieb es still.

Ruth begab sich in die Küche. Entsetzt blickte sie auf das Durcheinander. Es dauerte ein Weilchen, bis sie den Wasserkocher entdeckt hatte. Sie füllte ihn und schaltete ihn ein.

An einer Pinnwand steckten weitere Fotografien, auf denen Ruth die Hausbewohner erkannte. Offenbar hatten sie gemeinsam ein Grillfest im Hof veranstaltet. Wie lange mochte das her sein? Auf diesen Fotos schien jedenfalls die Welt noch völlig in Ordnung. Ruth schmunzelte.

Florian Bessert hielt die Grillzange in der Hand und schaute geistesabwesend auf Würstchen und Steaks. Seine Frau lächelte ihn an. Kein Wunder, dachte Ruth. Bei so viel Sexappeal hätte ich auch gelächelt, Junge, Junge! Der sah ja damals richtig gut aus, nicht so aufgeblasen wie jetzt. Die Lazar guckte auf keinem der Fotos in die Kamera. Sie hatte die Beine übereinandergeschlagen und schien mit dem Sitz ihres ziemlich kurzen Kleides beschäftigt. Christa Kerner hatte eine Flasche Mineralwasser vor sich und prostete dem Fotografen zu.

Wo war nur der Tee? Und der Zucker? Im Küchenschrank entdeckte Ruth einen Korb mit Süßigkeiten. »Eine Naschkatze war sie also auch«, murmelte sie und schob sich einen Riegel Kinderschokolade in den Mund. Da stand ja der Tee, eine ganze Büchse voll verschiedener Sorten. Sandra zuliebe wählte Ruth einen grünen. Sie hängte den Beutel in die Kanne und goss kochendes Wasser darauf. Während der Tee zog, rückte sie die Fotos auf der Pinnwand gerade.

Neben dem Grill stand mit ausgebreiteten Armen Wolfgang Kerner. Es war die Pose eines Dirigenten, schwungvoll und kräftig. Und er hatte hier im Haus ja tatsächlich dirigiert, war der Macher, der Anführer gewesen. Wenn Kerner noch gelebt hatte, musste die fröhliche Grillfete mehr als fünf Jahre zurückliegen. Das erklärte vieles.

Da saßen die Heuers. Er lächelte Wolfgang Kerner zu, sie hatte sogar winkend die Hand gehoben. Auf dem Foto daneben sah man die beiden Galeristinnen, Karla Schubert und Mechthild Kaminsky, leicht bekleidet, den Rücken an die Schaukel gelehnt. Die

Kinder der Besserts gab es noch nicht, obwohl sich an Julias Bauch die erste Schwangerschaft andeutete. Marthe Finck saß neben ihrem Mann und lachte herzhaft. Auch ihr hatten die vergangenen Jahre viel Unglück gebracht. Nur Pasow war ganz derselbe wie immer mit seiner Bierpulle und dem Zigarrenstumpen im Mundwinkel. Neben ihm suchte Gertrud scheinbar vergeblich nach einem Gesprächspartner.

Fast kam es Ruth so vor, als könne sie den Duft von gegrilltem Fleisch riechen, so sehr zogen sie die Schnappschüsse in die Vergangenheit. Warum war das Leben nur so verdammt unbeständig? Sollte tatsächlich eine der Personen auf diesen Fotos Christa Kerner getötet haben? Und wenn ja, warum? Sie wirkten alle so harmlos und normal. Und dennoch, dachte Ruth, dennoch hatten die Ereignisse der vergangenen Jahre die Harmonie dieser Bilder längst ins Gegenteil verkehrt. Im Grunde war alles möglich.

Sandra betrachtete die Tarotkarte in ihrer Hand.

»Sandra! Hörst du nicht? Sandra!« Die Stimme der Mutter schrillte in ihrem Kopf, als wäre sie noch am Leben. »Warst du an meinen Karten? Der Tod ist nicht dabei. Hast du meine Karten durcheinandergebracht? Sandra! Du musst mir suchen helfen!«

»Ich bin beim Putzen, Christa. Ich kann nicht überall sein.«

Sie sah sich selbst, wie sie die Duftwasserfläschchen auf dem blankgewienerten Wannenrand verteilte. Wenn sie nicht mindestens einmal die Woche das Bad schrubbte, wäre der Dreck bald nicht mehr zu beseitigen.

»Genau wie dein Vater!«, ereiferte sich Christa. »Wenn ich seine Hilfe brauchte, war er nicht da. Er machte Wanderurlaub, ich durfte hier sitzen und warten. Immer nur warten. So hilf mir doch, Sandra!« Ein Schluchzer. Jetzt weinte sie wieder, putzte sich lautstark die Nase, schniefte.

Sandra sank entnervt auf den Klodeckel. »Sei doch still.« Leise.

»Aufgeopfert habe ich mich für dieses Kind«, tönte es weinerlich. »Nichts habe ich mir gegönnt ...«

»Ich kann's nicht mehr hören«, murmelte Sandra. Ich ertrage ihre Stimme nicht mehr, dieses heisere Quäken! Früher hatte

Christa die Alt-Soli im Chor gesungen, es gab Aufnahmen davon. Darauf klang sie dunkel und warm.

»Sandra! So hilf mir doch! Wie lange muss ich dich noch bitten? Gut, dass Wolfgang das nicht mehr miterleben muss ...«

»Es reicht, Christa!« Mit einem Satz war Sandra im Wohnzimmer. Die Tür krachte gegen die Schrankwand. »Ewig dieses Gejammer!«

Christa sah mit glasigem Blick zu ihr auf.

Sandra hob die Fäuste in den Gummihandschuhen. »Ich räume mehrmals im Monat diesen Schweinestall auf, sammle deine leeren Flaschen ein, putze die Pissecken von deinem Paisyviech sauber ...«

Die kleine Yorkshiredame kläffte, als sie ihren Namen hörte. Sie hatte sich neben Christa auf der Couch zusammengerollt. Jetzt gähnte sie und reckte sich, wedelte mit dem Schwänzchen und wollte gerade zu Sandra hüpfen, da wurde sie im Sprung von Christa aufgefangen.

»Da hörst du, wie die Mutti beschimpft wird, Paisylein. Und du auch, mein Schätzchen. Dich kann sie auch nicht leiden.« Sie drückte das Tier an ihre Brust und vergrub die Nase zwischen den Hundeohren. »Dankbar müsste dieses Fräulein sein! Wer finanziert ihr das Studium?«

Sandra sog hörbar die Luft ein. »Ich brauche dein verdammtes Geld nicht! Du hast es mir aufgedrängt.« Ihre Stimme bebte. »Ich kann mir einen Studentenjob suchen. Aber dann besorg dir jemand anderen, der hier ausmistet! Mir reicht's!« Sie riss sich die Gummihandschuhe runter und knallte sie auf den Tisch. »Papa hätte längst die Nase voll gehabt, wenn du dich bei ihm so hättest gehen lassen!«

Christa starrte sie an. Vor ihr auf dem Tisch stand die Flasche Schlehenfeuer, daneben lagen die Tarotkarten. Sie setzte den Hund aufs Sofa zurück und goss sich Likör ein.

»Warum bist du immer so nörgelig, Mama? Ich helfe dir doch gern.« Sandra kniete sich neben ihre Mutter. Der Likör leuchtete glutrot. Christa trank ihn aus.

Sandra schüttelte entmutigt den Kopf. »Ich weiß doch, dass du es schwer hast, seit Papa tot ist.«

»Nichts weißt du! Gar nichts!« Christa starrte vor sich hin.

»Sicher war ich nicht immer die beste Tochter, aber lass uns doch versuchen, miteinander auszukommen.«

Christa sank in sich zusammen. Tränen liefen ihr über die Wangen. »Manchmal wünschte ich, ich würde nicht mehr aufwachen. Das Leben ist eine einzige Strafe. Und dazu dieses Haus! Die Nachbarn reden hinter meinem Rücken. Sie nennen mich alte Hexe.«

»Ach, Mama.« Sandra drückte ihr die Hand. »Das bildest du dir bloß ein.«

»Gar nichts bilde ich mir ein! Zum Kartenlegen kommen sie und wollen Rat. Aber wehe, ich sage ihnen die Wahrheit!« Sie nahm die Flasche und goss nach, trank das Glas mit einem Schluck leer. »Lauter Aasgeier! Und die Lazar ...« Sie nahm den Kartenstapel, wog ihn in der Hand.

»Was ist mit Frau Lazar?«

Christa hob den Kopf und musterte ihre Tochter irritiert. »Wieso? Nichts. Was soll denn mit ihr sein? Ach, da ist er ja, der Tod.« Zärtlich strich sie über die gesuchte Karte »Mein Gefährte der Einsamkeit.« Sie schob den Stapel zusammen und wickelte ihn in das Seidentuch. Es klopfte an der Badezimmertür.

Ruth schaute herein. »Na, sag mal, Sandra! Du hast ja immer noch diese schreckliche Karte in der Hand.«

»Was ...?« Sandra blickte verwirrt um sich.

»Der Tee ist fertig. Soll ich dir eine Tasse bringen?«

Sandra schüttelte den Kopf.

»Keinen Tee?«

»Doch, doch. Ich komme schon.« Ihre Stimme kippte. Sie sprang hastig auf. Ruth fasste behutsam ihren Unterarm.

»Sie fehlt mir so sehr«, brach es aus Sandra heraus. »Trotz allem.« Jetzt konnte sie die Tränen nicht mehr aufhalten. Ruth nahm sie in die Arme und wiegte sie wie ein kleines Kind.

4

Sascha zog den Rotz hoch. Die Kälte kribbelte in seiner geschwollenen Nase. Er schlug den Mantelkragen hoch. Da war die Kunstgalerie, alle drei Schaufenster hell erleuchtet, nobel, nobel! Normalerweise hätte er sich hier gar nicht reingetraut. Aber im Augenblick war nichts normal. Er betastete die Schwellung unter seinem Auge. Er ahnte, wie er aussah. Und wenn schon! Vielleicht würden Karla und Mechthild ihm ja gerade deshalb helfen. Aus Mitleid. Er durfte sich im Augenblick keine Eitelkeiten erlauben. Entschlossen drückte er die Tür auf und setzte seinen Fuß auf dunkles Tropenholzparkett. Still war es hier, und sogar der Geruch war irgendwie exklusiv. An den Wänden hingen Kinderbilder, in Öl gemalt. Traurige Kinderbilder, fand Sascha. Voll Selbstmitleid fuhr er sich über die schmerzende Nase.

»Sascha Wolf? Bist du das?«

Er fuhr herum. Karlas Stimme hatte ihn erschreckt. Hinter ihrer kantigen Figur sah er Bilder mit nackten Kindern. Nicht, dass man irgendetwas Anstößiges hätte erkennen können. Aber nackt waren sie. »Hey! Die Kinderpornos habt ihr wohl im Hinterstübchen versteckt, was?« Er grinste breit, um Karla zu zeigen, dass er einen Witz gemacht hatte.

Sie zog kritisch eine Augenbraue hoch. »Wie siehst du denn aus? Hast du dir das für deine plumpe Anmache eingefangen, oder hat dein Dealer dich verdroschen?«

Sascha drückte das Pflaster auf seiner Stirn fest. »Du tust mir unrecht. Das waren echt fiese Typen, denen ich was schuldig bin.«

Karla nickte. »Tut mir leid für dich«, sagte sie, halbwegs versöhnlich. »Worum geht's denn?«

»Ich hab was für euch. Könntet ihr hier verkaufen.« Er zwinkerte ihr verschwörerisch zu. »Unter der Hand, wenn nötig.« Er zog eine Plastiktüte aus der Manteltasche und zeigte ihr den Inhalt.

»Oh, was für ein hübsches Schmuckkästchen«, sagte sie eisig. »Aber wir verkaufen keinen Schmuck. Erst recht keinen geklauten!«

»Der ist nicht geklaut.« Sascha schüttete die Ketten, Broschen und Ringe auf den Verkaufstisch. »Ich hab ihn von meiner Tante. Die ist gestorben, und ich weiß nicht, was ich damit soll. Bargeld lächelt mich besser an.«

»Erzähl das deiner Großmutter!« Karla zupfte ihr schwarzes Bolerojäckchen zurecht. »Egal, woher du das hast, Sascha. Wir machen keine Geschäfte mit dir.«

»Warum nicht?«

»Ich sagte doch schon, wir verkaufen keinen Schmuck.«

»Du könntest doch mal 'ne Ausnahme machen. Ich brauche nur so viel, dass ich meine Schulden bezahlen kann. Bin gerade in 'ner ganz schlechten Phase.«

»Du kiffst zu viel.«

»Mir fehlt eben 'ne tolle Frau wie du.«

Es klang nicht überzeugend.

»Spar dir deine Verführungskünste«, sagte Karla prompt und musterte ihn kühl. »Typen wie du gehen mir gegen den Strich.«

»Mensch, Karla ...« Er versuchte es mit seinem Dackelblick.

»Ihr Kerle steht mir bis hier!« Ihre Hand pegelte sich zehn Zentimeter über dem Haaransatz ein. »Plustert euch auf wie die Hähnchen, nur dass der Kamm bei euch vorne schwillt. Lass uns in Frieden, und du kriegst keinen Ärger! Hast du das verstanden, Sascha Wolf?«

Er schluckte. Ihm wurde heiß in seinen Klamotten.

»Schon gut, Karla. Reg dich nicht auf. Ich wollte bloß ein kleines Geschäft vorschlagen. Hab das Geld dringend nötig. Diese Leute sitzen mir im Nacken. Die verstehen keinen Spaß.«

»Das ist nicht mein Problem.«

In diesem Moment ging die Türglocke. Ein dicker Mann kam herein. »Tag, Frau Schubert.«

»Guten Tag, Herr Riemann.« Karla war auf einmal zuckersüß.

Sascha starrte giftig auf die goldene Rolex, die der Kerl am Handgelenk trug. Er spürte, wie er sich vor Karlas Augen in Luft auflöste.

»Schauen Sie mal hier,« wandte er sich an den Dicken. »Ist vielleicht 'ne Kette für Ihre Frau Mutter dabei ...«

»Nimm dein Zeug und verschwinde«, raunte Karla mit einer Stimme wie Arsen. »Oder ich hole die Polizei.«

»Schon gut, schon gut.« Sascha schaufelte den Schmuck zurück in die Tüte. »Oder vielleicht 'n paar hübsche Ohrringe, Herr Riemann?«

»Raus!«, brüllte Karla.

Da waren sie wieder, die ewig gleichen Geräusche aus dem Wohnzimmer: Erst wurde der Sessel gerückt, dann kam das Rülpsen, dann ein Furz. Gertrud Pasow lauschte, während die Kaffeemaschine blubberte. Erwin bereitete sich auf die Tagesschau vor, da durfte sie nicht mucksen. Ihre Tasse stand bereit. Kaffee am Abend, eigentlich sollt ick det lassen, dachte sie. Aber man jönnt sich ja sonst nüscht.

»Gertrud, Bier!«, tönte es aus dem Wohnzimmer.

Sie griff in den Kühlschrank und brachte Erwin sein Schultheiss.

Er blickte mit schmalen Augen zu ihr auf. »Wo warste eigentlich an dem Abend, als sich die Hexe oben totjestürzt hat?«

Gertrud erstarrte. »Ick? Wieso ick?«

»Du warst nich inne Küche, als ick los bin. Und als ick nach den janzen Trabbel wieder rinjekommen bin, stand hier immer noch keen Bier uff 'n Tisch. Wo warste, Gertrud?« In seinem Blick lag etwas Lauerndes.

Gertrud überlegte fieberhaft. Noch nie war sie von ihm so zur Rede gestellt worden, noch dazu kurz vor der Tagesschau. »Ick war kurz bei Marthe wejen 'nem Termin für de Dauerwelle.«

Erwin bohrte nachdenklich in der Nase. »Die Fincken wohnt über uns, eene Treppe. Wie lang haste dich denn da uffjehalten?«

Gertrud spürte die erste Schweißperle auf der Stirn. »Na, und denn hab ick bei der Lazar anne Tür jelauscht. Die hat Klavier jespielt.«

»Als ick hoch bin, spielte da keener.« Erwin ließ den Arm baumeln und wischte seinen Bohrerfolg an der unteren Sesselkante ab. Die Erkennungsmelodie der Tagesschau erklang, und Gertrud seufzte erleichtert. Aber Erwin drückte den Ton weg. »Na? Wie passt det nu zusammen?« Immer noch dieser lauernde Blick.

»Na, denn hat se eben uffjehört«, stammelte Gertrud.

»Wenn du bei der Lazar jewesen wärst oder bei de Fincken, hättste mir bejegnen müssen, als ick de Treppe hoch bin«, dozierte Erwin. »Biste aber nich.«

»Na, denn war ick schon unten.«

»Aber nich in unsere Küche.«

»Nee, bei de Heuern! Als ick runterkam, steckt die ihren Kopp raus und sagt: Kommse ma rin! Na, denn bin ick eben rin. So fünf Minuten. Na, und denn lief schon deine Tagesschau, und ick bin gleich inne Küche, wollte ja nich störn. Und du hast ja ooch nüscht jesagt.«

Erwin zog geräuschvoll die Luft durch die Nase. »Der Fernseher looft ooch, wenn ick jar nich da bin. Nachkieken musste! Und Bier hinstellen! Hab ick nich schon jenuch Probleme? Meen Bier steht zur Tagesschau uff 'n Tisch und damit basta!« Er nahm die Flasche, genehmigte sich einen ordentlichen Schluck und pflanzte dann die Zigarre wieder in den Mundwinkel. »Wat haste denn mit de Heuern? Mit der biste doch sonst nich so dicke.«

Gertruds Hoffnung auf Kaffee verrann. Sie konnte ihn aus der Küche riechen, aber er blieb unerreichbar. »Die Heuern is jetzt bei de Weet Wotschers. Da lernt se nach Punkte essen, von wejen de Figur.«

»Die olle Heuern?« Erwin öffnete verblüfft den Mund. Der durchweichte Zigarrenstummel fiel auf seinen Schoß. »Wat für 'ne Figur denn?!« Seine Stirnader schwoll plötzlich an. Kein gutes Zeichen. Gertrud zog vorsorglich den Kopf ein.

»Soweit kommt det noch!«, explodierte Erwin. »Meine Frau verkehrt nicht mit so 'ne ... so 'ne ... Punktefresser! So 'n Schweinkram fängste mir jar nich erst an!« Er nahm einen tiefen Schluck aus der Flasche. »Erst lässte dir von der Hexe die Karten legen, und nu ooch noch so wat!« Er rülpste heftig, nahm die Fernbedienung und schaltete den Ton wieder ein. »Weiber«, brummte er. »Dämliche Weiber. Nüscht wie Scherereien hat man.«

Sandra stieg vom Fahrrad und blickte auf die Uhr. Sie hatte den Weg zur Arbeit in knapp zehn Minuten geschafft. Nicht schlecht. Blieb noch Zeit für eine Zigarette. Auf der anderen Straßenseite ordnete der türkische Ladenbesitzer gerade seine Auslagen. Er winkte ihr zu. Sie winkte zurück. Vom Hof der Grundschule an der Ecke drang Kindergeschrei herüber. Ein streunender Hund kackte auf den Bürgersteig.

Sandra wusste, dass Ruth diesen Kiez sehr mochte. »Ich mag die Menschen, die hier leben, und die Miete ist erschwinglich«, erklärte sie jedem, der ihr zum Standortwechsel riet. Eine Goldgrube war ihre Kanzlei nicht. Ratsuchende gab es reichlich – aber auch fast ebenso viele offene Mandantenrechnungen. Sandra hatte längst mitbekommen, dass ihre gutmütige Chefin ständig in Geldnot war.

Sie drückte die Zigarette aus und beförderte die Kippe in den nächsten öffentlichen Papierkorb. Herumliegende Zigarettenstummel waren ihr ein Gräuel. Mit gekonntem Griff schulterte sie das Fahrrad und trug es die zwei Treppen zum Büro hoch. »Wenn Ruth mein Angebot annimmt, putze ich dich nachher spiegelblank«, versprach sie dem Messingschild an der Tür, das auf die Anwaltskanzlei Morgenstern hinwies.

An der Flurgarderobe hing ein heller Wollmantel, auf dem Tisch im Wartebereich lag eine aufgeschlagene Frauenzeitschrift. Ruth hatte schon einen Gesprächstermin.

Sandra schob ihr Fahrrad in die Abstellkammer, schaltete den Computer an und gab ihr Passwort ein. Laut Kalender dauerte Ruths Besprechung noch genau zehn Minuten. Danach stand ihre regelmäßige gemeinsame Wochenplanung und Reflexion von Sandras Praktikum auf dem Plan. Das war *die* Gelegenheit. Sandra brühte frischen Kaffee auf und bereitete einen Teller mit Ruths Lieblingskeksen vor.

Eine Viertelstunde später saßen sie sich gegenüber.

»Ich brauche deine Hilfe, Ruth.« Sandras Stimme klang rau.

Ruth zog die Augenbrauen hoch. »Hoffentlich nicht schon wieder das Mordthema?«

»Doch.« Sandra straffte sich. »Ich muss der Sache auf den Grund gehen. Wenn du nicht mitmachst, nehme ich mir einen Privatdetektiv.«

»Und was soll der arme Mann dann tun?«

»Nachforschungen anstellen. Die Leute im Haus befragen, ob sie irgendwas bemerkt haben, was weiß ich?« Die Aufregung war ihr deutlich anzumerken. »Lieber wär's mir natürlich, wenn wir beide das zusammen machen könnten. Nach der Beerdigung muss ich mich sowieso mit Christas Nachlass befassen. Ich könnte in ihren Sachen nachschauen, ob es dort noch irgendeinen Hinweis gibt, und du unterhältst dich mit den Hausbewohnern.« Sie saß kerzengerade, die Fäuste geballt. Ruth strich sich bedächtig ein paar Kekskrümel von der Bluse. »Das hat die Polizei doch alles schon erledigt.«

»Na und?! Jetzt mal ehrlich! Wer äußert denn seine geheimsten Vermutungen, wenn ihm ein Polizist mit gezücktem Notizblock gegenübersteht?«

»Und wer von den Bewohnern täte das, wenn die Hausverwalterin ihn fragt?«, konterte Ruth.

»Wir könnten uns den Job aufteilen«, schlug Sandra vor. »Mit einigen von den Leuten kam ich früher, als ich noch bei Christa gewohnt hab, gut zurecht. Mit Sascha zum Beispiel, mit Julia Bessert oder mit Frau Finck. Und du knöpfst dir die anderen vor.«

Ruths Brauen zogen sich zusammen. Sie schüttelte unwillig den Kopf.

»Der Fall ist abgeschlossen, Sandra. Die Polizei ...«

Sie konnte den Satz nicht beenden, denn Sandra sprang auf.

»Dann eben nicht, verdammt noch mal!« Sie riss die Tür auf und stürmte ein weiteres Mal wütend hinaus.

Junge, Junge, dachte Ruth, da liegen aber die Nerven blank. Sie hörte, wie Sandra sich im Nebenzimmer eine Zigarette ansteckte. Dann ein Stoßseufzer, als der Rauch wieder ausgestoßen wurde. Jemanden, der sich in einem solchen Zustand befand, durfte man schon aus Gründen des Selbstschutzes nicht ernst nehmen, fand Ruth. Sie ging Sandra nach. »Wie war das mit dem Rauchverbot?« Sie legte ihrer Praktikantin versöhnlich die Hand auf die Schulter.

Sandras Muskeln verkrampften sich unter der Berührung. Aber sie schüttelte Ruths Hand nicht ab. »Ich werde eine Menge Geld erben, das weißt du, Ruth. Und die zwei Wohnungen.«

»Ja, das weiß ich.«

»Ich möchte dir das Angebot machen, gegen ein bestimmtes Honorar mit mir gemeinsam zu ermitteln.« Es klang förmlich und beherrscht. »Ich zahle dir, so viel du willst.«

»So?« Ruth beobachtete, wie Sandra ihre Zigarette ausdrückte. Jetzt drehte sie sich zu ihrer Chefin um und sah ihr direkt in die Augen.

»Ich habe niemanden außer dir, Ruth.«

»Aber ich bin doch kein Privatdetektiv.«

»Trotzdem, du bist die Richtige für den Job«, erklärte Sandra. »Ich muss einfach Gewissheit haben, das bin ich Christa schuldig. Ich habe meine Mutter geliebt, das weiß ich jetzt.«

Ihre Entschlossenheit beeindruckte Ruth. »Also gut, schließen wir einen Vertrag. Ich nehme wie üblich 75 Euro die Stunde, und bei Erfolg die mir zustehende Prämie. Du kennst ja meine Geschäftstarife.«

Sandra zuckte nicht einmal mit der Wimper. Sie nickte bloß.

»Als Erfolg würde ich definieren, wenn es mir gelänge, dich davon zu überzeugen, dass bei dem Unfall deiner Mutter keinerlei Fremdeinwirken im Spiel war«, dozierte Ruth. »Oder mit anderen Worten: dass sie tatsächlich im alkoholisierten Zustand die Treppe hinuntergestürzt ist.«

»Dann kannst du deine Prämie vergessen«, sagte Sandra.

»Allerdings brauche ich einen Vorschuss von 2000 Euro.« Sie wartete gespannt auf Sandras Reaktion. Doch die nickte bloß – und grinste plötzlich von einem Ohr bis zum anderen. »Alles, alles, was du willst!« Mit einem Satz war sie bei Ruth und umarmte sie stürmisch. Endlich schien auch die Anspannung von ihr abzufallen. »Danke.«

»Keine Ursache.« Ruth strich ihr über den Rücken. »Das Geschäft ist offenbar für beide Seiten lukrativ.« Sie stupste Sandra in die Seite.

»Ich weiß doch, dass du's brauchen kannst«, sagte Sandra, offensichtlich bester Laune. Ruth sah ihr kopfschüttelnd nach, als sie den Gang hinuntereilte und in der Abstellkammer verschwand.

»Wann fangen wir an?«, tönte es aus dem Kabuff.

Einen Moment zögerte Ruth. Dann gab sie sich einen Ruck. »Wenn du möchtest, sofort. Damit hier endlich wieder Ruhe einkehrt.«

»Okay, dann fahr ich gleich in die Kladowstraße.«

»Ach, und noch eins«, rief Ruth. »Falls sich wider Erwarten herausstellen sollte, dass du mit deiner Vermutung doch Recht hattest ...«

»Ja, was dann?« Sandra streckte den Kopf aus der Kammer.

»... darfst du meine Ermittlungen als kostenlosen Freundschaftsdienst betrachten.«

»Soll mir recht sein«, nickte Sandra. Irritiert verfolgte Ruth, wie sie mit Lappen und Putzmittel in Richtung Eingangstür lief. »Wirst schon sehen, was du davon hast!«, schallte es siegessicher aus dem Treppenhaus.

Kaum hatte Sandra den Briefkasten mit der Aufschrift *Kerner* aufgeschlossen, ergoss sich die Papierflut schon auf den Boden. Sie hockte sich hin und trennte die Werbung von den Briefen. Mit zwei ungleichen Stapeln in den Händen erhob sie sich wieder – da stand plötzlich der alte Heuer vor ihr.

»Na, jetzt können Sie sich ja endlich alles bestellen, was sie wollen«, knurrte er und deutete auf den Reklamestapel.

Sandra ballte die Fäuste. Natürlich wäre es das Beste, sich einfach umzudrehen und den Alten stehenzulassen, das wusste sie. Aber dazu war sie zu wütend. »Mir reicht's jetzt langsam!«, fuhr sie ihn an und fuchtelte ihm mit den Prospekten vor der Nase herum.

In diesem Moment trat Frau Heuer aus ihrer Wohnung, noch damit beschäftigt, sich den Mantel zuzuknöpfen. Auch sie wurde sofort laut: »Noch einen Schritt weiter, und ich hole die Polizei! Sie sind ja gemeingefährlich.«

Sandra starrte in die beiden selbstgefälligen Gesichter. »Und Sie sind krank!«, schrie sie und pfefferte die Reklame in den dafür vorgesehenen Papierkorb. »Was bilden Sie sich denn ein?! Sie können doch nicht ...«

Der Fahrstuhl bremste ihren Redefluss. Die Tür öffnete sich, und heraus trat Sascha, barfuß, nur in Jeans und T-Shirt, mit verstrubbelten Haaren und dem größten dunkelvioletten Veilchen am Auge, das Sandra je gesehen hatte. Auch die Heuers starrten ihn an.

»Morgen, die Herrschaften«, grüßte er unbefangen und fischte den Briefkastenschlüssel aus seiner Hosentasche.

Heuer blickte erstaunt auf seine Armbanduhr.

»Morgen«, murmelte Sandra. Sie wollte an Frau Heuer vorbei die Treppe hinauf, doch die ließ sie nicht durch.

»Sie konnten vielleicht die Polizisten täuschen, Fräulein Kerner«, rief sie, »aber uns täuschen Sie nicht!«

Sandra ahnte, worauf das hinauslief. »Lassen Sie mich durch!«, fauchte sie. »Ich habe Ihnen nichts getan!«

Heuer trat einen Schritt näher. »Uns reicht, was Sie Ihrer Mutter angetan haben!«, sagte er pathetisch.

Sandra blieb die Luft weg. Sie presste die Briefe an die Brust, rang nach Atem. Dann straffte sie sich. »Sie, Herr Heuer, haben die Hosen voll, weil ich Sie jetzt nämlich aus Ihrer Wohnung raussetzen könnte. Und das mache ich auch, darauf können Sie Gift nehmen!«

Die letzten Sätze versetzten beide Heuers sichtlich in Aufruhr.

»Ich werde Sie anzeigen!«, drohte er mit erhobenem Zeigefinger.

»Mörderin«, keuchte seine Frau fast gleichzeitig.

»Schwachsinn«, brummte Sascha.

Die ganze Szene kam Sandra plötzlich lächerlich vor.

Jetzt wurde auch noch die Pasowsche Wohnungstür geöffnet.

»Wat is denn hier los?«, ertönte Gertruds nörgelige Stimme. »Kann man nich ma in Ruhe sein Mittagsschläfchen halten? Nu habt ihr Erwin uffjeweckt ...«

Wie aufs Stichwort trat Pasow neben seine Frau: Hausdress und eine frische Zigarre, er war kampfbereit. »Streitet ihr euch wegen der ollen Kerner? Da hab ick wohl ooch noch ’n Wörtchen mitzureden ...«

Marthe Finck hatte sich den Wintermantel angezogen und gegen den Nieselregen ein Plastikhäubchen über die frisch gelegten Locken gebunden. »So, mein Paisylein. Jetzt gehen wir Gassi.« Sie nahm den Hund an die Leine, der fröhlich mit dem Hinterteil wackelte. Dann öffnete sie die Wohnungstür, und Paisy huschte sofort hinaus.

»Nun warte doch, Schätzchen, 'ne alte Frau ist schließlich kein D-Zug.« Sie wuchtete die Karre mit dem Leergut zum Aufzug und stellte die volle Mülltüte daneben. Dann zog sie die Tür ins Schloss und drückte auf den Fahrstuhlknopf.

Aus dem Erdgeschoss hörte sie laute Stimmen.

»Na, was ist denn da los, Schätzelein? Streiten die sich etwa?« Sie bückte sich, nahm Paisy auf den Arm und schlich auf Zehenspitzen zur Treppe. »Hübsch leise, meine Kleine ...« Je mehr sie sich konzentrierte, desto deutlicher konnte sie die Stimmen unterscheiden. »Also, da sind Heuers. Und Sandra«, flüsterte sie dem Hund ins Ohr. »Aber worum geht's denn?« Sie lauschte. »Du lieber Himmel! Das kann doch nicht wahr sein! Die eigene Mutter! Wie können die nur so etwas denken?« Sie hörte, wie Sandra auf die Anschuldigung mit einem Gegenangriff reagierte. »Ja, immer feste, Mädel! Wehr dich!«

Jetzt kamen auch noch die beiden Pasows dazu. Aber Marthe konnte nicht verstehen, was gesagt wurde, weil sich jetzt der Aufzug in Bewegung setzte. Die Fahrstuhltür öffnete sich, und Marthe fuhr erschrocken zusammen. Im Aufzug stand Sascha und grinste.

»Morgen, Frau Finck.« Er harkte sich mit der Hand durch den Haarschopf, und sein Blick fiel auf ihre Leergutkarre und den Müllbeutel. »Ich fahr wohl besser erstmal hoch, was?«

Marthe starrte fassungslos auf den riesigen Bluterguss unter seinem Auge. »Junge, was hast du denn gemacht?!«

»Och ...« Er grinste schief. »Beim Rasieren geschnitten.«

»Wolln doch ma ehrlich sein, Sandra ...« Pasow setzte umständlich seine Zigarre in Brand. »Seit dein Vater nich mehr lebt, hat deine Mutter sich hier in allet rinjemischt, wat ihr nüscht anjing.«

»Genau wie Sie, Herr Pasow!«, schnappte Sandra.

»Ick bin hier der Hausmeester. Ick bin befugt.« Pasow zog seelenruhig an seiner Zigarre und paffte eine dicke Qualmwolke in den Hausflur. »Aber wat ick damit sagen will: Ick kann verstehn, det die Leute nich jut uff ihr zu sprechen sind. Aber ick gloobe beim besten Willen nich, wat hier anjedeutet wurde.« Er bedachte die Heuers mit einem Kopfschütteln und einer weiteren Qualmwolke. »Für so 'ne Tat kommen doch janz andere in Frage.«

»Ach? Wer denn?«, fragte Sandra überrascht.

Pasow schmunzelte. »Nu isset wohl doch interessant, wat ick zu sagen habe, wa?« Er blinzelte Sandra zu.

Die Heuers reagierten mit Empörung. »Niemand hier im Haus hatte einen Grund, Frau Kerner umzubringen!«, rief er.

»Was soll das denn heißen?«, ereiferte sie sich.

»Ja, Erwin, wat soll 'n det nu wieder?«, wunderte sich Gertrud.

Sandra ging das ganze Gerede auf die Nerven. Sie war zu wütend und zu traurig, um ein vernünftiges Gespräch zu führen. Sie wandte sie sich an Pasow. »Wenn Sie einen konkreten Verdacht haben, dann sagen Sie es mir. Ich würde nämlich gerne gehen.«

»Nu ja, nich direkt Verdacht, aber ...«

Es war plötzlich so still, dass man die berühmte Stecknadel hätte fallen hören können.

»Sagen Sie jetzt nichts Falsches«, knurrte Heuer.

»Nee, Erwin, sag lieber nüscht.«

Pasow lächelte feinsinnig. »Keene Sorje.« Mit einer ungewohnt lässigen Drehung seines Kinns deutete er auf den Briefkasten, an dem Sascha gerade noch hantiert hatte. »Könnte doch sein«, begann er, »wenn eener jünstig wohnt und vielleicht wat jesehn hat ...«

Sandra nickte nachdenklich.

»... könnte doch sein, dass der bloß nüscht davon sagt, weil er nich so jern mit de Polizei zu tun hat.«

»Da haben Sie Recht«, nickte Sandra.

»Keene Ursache«, grinste Pasow.

Marthe Fink stand wie angewurzelt da. Erst als Paisy zu fiepen begann, merkte sie, dass sie den Hund viel zu fest an sich gedrückt hatte. Ihr Blick wurde liebevoll, als sie sich dem Tier zuwandte: »Jaja, Paisylein, ist ja gut.« Aber es war nicht gut. Mit Paisy auf dem Arm sank sie auf die Stufen. Dort saß sie und bemerkte kaum, dass der Yorkshireterrier mit seiner kleinen rosa Zunge eifrig ihre Hand leckte. Ihre Gedanken kreisten um das Gehörte. Da war von Mord die Rede gewesen. So was gab es sonst nur im Fernsehen, und dann schaltete Marthe immer sofort auf eine Tiersendung um. Aber jetzt beschuldigten sie sich hier im Haus! Alle waren misstrauisch, jeder verdächtigte jeden. Das machte ihr Angst.

Marthe wiegte ihren Oberkörper hin und her. »Die arme Sandra«, flüsterte sie Paisy zu. »Die arme, arme Sandra. Ins Gefängnis wollen sie sie bringen. Das müssen schlechte Menschen sein, die so gemein von anderen denken.« Sie schloss die Augen.

Paisy leckte ihr nun auch über die Wangen. Die gleichmäßige Berührung beruhigte Marthe. Sie lächelte, blinzelte. Wie niedlich das liebe kleine Hundegesichtchen aussah, wenn man es so dicht vor Augen hatte. Wie durch und durch gut so ein Tier doch war.

Sie hörte Schritte auf der Treppe. »Oh, Fräulein Sandra ...«

Die junge Frau kam mit hängendem Kopf die Stufen herauf.

»Geht's Ihnen nicht gut, Frau Finck?«

»Doch, doch.« Marthe setzte hastig den Hund auf die Erde und erhob sich. »Alles in Ordnung.«

5

In der Wohnung war es still. Auf dem Couchtisch stand der unbenutzte Adventskranz. Christa hatte ihn selbst gebunden und dekoriert, vier dicke, rote Kerzen in unterschiedlicher Länge, dazwischen goldene Kugeln und Engelchen mit glitzerndem Flitter. Neben dem Kranz lag ein Streichholzheftchen für den ersten Advent bereit, ein Stückchen weiter die Fernbedienung und die Fernsehzeitung, in der das Programm vom 24. November aufgeschlagen war.

Den hatte Christa nicht mehr erlebt.

Sandra riss das Fenster auf, streckte den Kopf in die Kälte.

In dieser Wohnung war die Luft geronnen wie Pudding, hier war das Leben erstarrt. Aber Christas Gegenwart hing noch in jedem Winkel. Auf dem Rauchtischchen vor dem Fenster lag ihre Lesebrille. Der eine Bügel war zur Hälfte ausgeklappt, Sandra sah die Bissspuren in der Plastikumhüllung. Hier hatte Christa ihrer Kundschaft die Karten gelegt, hatte den Kopf tief übers Tarot geneigt, während sie, quasi als mechanische Konzentrationsstütze, auf ihrem Brillenbügel herumkaute. Das Arrangement war unverkennbar: zwei Stühle, die sich gegenüberstanden; mitten auf dem Tisch das Sandelholzkästchen mit den Karten.

In der Hauptsache waren es Frauen gewesen, die zu Christa kamen, allen voran Frau Pasow. Die Hausmeisterin hatte schon vor Jahren, als Sandra noch bei ihrer Mutter wohnte, eine Leidenschaft für die Zukunftsdeutung entwickelt.

»Sie setzt auf die Hoffnung, weil sie mit ihrer Gegenwart nicht glücklich ist«, hatte Christa gesagt.

Vermutlich hatte der Hausmeister das auch gespürt, denn er verbot seiner Frau die »Spökenkiekerei«. Seitdem kam sie heimlich, wenn er nicht zuhause war. Aber sein Misstrauen wuchs stetig. Er hasste die »Hexe« im dritten Stock. Kein Wunder, überlegte Sandra. Christa hat ihm seine Frau entfremdet.

Zu ihrer Kundschaft hatten auch Frau Finck, Frau Heuer und Julia Bessert gehört. Sogar Sascha war einmal, kurz nach seinem

Einzug vor drei Jahren, bei Christa erschienen. Sandra erinnerte sich genau. »Ich brauch ’n bisschen Voodoozauber«, hatte er grinsend erklärt.

Christa hatte ihn ihn zum Rauchtisch geführt und ihm einen Platz angeboten. »Lassen Sie mich raten«, hatte sie schmunzelnd gesagt, »die brennende Frage, die Sie umtreibt, lautet: Wie kriege ich die Tochter der Wahrsagerin rum, stimmt’s?«

»Nee, wie kommen Sie denn auf so was?!« Aber seine gespielte Empörung hatte damals weder Christa noch Sandra überzeugen können. Schon eine knappe halbe Stunde später hatte er sie angebaggert, was das Zeug hielt. Mit Erfolg.

Hatte Christa für ihre Dienste eigentlich Geld genommen? Sandra wusste es nicht. Doch selbst wenn – viel konnte es nicht gewesen sein. Das Kartenlegen war für sie kein Broterwerb. Es war mehr ... ja, was? Sandra seufzte. Ein Mittel, die Einsamkeit zu überwinden, dieses Abgeschnittensein von der Welt, seit jeder Schritt ihr Schmerzen in der Hüfte bereitete.

Sandra nahm Christas Lesebrille, klappte die Bügel zusammen und legte sie in die Tischschublade. Bloß weg damit! Auch das Kästchen mit den Karten packte sie weg. Jetzt war die Tischplatte völlig leer. Keine Erinnerungen mehr!

Ganz hinten in der Schublade lag ein blaues Schulheft. »Sandra Kerner, 3 c, Rechnen« stand auf dem vergilbten Etikett. Sandra holte tief Luft, seufzte noch einmal. Es nahm kein Ende!

Neugierig schlug sie das Heft auf. Die ersten Seiten waren mit kindlich ungelenken Zahlenkolonnen bedeckt. Da hatte sie vor über fünfzehn Jahren offenbar die schriftliche Addition geübt. Doch schon auf der vierten Doppelseite wurde die Kinderschrift durch Christas schwungvolle Schriftzüge abgelöst. Sandra runzelte die Stirn. Dies musste Christas Tarotbüchlein sein, in dem sie ihre Deutungen notiert hatte, ein kryptisches Durcheinander von Namen und Zahlen.

»Daraus soll einer schlau werden«, brummte Sandra. Unwillig warf sie das Heft zurück in die Schublade. Das alles hier ging ihr schon wieder viel zu nah.

»Ja bitte?!«

Die Stimme am anderen Ende der Leitung klang schrill, Ruth zuckte unwillkürlich zusammen. »Frau Lazar? Hier ist Ruth Morgenstern.« Sie zögerte, bevor sie hinzufügte: »Die Hausverwalterin.«

»Ach, Sie sind es.«

Ruth spürte den Unmut der Anderen. Trotzdem versuchte sie ein Lächeln. »Hoffentlich störe ich nicht. Es geht um ...«

»Ich habe in der Tat nicht viel Zeit«, fiel ihr die Lazar ins Wort.

»... um den Unfall von Frau Kerner«, sagte Ruth. »Sie waren doch zuhause, als es passiert ist, nicht wahr? Wenn es Ihnen nichts ausmacht, würde ich gern ...«

»Warum? Was hat das mit der Hausverwaltung zu tun?«

Ruth atmete tief durch. »Nichts«, gestand sie. »Zumindest nicht direkt.« Worauf hatte sie sich da bloß eingelassen?

»Sie sind ziemlich neugierig, Frau Morgenstern!«

Es war vor allem der tadelnde Ton, der Ruth in den Magen fuhr. So sprach nur eine Lehrerin. Dreißig Jahre beruflicher Strenge hatten Irene Lazar geprägt. Bei jeder Wohnungseigentümerversammlung führte sie mit nadelspitzem Bleistift ein eigenes Protokoll. Unbequeme Fragen waren ihre Spezialität. Dabei saß sie immer sehr gerade auf ihrem Stuhl, berührte niemals die Rückenlehne und wirkte stets vollkommen makellos. Ruth hatte ihr Bild lebhaft vor Augen.

»Meine Neugier hat zwar nichts mit der Hausverwaltung zu tun«, sagte sie mit erhobener Stimme, »ist aber dennoch rein beruflicher Natur, das können Sie mir glauben.«

Die Lazar zeigte sich unbeeindruckt. »Ich habe keine Zeit, Frau Morgenstern. Fassen Sie sich kurz!«

Ruth verkrampfte sich. Der Hörer knackte zwischen ihren Fingern. Ganz wie du willst. Ich kann auch anders!

»Es geht um eine Verleumdungsklage.« Das war scharf geschossen und entsprach nicht einmal annähernd der Wahrheit. Aber es erfüllte offensichtlich seinen Zweck.

»Ach ja?«, fragte die Lazar, plötzlich hellhörig geworden. »Inwiefern?«

An Saschas Wohnungstür klebte immer noch der Sticker mit den Polizisten »Wir müssen leider draußen warten«. Den hatte er gleich bei seinem Einzug angebracht.

Sechs Monate später war Sandra ausgezogen, um dem ewigen Streit mit ihrer Mutter zu entkommen. Mit fast dreiundzwanzig hatte sie sich heimlich eine eigene Wohnung gesucht. Christa war damit nicht einverstanden gewesen.

Sandra starrte auf den Klingelknopf neben dem Polizistensticker. Aus der Wohnung tönte laute Musik.

Durch den Umzug war auch ihre seltsame Beziehung zu Sascha abgekühlt. Sie hatten verrückte, leidenschaftliche, verzweifelte, aber immer flüchtige Begegnungen gehabt. Er tröstete sie, lenkte sie ab, spielte mit ihr, aber es machte Spaß.

Als sie auszog, war alles vorbei. Sie hatte sich manchmal noch nach ihm gesehnt, nach seinen Berührungen, seinem Geruch. Getroffen hatten sie sich nicht mehr.

Trotzdem hatte sie jetzt weiche Knie, als sie auf den Klingelknopf drückte, einmal, noch einmal. Die Musik brach ab. Sie hörte seine Schritte auf den Dielen, stellte ihn sich barfuß vor.

»Hey, Sandra.« Er schien weder verwundert noch verlegen.

»Hey ...« Sie lächelte. Und jetzt? Sie hatte keinen Plan.

»Komm doch rein.« Er war tatsächlich barfuß.

Aus der Wohnung strömte ihr der intensive Geruch eines Parfums entgegen. Sie schnupperte. Das war weder Saschas Stil noch seine Preisklasse und außerdem ein sehr femininer Duft.

»Störe ich? Hast du Besuch?«

»Nee, wieso?«

Sie spürte, dass sie rot wurde. Auch das noch! Wie ein Teenie.

»Aber du hast Besuch gehabt.«

Er grinste. Mit seinem blutunterlaufenen Auge sah er ziemlich verwegen aus, aber auch sehr süß.

»Is 'n bisschen unordentlich hier«, lenkte er ab. »Du weißt ja, wie ich bin.« Sein Arm beschrieb eine weitschweifige Geste über das Chaos ringsum. »Ist aber eigentlich gar keine Unordnung, sondern eher eine höhere Form dynamischer Ordnung.« Er grinste breiter.

»Schon klar.« Sie folgte ihm durch den langen Korridor.

Für eine Person war die Größe der Wohnung feudal: drei Zimmer, Küche und Bad. Sie gehörte Saschas Vater, der inzwischen fast ausschließlich auf Mallorca lebte. Familienflucht nannte Sascha dieses Verhalten. Von der Mutter war er geschieden, und mit dem Sohn wollte er so wenig wie möglich zu tun haben.

Sandra erinnerte sich, wie oft sie über das Thema Eltern gesprochen hatten. Sascha hasste seinen Erzeuger. So weit war es zwischen Sandra und Christa Gott sei Dank nicht gekommen.

Als sie an der geöffneten Schlafzimmertür vorbeigingen, bemerkte Sandra das zerwühlte Bett. Es roch förmlich nach Sex. War er wirklich allein? Sie spitzte die Ohren, hörte aber nur das Knarren der Dielen unter ihren Füßen.

Die Räume waren auffällig karg möbliert. Kein Wunder, dass so viel Zeug in der Gegend herumlag. Offenbar gab es weder Schränke noch Regale. »Wo ist denn die Einrichtung geblieben?«, fragte sie.

»Setz dich doch aufs Sofa. Magst du was trinken?«

»Hast du grünen Tee?«

Er lachte. »Du kannst ’n grünen Türken zum Rauchen haben, ansonsten nur Schwarztee im Beutel.« Er ging in die Küche.

Sie wunderte sich, dass die Polizei bei ihm noch keine Hausdurchsuchung gemacht hatte, so freizügig, wie er mit seiner Kifferei umging. Außerdem kam es ihr vor, als richte sich seine Experimentierfreude inzwischen auch auf andere Drogen. Aber das war bloß ein Bauchgefühl, nichts Konkretes.

An den Wänden hingen noch immer die seltsamen Bilder von Giger, dem Schweizer Künstler, der das »Alien« entworfen hatte. Sandra ließ den Blick über die Poster schweifen. Sie fühlte sich von den Motiven abgestoßen, aber gleichzeitig auch fasziniert. All das gehörte irgendwie zusammen, die Bilder, das Chaos und der schräge Vogel, der mit all dem lebte. Sandra ertappte sich bei der Vorstellung, mit Sascha das Bett im Nachbarzimmer noch mehr zu zerwühlen.

»Herr Heuer ist ein notorischer Denunziant«, sagte die Lazar. »Natürlich können Sie ihn verklagen, aber reicher wird Sandra Kerner dadurch nicht.« Durch den Telefonhörer schwang ein unterkühlter Spott, der Ruth frösteln ließ. »Bei Heuers ist nicht mehr viel zu holen.«

»Und wenn nun doch etwas dran wäre an der Geschichte?«, wandte Ruth ein.

»Dann sollten Sie im Interesse Ihrer Klientin nicht so viel Wirbel darum machen, Frau Morgenstern.«

»Nein, ich meinte, wenn jemand anderes Frau Kerner die Treppe hinuntergestoßen hätte«, verbesserte sich Ruth. »Halten Sie das für möglich?« Sie hörte, wie die Frau am anderen Ende der Leitung scharf die Luft einsog. Dann war es für einen Augenblick ganz still.

»Durchaus«, sagte die Lazar.

Ruth spürte, wie ihre Handflächen plötzlich feucht wurden. »Aber ... warum?«, fragte sie stockend. »Hatte Frau Kerner denn Feinde?«

»Viele«, sagte die Lazar. »Fragen Sie mich jetzt nicht nach Namen. Ich fühle keinerlei Seelenverwandtschaft mit Herrn Heuer.«

In Ruths Kopf schlingerten die Gedanken. Um Himmels willen, worauf hatte sie sich da bloß eingelassen?

»Das ist aber eine ziemlich starke Aussage, die Sie zumindest begründen sollten. Warum hatte Frau Kerner Ihrer Ansicht nach so viele Feinde?«

Jetzt lachte die Lazar. Es war ein merkwürdig glucksendes Teenagerkichern, das plötzlich aus dem Hörer drang. »Ach, Kindchen, das liegt doch auf der Hand.«

»Tatsächlich?«, fragte Ruth.

»Aber natürlich«, sagte die Lazar. »Christa wusste einfach zu viel.«

Sascha kam mit einem Tablett zurück. Darauf stand ein japanisches Teeservice mit dem klassischen Geisha-Motiv.

»Dieses Service hat meine Mutter auch«, sagte Sandra. »Schon seit den fünfziger Jahren.«

»Ist halt Kult«, sagte er.

»Gut zu wissen.«

»Der Tee schmeckt besser aus diesen dünnwandigen Tassen.«

Sie musste schmunzeln. »Dünnwandig?«

Er grinste, setzte sich neben sie und schenkte ein. Außer dem kleinen Sofa gab es keine andere Sitzgelegenheit im Raum. Nicht, dass es Sandra unangenehm gewesen wäre, im Gegenteil. »Ach, Sascha ...«

Sie trank einen Schluck Tee. Er legte seinen Arm um ihre Schultern und zog sie zu sich heran. »Der olle Heuer kann sich bestimmt selber oft nicht leiden«, sagte er leise.

Mehr war nicht nötig. Sandra konnte ihre Tränen nicht mehr zurückhalten. »Dieser boshafte alte Mistkerl!« Sie klammerte sich an seinen Arm, lehnte sich an seine Schulter. Seine Nähe war tröstlich, sein Körper warm, und er roch so gut.

Jetzt nahm er ihren Kopf mit beiden Händen und küsste sie. Ihr Bedürfnis nach Einspruch hielt nicht mal eine Sekunde an. Das Gefühl glich einem Bobschlitten, den man bereits angeschoben hatte. Es gab kein Zurück mehr. Er knöpfte ihre Bluse auf. Sie streifte ihm das T-Shirt über den Kopf. Ihren BH hakte er mit einem einzigen Griff seiner linken Hand auf. Als sie ihm die Hose runterzog, standen ihr seine Boxershorts bereits entgegen wie ein Zirkuszelt. Seine Hände glitten über ihren Körper, die Zungenspitze spielte mit ihrer Brustwarze. Fast gerührt sah sie zu, wie er sein geschundenes Gesicht an ihre Haut schmiegte, als suche auch er Schutz und Trost in der Berührung. Mit gespreizten Fingern fuhr sie ihm ins Haar und drückte ihn an sich. Seine Verletzlichkeit erregte sie.

Er kniete vor ihr, und sie ließ es zu, dass er ihre Beine über seine Schultern legte und den Steg ihres Höschens zur Seite schob. Sie spürte seine Finger, aber keinen Reibungswiderstand. Die Finger arbeiteten professionell, während er gleichzeitig ihre Klitoris leckte. Der Orgasmus kam schnell und mit gigantischer Intensität. Danach zog sie das Höschen aus.

»Komm, wir gehen rüber ins Schlafzimmer.«

Sascha zögerte. »Hier ist es doch auch schön.«

»Nur etwas ungemütlich vielleicht?«

Seine Hände beschäftigten sich so nachhaltig mit ihren Pobacken, dass ihr eine Gänsehaut über den Rücken lief.

»So schlimm?«, fragte er.

»Lass uns rübergehen.« Sie streifte ihm die Shorts ab, fasste sein Glied und tat, als wolle sie ihn mit sich ziehen. Er schüttelte den Kopf.

»Lass uns mit solchem Blödsinn keine Zeit verlieren«, sagte er, beugte sie vornüber, bis ihre Brüste in seinen Händen lagen, und drang hinterrücks in sie ein.

»Ich habe Klavier gespielt an diesem Abend«, sagte die Lazar. »Und danach habe ich Klausuren korrigiert. Leistungskurs Deutsch, zwölfte Klasse. Das nimmt einen so sehr in Anspruch, dass man nicht jedem Rascheln im Hausflur hinterherlauscht.«

Mit der Linken umfasste Ruth die Lehne ihres Bürosessels. »Frau Kerner stürzte kopfüber zwölf Stufen hinunter«, wandte sie ein. »Das dürfte weit mehr als ein Rascheln verursacht haben.«

Durch den Hörer drang ein verächtliches Schnauben. »Meine Wohnung liegt direkt unter der von Familie Bessert. Wissen Sie, was das bedeutet, Frau Morgenstern?« In ihrem Ton züngelte Empörung. »Wie diese Familie da abends herumtobt, das können Sie sich gar nicht vorstellen. Es ist entsetzlich!«

»Vielleicht reden Sie mal mit den Besserts«, schlug Ruth vor.

»Das habe ich versucht, Frau Morgenstern. Jetzt grüßen sie mich nicht mehr.« Sie schnaubte so heftig, dass Ruth am anderen Ende der Leitung zusammenzuckte. Aber wenigstens musste sie der Frau jetzt nicht mehr jedes Wort aus der Nase ziehen, ganz im Gegenteil. Die Lazar hatte sich in Fahrt geredet und hörte gar nicht mehr auf.

»Natürlich habe ich an dem bewussten Abend etwas gehört, ich bin ja nicht taub, Frau Morgenstern. Vermutlich habe ich sogar alles gehört. Doch das war mir nicht bewusst. Der Hund kläffte schon den ganzen Nachmittag, den hatte Frau Kerner in letzter Zeit wirklich sträflich vernachlässigt! Über mir wurde wie üblich herumgepoltert. Leute gingen die Treppen hinauf und hinunter. Und um kurz vor acht machte Pasow seine Runde. Es ist ein Kreuz mit seiner ewigen Qualmerei. Man hört ihn nicht nur, man riecht ihn vor allem. Ich erinnere mich, dass ich mich wunderte, weil er so eilig wieder herunterkam. Normalerweise ist er ja nicht gerade der Schnellste, aber diesmal nahm er zwei Stufen auf einmal. Ich dachte, na ja, vielleicht hat er etwas Falsches gegessen. Dann kratzte der Hund gegenüber bei Frau Finck an der Tür. Die beiden hatten ja diese Vereinbarung, dass Frau Finck mit dem Hund ging, wenn Frau Kerner sich wegen ihrer Schmerzen dazu nicht in der Lage sah. Das hatte sich so eingespielt. Ja, und dann kam irgendwann die Polizei. Denen habe ich die ganze Geschichte auch schon erzählt. Hilft Ihnen das, Frau Morgenstern? Ich glaube nicht, aber sagen Sie selbst!«

Ruth seufzte. »Vielleicht«, sagte sie, »vielleicht aber auch nicht.«

»Wie wär's mit 'nem Zigarettchen danach?«, fragte Sascha.

Sandra lächelte. »Wie wär's mit 'ner dritten Runde?«

»Willst du mich umbringen?« Er verzog das Gesicht.

»Du hattest vor mir schon jemanden hier, stimmt's? Brauchst gar nicht zu leugnen. Eine Frau spürt so was.«

Er zuckte hilflos die Achseln. »Du hattest deinen Besuch nicht angekündigt.«

»Nein.« Sie runzelte die Stirn. Natürlich hatte sie kein Recht, eifersüchtig zu sein. Sie hatten sich immer alle Freiheiten gelassen, als es noch dauerte. Und nach ihrem Auszug hatte sie sich nicht mehr bei ihm gemeldet. Sascha hatte es ein paarmal versucht, sie hatte nicht geantwortet. Die Schuld lag bei ihr. Trotzdem spürte sie jetzt dieses beißende Gefühl im Magen.

»Okay«, sagte sie, »rauchen wir eben. Aber keinen grünen Türken.«

»Du bist doch nicht etwa rassistisch?« Sascha lachte. »Ich habe noch 'n Piece Schimmelafghane, da hebst du ab! Da wird der alte Heuer für dich Sankt Nikolaus mit langen Ohren!«

»Ja, solange das Zeug wirkt. Aber man kann der Welt nicht entfliehen, Sascha. Nicht wirklich. Und du weißt, was ich von dem Zeug halte.« Sie kramte ihr Zigarettenpäckchen aus der Tasche und bot ihm eine an. Das Feuerzeug klickte. »Was denkst du eigentlich über den so genannten Unfall meiner Mutter? Du wohnst doch direkt gegenüber. Hast du an dem Abend was davon mitgekriegt?«

Seine Miene verfinsterte sich. »Siehst du, jetzt hast du's geschafft«, schimpfte er. »Hast uns beide zurück auf den Betonboden der Realität knallen lassen!« Er ließ die Zunge aus dem Mundwinkel hängen und verdrehte die Augen. »Aus der Traum.«

»Ja, so ist das nun mal«, nickte sie. »Also, hast du?«

»Nein, ich hab nichts gehört. Sonst hätte ich doch die Polizei geholt.«

»Warum nicht den Notarzt? War sie sofort tot?«

Er erschrak. »Das weiß ich nicht. Ich hab das Ganze erst mitgekriegt, als Pasow bei mir geklingelt hat, und da war sie schon tot.«

»Du hast nichts gehört?«

»Ich hatte Musik an.«

»Hmm ...« Sandra blies Rauch in Luft.

»Und ich bin auch keiner von denen, die ihre Freizeit am Türspion verbringen«, fuhr er aufgebracht fort. »Was hier im Haus abgeht, ist mir scheißegal! Unter diesen ganzen verlogenen Typen bin ich ein Alien. Schau dich doch mal um! Da ist die olle Lehrerin, die einen ständig maßregelt, aber selber süchtig nach der Jungfrau Maria ist.«

»Frau Lazar«, nickte Sandra.

»Dann die beiden Kunsthäschen, die ihre Nasen so hoch tragen, dass sie den Erdboden nicht mehr sehen ...«

»Karla Schubert und Mechthild Kaminsky.«

»Und natürlich der feine Herr Bessert! Der ist so tief in seine eigene Karriere verstrickt, der merkt nicht mal, dass seine Frau schon seit Monaten fremdvögelt.«

»Ach, tatsächlich?« Sandra hob neugierig den Kopf. »Und woher weißt *du* das?« Es klang spöttisch.

»Ich weiß gar nichts!«, konterte er heftig. »Ich habe verdammt noch mal meine eigenen Sorgen!« Unvermittelt griff er nach ihrer Hand. »Kannst du mir hundert Euro leihen? Bitte.«

»Was?« Sie starrte ihn ungläubig an.

»Du siehst doch, wie dringend ich das Geld brauche. Ich zahl's dir zurück, sobald ich wieder flüssiger bin.«

»Das Veilchen da an deinem Auge ...«, begann sie.

»Die schlagen mich krankenhausreif.«

»Wer ...?«

»Bitte, Sandra! Nur hundert Euro.«

Sie seufzte. »Na gut. Weil du's bist.«

Julia Bessert warf einen eiligen Blick aus dem Küchenfenster: Billa und Thorben spielten friedlich im Hof. Julia zog sich das verschwitzte T-Shirt über den Kopf und warf es in den Wäschekorb. Genügend Zeit für eine Dusche.

Früher, als Florian noch pünktlich nach Dienstschluss von der Arbeit gekommen war, hatten sie oft gemeinsam in der Badewanne gesessen, hatten Pläne geschmiedet und seifige Luftschlösser gebaut. Oder sich geliebt. Da hatte er ihr noch zugehört, wenn sie von ihrem Tag mit dem Haushalt und den Kindern erzählte. Aber jetzt? Julia kniff die Augen zusammen und ließ sich das Wasser auf den Kopf prasseln. Ihre Liebe rann ihnen durch die Finger. Die Ehe stand auf der Kippe, haarscharf über dem Abgrund.

Sie drehte den Wasserhahn zu und erschrak. Der Ring! Wie immer hatte sie ihn abgenommen und in die Glasschale neben dem Bett gelegt. Hoffentlich war Sascha noch zuhause! Sie warf einen raschen Blick aus dem Fenster: Billa und Thorben spielten im Hof.

Hastig trocknete sie sich ab und eilte im Jogginganzug die Treppe hinauf. Oben stieß sie fast mit Sandra Kerner zusammen, die gerade aus Saschas Wohnung kam. Verblüfft standen sie sich gegenüber.

»Na, Frau Bessert? Was vergessen?« Sandras Augenbraue schnellte vielsagend in die Höhe.

Julia spürte an ihrem Hals die Röte aufsteigen. »Ich hatte ... äh ... Sascha 'ne Zeitschrift geliehen«, stammelte sie.

»So?« Sandra verschränkte die Arme vor der Brust.

»Die brauch ich heute Abend.«

»Ach ja?« Sandra lauschte in die Wohnung. »Er duscht«, stellte sie fest. »Hatte wohl einen anstrengenden Tag.«

Julia presste die Lippen zusammen.

»Wo liegt sie denn, diese Zeitschrift? Im Schlafzimmer?«

Julia schluckte. Was war das hier? Eifersucht? Musste sie sich das gefallen lassen? »Du hast dich nicht verändert«, zischte sie. »Bist immer noch dieselbe verwöhnte Göre wie früher.«

»Vorsicht, Frau Bessert, Sie sind verheiratet«, warnte Sandra.

Julia schnappte nach Luft. »Ja, Zwietracht säen, das kannst du«, fauchte sie. »Schlecht über andere Menschen reden. Genau wie deine Mutter!« Es gefiel ihr, dass Sandra mit aufgerissenen Augen zurückwich. Deshalb setzte sie voller Triumph noch einmal nach: »Das Haus ist hellhörig. Ich konnte jedes gemeine Wort verstehen, das du deiner Mutter an den Kopf geworfen hast, jedes!« Eilig drückte sie sich an Sandra vorbei, um den Ring aus der Wohnung zu holen. Aus dem Badezimmer tönte Saschas fröhlicher Gesang.

Vor der Wohnungstür von Marthe Finck roch es nach Friseurladen. Kaum hatte Ruth geklingelt, setzte drinnen Paisys hochfrequentes Kläffen ein. Die Tür wurde geöffnet, und der Hund sprang sie an. Ruth schaute auf ihre Strumpfhose. Na toll, nun musste sie den ganzen Tag mit einer Laufmasche herumlaufen.

Die Finck schien davon keine Kenntnis zu nehmen. Sie war bester Laune. »Frau Morgenstern! Darf's 'ne Dauerwelle sein?«

»Nein, danke.« Es klang säuerlich.

Die Finck zog den Kopf ein. »Tja ... äh ... tut mir leid wegen der Flohleiter da.« Sie deutete auf Ruths Schienbein.

»Ach, na ja ...« Ruth seufzte. Kein guter Anfang für ein Gespräch, von dem sie sowieso nicht wusste, wie sie es beginnen sollte.

»Worum geht's denn?«, fragte stattdessen die Finck.

»Um den Unfall im Treppenhaus.«

»Ach, Sie meinen Frau Kerner?«

»Ja. Sie standen doch in guter Beziehung zu ihr, oder?«

»Ach, so gut nun auch wieder nicht.« Marthe Finck, die sonst kein Blatt vor den Mund nahm, wurde plötzlich einsilbig. »Ich hab auch gerade 'ne Kundin da. Bin für heute ausgebucht. Morgen ist ja die Beerdigung, aber das wissen Sie sicher.«

Ruth nickte. »Ich will Sie auch gar nicht bei der Arbeit stören. Wenn's Ihnen recht ist, setze ich mich einfach ein paar Minuten dazu.« Sie fand sich selbst dreist und aufdringlich. Doch zu ihrem Erstaunen nickte die Finck.

»Aber gern. Kommen Sie doch rein.«

In der großen Wohnküche dudelte das Radio. In der Mitte stand ein Frisierstuhl aus den fünfziger Jahren, den die Friseurin aus ihrem ehemaligen Salon gerettet haben musste. Darauf saß

Gertrud Pasow. Ihr nasser Kopf ragte aus einem braunen Frisierumhang. »Tach, Frau Morjenstern. Ooch frische Dauerwelle?«

»Nee, nur 'n Kaffee und 'n Likörchen«, sagte die Finck. »So viel Zeit muss sein.« Sie stellte beides auf den Küchentisch. »Bitteschön.«

Ruth konnte ihre Verwunderung nicht ganz verbergen. Kaffee beim Friseur war ja normal, aber Likör? »Dankeschön.« Sie setzte sich vor die Getränke und nahm gleich ein Schlückchen. Es war Kirschlikör, gar nicht schlecht. »Wenn ich das richtig verstanden habe, waren Sie Kundin bei Frau Kerner ...«

»Nee, nee, Frau Kerner war Kundin bei mir«, fiel die Finck ihr ins Wort, während sie Gertruds Haare zwischen zwei Fingern in die Länge zog und zurechtstutzte. »Sie kam alle drei Wochen zum Färben: Mahagoni. Oder, wie mein Lothar immer sagte: Klimakteriumsrot. Stimmt ja auch. Wenn's grau wird, ist Rot die bessere Alternative.«

»Aber du bist doch zum Kartenlegen zu ihr hoch«, sagte die Hausmeisterin. »Und hast se ooch dafür bezahlt. Denn warste ooch Kundin.«

Marthe fiel die Schere aus der Hand. »Ach das ...« Sie hob sie umständlich auf. »Na ja, früher war ich öfters oben.«

»Aber denn hat Marthe bei ihr den Tod jezogen«, rief die Hausmeisterin mit wichtiger Miene. »Und denn kam Heulen und Zähneklappern.«

»Gertrud!« Die Finck stemmte die Fäuste samt Kamm und Schere in die Seiten.

»Was?« Ruths Likörglas klirrte auf die Tischplatte. »Sie hat den Tod gezogen? Was soll das denn heißen?«

»Na, die Tarotkarte. Die Frau Kerner hat Marthe den Tod von ihrm Lothar vorausjesagt, und der is denn wirklich janz unverhofft jestorben.«

»Nee, nee«, wandte die Finck ein, »das war erst ein Dreivierteljahr später, und er hat ja auch geraucht wie 'n Stadtsoldat und immer schon gehustet. So unverhofft kam das nicht.«

»Sie hat's vorausjesagt«, beharrte die Hausmeisterin.

»Sie hat bloß zwei und zwei zusammengezählt, Gertrud. Das mit der Kartenlegerei ist doch alles Humbug!«

»Na, für Humbug warste aber reichlich oft oben, meine Jutste!«

»Du etwa nicht?!«, keifte die Finck. »Wir sind ihr alle auf den Leim gegangen! Weil wir ihr geglaubt haben!« Sie wandte sich wieder an Ruth. »Ja, wir haben ihr geglaubt«, wiederholte sie leise. »So was gibt einem Menschen Macht. Wir haben vor ihren Weissagungen gezittert.« Und noch leiser: »Das können Sie sich wahrscheinlich gar nicht vorstellen, Frau Morgenstern.«

»Doch«, sagte Ruth, »das kann ich.«

Sie wollte sich schon verabschieden, als die Hausmeisterin, deren Haare die Finck nun auf Lockenwickler drehte, sich noch einmal zu Wort meldete. »Frag doch die Frau Morgenstern mal wejen de kleene Ratte, Marthe. Vielleicht kann se dir helfen.«

Ruth horchte auf. »Wobei denn?«

»Na, Marthe würde det Hundchen so jerne behalten.«

»Ja, und?«

»Könnse det Frollein Sandra nich ma fragen, ob det möglich wäre? Damit se nich in't Tierheim muss, die Kleene.«

»Warum fragen Sie denn nicht selbst?«, wandte sich Ruth an die Finck. »Ich glaube nicht, dass Sandra den Hund für sich behalten möchte.«

»Ja, ja, das mach ich«, nickte die Finck eilig, »das mach ich.«

Etwas an ihrem Ton irritierte Ruth, aber sie bekam es nicht recht zu fassen. »Aber ... ich kann das natürlich auch, falls es Ihnen aus irgendeinem Grunde ...«

»Kein Problem«, unterbrach sie die Finck. »Ich mach das schon.«

»Wer hat Ihnen den Hund denn überhaupt übergeben?«, fragte Ruth. »Die Polizei?«

»Nein, nein, das war an diesem entsetzlichen Abend.« Die Finck dröselte das Verlängerungskabel der Trockenhaube auseinander. »Da war dieser Lärm im Flur. Ich wollte nachschauen, was los ist. Pasow kam die Treppe runter und sagte, ich solle in meiner Wohnung bleiben. Das hab ich gemacht. Ein paar Minuten später hat es dann an meiner Tür gekratzt, da stand Paisy, völlig verängstigt. Da hab ich sie natürlich reingenommen.«

Sie drückte den Stecker der Trockenhaube in eine Dreifachsteckdose. Licht und Radio gingen aus.

»Wo biste nur mit deine Jedanken, Marthe? Die Waschmaschine is doch an. Denn fliegen die Sicherungen raus, det weeßte doch.«

»Jaja«, brummte die Finck und rauschte in den Flur, wo der Sicherungskasten hing.

Ruth beugte sich vor. »Frau Pasow, Sie sehen doch am meisten hier im Haus«, flüsterte sie. »Könnten wir uns nicht auch mal unter vier Augen unterhalten? Vielleicht bei Ihnen? Oder auf ein Tässchen Kaffee in meinem Büro?«

Die Hausmeisterin strahlte. »Jerne! Bei mir. Aber nur, wenn mein Mann nich da is.« Sie nickte mit ihrem Lockenwicklerhelm und zwinkerte vertraulich. »Ick ruf Sie an, vasprochen.«

Mit so viel Begeisterung hatte Ruth nicht gerechnet.

In diesem Moment ging das Licht wieder an, die Waschmaschine setzte sich quietschend in Gang, und eine Stimme aus dem Radio kündigte Nachtfrost und Schneefall an.

Die Finck kam zurück. »Bei dem Wetter müssen wir morgen auf 'n Friedhof. Ziehen Sie sich bloß warm an, Frau Morgenstern.«

»Jaja«, kicherte Gertrud Pasow. »Wenn man nich uffpasst, holt man sich da glatt den Tod.«

Ruth verabschiedete sich. Die Finck bestand darauf, sie zur Tür zu bringen. »Hören sie nicht auf Gertrud, die will sich nur wichtigmachen. Kommen Sie lieber mal, wenn ich alleine bin. Ich höre vieles, was hier im Haus passiert.« Sie warf einen Blick auf die gegenüberliegende Wohnungstür mit dem Schild »Lazar« und nickte bedeutsam. Aber Ruth hatte für heute genug von Vertraulichkeiten. Sie floh die Treppe hinunter.

»Hab Sie jar nich kommen hörn, Frau Morjenstern.« Pasow machte sich mit einem Schraubenzieher am Türschließer zu schaffen. »Wenn det Ding seinen Jeist uffjibt, kann Kreti und Pleti hier in't Haus rin.«

»Tatsächlich? Was Sie nicht sagen!« Ruth zeigte ihm ihr Sonntagslächeln. Manchmal verhalf einem der Zufall doch zu den besten Ideen! Sie deutete auf den Türschließer. »An diesem Museumsstück brauchen Sie gar nicht mehr rumbasteln. Wir schaffen ein neues Teil an. Mit Ihrer Fachkompetenz wissen Sie sicher, welches Modell das beste ist.«

»Ja, schon ...« Er kratzte sich am Nacken. »Det kostet aber.«

»Kein Problem. Da sind auch noch ein paar andere Sachen zu besorgen. Gibt's alles im Baumarkt. Ich faxe Ihnen die Liste durch und wäre Ihnen sehr dankbar, wenn Sie die Einkaufstour am Mittwochvormittag machen könnten. Ginge das?«

»Ja, schon ...«

Sie zog ihr Portemonnaie aus der Umhängetasche. »Hier sind 250 Euro. Den Rest können Sie für Sprit und ein Bierchen behalten.«

Seine Miene hellte sich schlagartig auf. »Keen Problem, Frau Doktor. Mach ick doch jerne.«

»Ich weiß, ich weiß«, nickte Ruth und schmunzelte. Erstaunlich, wie leicht sich manche Leute manipulieren ließen.

»Ach so, Herr Pasow, eine Frage hätte ich noch ...«

»Na, wat denn?« Er streichelte grinsend seine Bierplauze.

»An dem Abend, als Sie Frau Kerner gefunden haben, war ihr Hund da auch im Treppenhaus?«

»Nee, der war inne Wohnung.«

»Sie sagen das so bestimmt. Er könnte ja irgendwo hingelaufen sein.«

»Nee, der hat innen anne Tür jekratzt.«

»Sind Sie sicher?«

»Na, aber!« Jetzt straffte er den Rücken, wodurch der Bauch noch größer wirkte. »Det kann ick, wenn nötig, vor Jericht beeiden.«

»Und später, als die Polizei da war?«

»Da war Ruhe.«

»Kann jemand den Hund aus der Wohnung geholt haben?«

»Nee, janz sicher nich. Ick hatte ja den Wolf als Flurwache abjestellt.«

»Aber wie ist Frau Finck dann zu dem Hund gekommen?«

»Na, die hat 'n doch immer ausjeführt!«

Das leuchtete Ruth als Erklärung zwar nicht ein, aber sie nickte trotzdem bedächtig. »Danke, Herr Pasow. Wenn wir Sie nicht hätten!«

6

Die Bankfiliale am Markt war ungewöhnlich schön eingerichtet. Florian Bessert war sehr zufrieden mit seinem Arbeitsplatz. Er liebte diese Atmosphäre, eine Mischung aus gediegenem Jugendstil und hellen Farben. Wenn er über die Filiale sprach, nannte er sie oft scherzhaft »mein Imperium«. Das stimmte zwar nicht ganz, er war hier zurzeit nur der Stellvertretende. Doch es war eigentlich bloß eine Frage der Zeit, bis man ihn mit dem Posten des Filialleiters betrauen würde. In diesem Punkt spürte Florian Bessert eine innere Bestimmung.

»Guten Morgen, Frau Kurtis«, begrüßte er seine Sekretärin und rückte im Vorbeischreiten die Krawatte zurecht.

»Morgen, Chef. Wie immer?«

Er betrachtete seine elegante Erscheinung, die sich in der Glasscheibe der Verbindungstür spiegelte. Der faltenlose Markenanzug glänzte in der Morgensonne. Bevor er die Türklinke drückte, schenkte er sich selbst ein Zahnpastalächeln.

»Wie immer«, nickte er.

Sein Büro hatte ein marketingspezialisierter Innenarchitekt bewusst familienfreundlich eingerichtet, mit Bildern von Besserts Kindern und seiner hübschen Frau. Männlichen Kunden entlockte das Komplimente, bei den Kundinnen erweckte es Vertrauen, und das war bei Geldgeschäften doch das Wichtigste.

Während der Computer hochfuhr, brachte Frau Kurtis den Kaffee. Er hatte sie persönlich eingestellt, nach seinen eigenen Prioritäten. »Ich danke dir, Ane.« Wenn sie allein waren, nannte er sie beim Vornamen. Seine flache Hand korrigierte beiläufig eine Knitterfalte in ihrem Rock, direkt über der rechten Pobacke. Die Dinge mussten schließlich ihre Ordnung haben, fand Florian.

Er lehnte sich im Sessel zurück, sog den Kaffeeduft ein. Es war eine teure Marke, die er sich und seinen zahlungskräftigsten Kunden gönnte. Die Sekretärin entschwand geräuschlos, ein undefinierbares Lächeln im Gesicht.

»Also, was liegt heute an?« Florian streckte die Arme und ließ die Gelenke knacken. Dann griff er zur Maus. Auf dem Bildschirm erschien sein Terminkalender, zuoberst das aktuelle Tagesdatum, darunter ein Name: Bogumil Gnatzow.

Florian setzte abrupt die Kaffeetasse ab. Porzellan klirrte auf Porzellan. Er verschluckte sich, hustete. Gnatzow! Verdammt!

Er lockerte den Krawattenknoten und drückte den Knopf der Gegensprechanlage. »Frau Kurtis?« Seine Stimme klang schrill. Er räusperte sich. »Sie müssen dringend einen Termin absagen.«

Frau Kurtis steckte ihren Blondschopf durch den Türspalt.

»Herr Gnatzow ist hier.« Sie öffnete die Tür und trat beiseite.

Im Türrahmen erschien ein Mann im Wildledermantel, der sich gerade die voluminöse Mütze aus demselben Material vom Kopf zog. Darunter kam schütteres graues Haar zum Vorschein. Und eine Miene, die an Finsternis kaum zu überbieten war.

Florian sprang auf und breitete die Arme aus.

»Herr Gnatzow!«, rief er überschwänglich. »Was für eine Überraschung!«

Sandra fröstelte. Seit dem Aufstehen kämpfte sie gegen die Übelkeit, jetzt biss sie krampfhaft die Zähne zusammen. Ruth stand dicht neben ihr. Sandra roch einen Hauch ihres Parfüms, sie hätte gern nach ihrer Hand getastet.

Die Trauergäste versammelten sich in kleinen Grüppchen vor der Kapelle. Da stand die Verwandtschaft aus Tübingen, eine Cousine von Christa mit ihrem Mann. Sie hatten sich Sandra als Herr und Frau Geserich vorgestellt, nicht als Onkel und Tante. Sandra erinnerte sich nur sehr dunkel an einen Besuch bei diesen Verwandten, als sie fünf oder sechs Jahre alt gewesen war. Beide schauten zu ihr herüber, und aus ihren Augen sprachen Mitgefühl und Wärme. Das tat gut.

Sandras Blick schweifte weiter.

Hausmeister Pasow kaute auf seinem unvermeidlichen Zigarrenstummel, während seine Frau mit Marthe Finck tuschelte. Die drückte mit der einen Hand eine Einkaufstasche aus Kunstleder an ihren Busen, während die andere fast im Sekundentakt in der Manteltasche verschwand und anschließend Hundeleckerlis in die

Tasche streute. Jetzt lugte auch die Hausmeisterin hinein. Aus der Tasche ertönte ein Knurren. Die Pasow schreckte zurück. Auf ihrem Gesicht spiegelte sich Verblüffung.

Nach einem Dialog hinter vorgehaltener Hand blickten beide Frauen verstohlen zur Lazar, die mit sehr geradem Rücken etwas abseitsstand.

Auch die Heuers waren gekommen. Sein Gesicht leuchtete rot vor Kälte, während er das Blumengebinde mit der Aufschrift »Ein letzter Gruß der Hausgemeinschaft« hielt. Frau Heuer konnte Sandras Blick nicht standhalten. Zuerst sah sie verlegen zu Boden, dann in eine andere Richtung.

»Schöne Hausgemeinschaft«, murmelte Sandra.

Joshua hatte sich zu Billa und Thorben gesellt. Marthe Finck nestelte Bonbons für sie aus ihrer anderen Manteltasche. Sandra beobachtete, wie Billa auf die Einkaufstasche deutete und etwas fragte. Zuerst schüttelte Marthe Finck den Kopf. Doch schließlich durften die Kinder nacheinander ihre Hände in die Tasche stecken. Dabei legte Marthe Finck verschwörerisch den Finger über den gespitzten Mund. Sie sollten nicht verraten, dass Paisy auch da war. Sandra musste unwillkürlich lächeln.

Julia Bessert zog die Kinder unwirsch zurück. Sandra sah, wie sie sich vorbeugte und den beiden mit erhobenem Zeigefinger ins Gewissen redete. Sie konnte sich den Text der Rede lebhaft vorstellen.

Plötzlich stutzte sie. Ihr Blick fraß sich an Julias Ohrringen fest. Kleine, silberne Ringe mit einem hellblauen Stein, die Sandra seltsam bekannt vorkamen. Sie ging ein paar Schritte in Julias Richtung, um den Schmuck besser sehen zu können. Das konnte doch nicht ... Das war doch ganz und gar unmöglich!

»Frau Kerner, es ist Zeit.« Der Beauftragte des Beerdigungsinstituts trat an sie heran. Sandra zuckte zusammen. Sie wusste, dass ihr die Verwirrung deutlich anzumerken war, konnte aber nichts dagegen tun.

»Wir kommen«, hörte sie Ruths ruhige Stimme und spürte ihre Hand an ihrem Ellenbogen. Sie ließ sich in die Kapelle führen.

Die Glocken dröhnten. Sie setzten sich in die erste Reihe.

Da stand der Sarg, in dem ihre Mutter lag. Christas Sarg. Aber Sandra war nicht bei der Sache. Während die Pastorin die Rituale zelebrierte, drehte sie sich um.

In den Bankreihen hinter ihr saßen die Hausbewohner. Marthe Finck drückte noch immer ihre Einkaufstasche an die Brust. Die Gesichter der Pasows wirkten seltsam starr und leer, während die Heuers sich bemühten, möglichst betroffen zu schauen. Die Lazar hielt eine Blume auf dem Schoß, die in buntes Papier eingeschlagen war. Aber wo waren die Kinder? Wo war Julia Bessert? Da hörte Sandra verhaltene Schritte und das Knarren der Tür. Aus den Augenwinkeln sah sie, wie sie sich zu viert aus der Kapelle schlichen: Billa, Thorben und Joshua. Julia machte das Schlusslicht.

Billa kickte einen Stein den Friedhofsweg entlang. Die Mama hätte sie ruhig allein zur Toilette gehen lassen können. Schließlich hatten sie das Häuschen auf dem Hinweg schon gesehen. Aber nein, sie musste natürlich mitkommen! Warum hatte die Mama immer so viel Angst um sie? So klein waren sie doch beide nicht mehr. Joshua hätte auf sie aufpassen können. Billa nagte an ihrer Unterlippe. Oder hatte es etwas mit den Männern zu tun, die kleinen Jungs und Mädchen die Hosen runterzogen? Gab's die denn auch auf dem Friedhof?

Hinter Billa fragte Thorben Joshua nach Harry Potter aus. Der kannte sich damit ziemlich gut aus. »Krieg ich immer vorgelesen«, sagte er. »Ist richtig gut.«

Billa staunte. Die Mama hatte ihnen noch nie aus einem richtigen Buch vorgelesen, höchstens mal ein Bilderbuch mit ihnen angeschaut.

Vor dem Toilettenhäuschen trennten sich ihre Wege. Die Jungs drückten die Tür zum Männerklo auf.

»Puh! Hier müffelt's!«, stöhnte Joshua.

»Du kannst mich ruhig allein reingehen lassen, Mama«, sagte Billa schnell. »Es stinkt da drin.«

»Na gut. Aber beeil dich.«

Billa hüpfte vor Freude. Jetzt war sie ganz allein auf dem Frauenklo.

»Wenn ich dich hochhebe, schaffst du's vielleicht rein«, hörte sie Joshua nebenan sagen.

»Sind doch zwei Becken. Das hier hängt tiefer.« Das war Thorben.

Billa nestelte ihren Mantel auf und hob vorsichtig den Rock. Die neue Strumpfhose knisterte beim Herunterziehen. Mist! Sie hatte das Papier vergessen. Mit der rechten Hand hielt sie ihre Sachen hoch, während sie mit der linken Klopapier abriss und auf die Klobrille drapierte. Nebenan pupste jemand lautstark, wahrscheinlich Thorben. Sie hörte die beiden kichern.

Von draußen mischte sich jetzt eine ältere Stimme dazwischen: »Mensch, Julia! Ausgerechnet zur Beerdigung. Also ehrlich!« Es klang vorwurfsvoll. Da war irgendeiner bei der Mama und schimpfte mit ihr. Die Stimme kam Billa bekannt vor. Aber ihr blieb keine Zeit, darüber nachzudenken.

»Ich würd auch gern Quidditch lernen«, tönte Thorben aus dem Nachbarklo. Dann plötzlich sehr laut Joshua: »Pass doch auf! Du pinkelst mir ans Bein!«

Billa verdrehte die Augen. Zu peinlich, dieser Bruder! Das kam alles nur, weil er Joshua beim Reden unbedingt anschauen musste. Es war immer dasselbe.

»Was soll das heißen, du hast schon deine Gründe?«, fragte die Mama draußen empört. »Woher weißt du überhaupt, dass ich hier bin?«

»Mann! Jetzt denken alle, ich hätte mir in die Hose gemacht!«, schimpfte Joshua.

»Dann sagste denen eben, dass ich's gewesen bin«, tröstete ihn Thorben. »Ich bin ja noch ein kleiner Hosenscheißer.«

»Ich hab euch losgehen sehen«, sagte draußen die Stimme. »Da bin ich natürlich hinterher.« Es klang nach einem großen Jungen, überlegte Billa, einem großen Jungen, mit dem sie schon oft geredet hatte.

»Und wieso bist du nicht auf der Beerdigung?«, fragte die Mama. »Ich finde, du brichst dir keinen Zacken aus der Krone, wenn du ...«

Drüben spielte Thorben mit der Klospülung. Es rauschte und röchelte in dröhnender Lautstärke. Vielleicht versuchte er auch bloß, das Becken sauberzumachen. Jedenfalls konnte Billa die beiden draußen nicht mehr verstehen. Als es wieder still wurde, hörte sie, wie Thorben sich bei Joshua entschuldigte und ihm einen seiner heißgeliebten Bonbons anbot. »Kannst auch zwei haben, wenn du willst«, sagte er großzügig.

Draußen war es jetzt still.

Beim Abwischen und Wiederanziehen kam Billa trotz der Kälte ordentlich ins Schwitzen. Es war doch eine Menge Zeug, das man zu sortieren hatte. Sie wusch sich die Hände und eilte hinaus.

»Mama, mit wem hast du gestritten?«

»Mit niemandem. Wieso?« Die Mama schaute mit finsterer Miene in Richtung Ausgang, aber Billa konnte auf dem Weg niemanden entdecken.

»Thorben, hast du gesehen, mit wem Mama gesprochen hat?«

»Wieso gesprochen?«, fragte Thorben mit vollem Mund.

»Er hat mir die Hose vollgepinkelt«, brummte Joshua vorwurfsvoll.

Da musste die Mama lachen: »Das macht er gern.«

Und Billa lachte auch, weil sie es schön fand, dass die Mama wieder lachte.

»Herr Gnatzow ...« Florian rang sich ein gequältes Lächeln ab. Er streckte dem düsteren Mann die Hand entgegen, doch der ignorierte die Geste. »Setzen Sie sich, bitte.« Florian deutete auf einen der beiden Armstühle vor seinem Schreibtisch.

Als Gnatzow sich auf dem Sitzpolster niederließ, knarrte Leder auf Leder. Das Geräusch weckte unfeine Assoziationen. »Leider hatten Sie keine guten Nachrichten für mich«, sagte Gnatzow und zog ein Blatt Papier aus der Tasche, den Ausdruck einer E-Mail.

Florian erkannte sein eigenes Schreiben. Er versuchte, die Nervosität zu unterdrücken, indem er die Hände auf die blankpolierte Tischplatte legte. Rings um seine Finger bildeten sich Kondenswassertröpfchen. »Darf ich Ihnen vielleicht eine Tasse Kaffee anbieten?«, fragte er lahm.

»Nix da. Keinen Kaffee«, sagte Gnatzow barsch. »Ich bin nicht hier wegen ... wie sagt ihr in Deutschland? Wegen Kaffeeklatsch. Mein Besuch ist ein anderer.« Jetzt trat sein osteuropäischer Akzent deutlich hervor. »Bei uns zuhause trinken wir erst Wodka, dann kommen Geschäfte.«

»Ja ... äh ...« Florian fuhr sich verlegen durch die windschnittig gegelte Frisur. »So was habe ich hier natürlich nicht vorrätig, also Wodka«, murmelte er. »Allenfalls ein Gläschen Prosecco, aber ...«

»Geld!«, unterbrach ihn Gnatzow. »Was hast du mit meinem Geld gemacht?«

Florian holte tief Luft. »Mein lieber Herr Gnatzow ...« Er faltete die Hände wie ein Prediger. »Ich glaube doch, dass ich Sie auf die Risiken hingewiesen habe. Sie wollten eine Rendite über dreißig Prozent.«

Gnatzow nickte. »Und du hast versprochen«, sagte er.

»Das habe ich eben nicht!«, protestierte Florian. »Ich habe Sie darauf aufmerksam gemacht, dass bei einem derartigen Gewinn das Risiko höher ist als bei anderen Investitionsmöglichkeiten.«

»Du bist Geheimtipp für solche Geschäfte«, sagte Gnatzow.

Florian verzog das Gesicht. »In unserer kurzfristigen Anlage war leider von Anfang an wenig Spielraum ...«

»Mein Geld ist weg. Ich bin traurig.« Gnatzow schob das Kinn vor und schnaubte vernehmlich. Florian roch seinen sauren Atem. »Sag mir, was machen wir jetzt? 400.000 Euro hast du verspielt.«

Florian spürte, wie seine Ohren zu glühen begannen. »Ich hatte Sie von Anfang an auf die Risiken ...«

»Weißt du was, Flori? Du bist schlechter Geheimtipp.« Gnatzow seufzte. »Musst noch viel lernen.« Er erhob sich umständlich aus seinem Armstuhl. Wieder knarzte das Leder, dieses Mal klang es wie eine Drohung. »Fängst am besten gleich an.«

Florian riss die Augen auf. In seinem Hals klopfte eine Ader.

»Ich kann nicht verzichten auf 400.000 Euro«, erklärte Gnatzow mit melancholischer Miene. »Leider.«

»Aber ich ...« Florians Stimme überschlug sich.

»Ich brauche mein Geld zurück«, sagte Gnatzow. »Du musst lernen mit ... wie sagt ihr in Deutschland? Mit Zuckerbrot und Peitsche.« Er stützte die Hände auf die Schreibtischplatte und beugte sich vor. Seine Lippen berührten beinahe Florians Nasenspitze. Die sauren Ausdünstungen drohten ihn zu betäuben.

»Hast du das verstanden, Flori?«

Florian schluckte. Und nickte. Sein Atem ging stoßweise.

»Sag mir, dass du verstanden hast.«

»Ich habe verstanden«, hauchte Florian.

Gnatzow richtete sich wieder auf. »Gut. Dann machen wir neuen Termin«, sagte er in bester Laune und piekte mit dem Zeigefinger auf den Wandkalender, der mit seinen hübschen Landschaftsmotiven Florians Büro zierte. »Diesen Tag merkst du dir. Mein nächster Besuch. Gleiche Zeit wie heute.«

Der Sand fühlte sich kalt und feucht an. Ruth lauschte dem dumpfen Aufprall auf dem Sargdeckel nach. Sekundenlang war sie versucht, sich über der Grube die Hände abzuklopfen, ließ es dann aber bleiben. Schließlich hätte sie ja auch die kleine Schaufel nehmen können.

Ihr Blick fiel auf den marmornen Stein der Doppelgrabstelle. Mit goldenen Buchstaben waren die Namen »Wolfgang Kerner« und »Christa Kerner« eingemeißelt. Bei ihm waren bereits die Geburts- und Sterbedaten hinzugefügt. Bei seiner Frau noch nicht.

Ruth ließ die mitgebrachte weiße Rose auf den Sarg fallen.

Sandra hatte sich seitlich neben die Grabstelle gestellt. Einsam sah sie aus. Gar nicht so sportlich und unverwüstlich wie gewöhnlich, sondern sehr zerbrechlich. Ruth umarmte sie und stellte sich schützend an ihre Seite.

Nun traten die Verwandten an das Grab. Ihnen folgten die Hausbewohner, einzeln oder zu zweit. Zaghaft, manchmal auch verlegen drückten sie Sandra ihr Beileid aus.

Ruths Blick fiel auf die Lazar. Hoch aufgerichtet, mit stolzer Miene stand sie etwas abseits, eine weiße Lilie in der Hand. Das hochgeschlossene schwarze Kostüm mit dem kleinen Pelzkragen betonte ihre schlanke Gestalt. Der schwarze Hut ließ nur den unteren Teil der silbergrauen Pagenkopffrisur unbedeckt.

Wie eine Schicksalsgöttin, dachte Ruth und zog fröstelnd die Schultern hoch.

In diesem Augenblick trat Irene Lazar vor. Ruth registrierte die schwarze Ledertasche, die dazu passenden Handschuhe und die auf Hochglanz polierten Halbschuhe. Die Lazar blickte auf den Sarg hinab und bewegte tonlos die Lippen. Ein Gebet?

Zu Ruths Verblüffung schritt die Lazar jetzt um die Grube herum, bekreuzigte sich und legte die weiße Lilie auf den Grabstein. Dann reichte sie Sandra die Hand. »Mein Beileid«, konnte Ruth verstehen. Doch die blauen Augen hinter dem kleinen Hutschleier waren ohne Wärme. Sandras gemurmelte Einladung zum Kaffee schien die Lazar nicht wahrzunehmen. Jedenfalls reagierte sie nicht. Stattdessen drehte sie sich um und verließ mit schnellen Schritten den Friedhof.

»Was war das denn?«, fragte die Sekretärin, als Gnatzow hinausgerauscht war. Die Aktenmappen unter ihrem Arm dienten nur als Alibi, die Neugier stand ihr deutlich ins Gesicht geschrieben. »Florian, du bist ja völlig geschafft!«

»Das kannst du laut sagen«, stöhnte er. »Dieser Typ ist dermaßen ungehobelt!« Erschöpft sank er in seinen Lederdrehsessel. »Wenn alle Kunden so wären, könnte ich meinen Job an den Nagel hängen.«

Frau Kurtis stand neben ihm. »Du Ärmster.«

Als sie die Aktenmappen auf die Tischplatte legte, roch er ihr Parfüm. »Ja«, nickte er, »ich brauche Trost.«

Da sie nun beide Hände frei hatte, rückte sie fürsorglich seine Krawatte zurecht und strich ihm eine entgleiste Haarsträhne aus der Stirn. »Noch einen schönen, heißen Kaffee? Das baut dich wieder auf.« Sie lächelte.

Er seufzte. »Gern, Ane.« Seine Hand strich über ihre Strumpfhose und glättete eine Knitterfalte auf der Innenseite ihres Oberschenkels. »Ich könnte mir noch etwas anderes vorstellen, das mich wieder aufbaut.«

Ihr Lächeln vertiefte sich. »Ungünstig. In zehn Minuten kommt dein nächster Termin, Frau Kersting.«

»Die ist harmlos«, sagte Florian.

»Und was machst du mit Gnatzow?«, fragte sie. »Kannst du ihn nicht irgendwie loswerden?«

Er seufzte ein weiteres Mal. »Ach, lass mal. Mit dem werde ich schon fertig.«

»Bist du dir da auch sicher?« Ihr Blick zeigte Besorgnis.

»Na klar«, nickte er, »ganz sicher.« Er versuchte ein kleines, verschmitztes Lächeln, das sie beruhigen sollte. Jetzt, wo der Spuk vorbei war, begann er selbst wieder an sich zu glauben. Er setzte sich auf, straffte den Rücken und rieb sich die Hände in demonstrativem Tatendrang. »Bis zu seinem nächsten Besuch lasse ich mir was einfallen.«

Nach der Beerdigungszeremonie bewegte sich die Trauergesellschaft langsam in Richtung Haupttor, wo die Pastorin sich verabschiedete. Vor der Aussegnungshalle wartete schon die nächste Trauergesellschaft.

»Die braucht sich um ihr'n Arbeitsplatz keene Sorjen machen«, tönte es hinter Ruth. »Abjekratzt wird immer.«

»Mensch, Erwin!«, zischte die Hausmeisterin.

»Wat denn?«, fragte er unschuldig. »Stimmt doch.«

Ruth konnte sich ein Schmunzeln nicht verkneifen. Das Kleidungsstück, das Pasow heute trug, war zwar nicht sein Konfirmationsanzug, aber auch nicht viel moderner. Ruth schätzte den Anzug auf Mitte der Siebzigerjahre, ein Schlussverkaufsschnäppchen von C&A, als die noch bei Herrenmode Dresden produzieren ließen. Der Hausmeister sah darin aus wie eine Presswurst.

Draußen auf der Straße ließ die Finck endlich den Hund aus der Tasche. Paisy war völlig aus dem Häuschen. Sie rannte zwischen Sandra und der Finck hin und her, bis die sie schließlich an die Leine nahm. »So, mein Schätzchen, jetzt musst du noch mal ganz artig sein. Jetzt gehen wir nämlich ins Restaurant. Und wenn meine Kleine ganz lieb ist, kriegt sie noch ein Leckerli von der Mutti.«

Auf das Wort Leckerli war Paisy geeicht. Sie stellte sich sofort auf die Hinterbeine – so gut das noch ging. Noch eine Presswurst, dachte Ruth. Aber sie verkniff sich den Kommentar.

Nach und nach versammelte sich die kleine Gruppe am Zebrastreifen. Auf der anderen Straßenseite sah man Irene Lazar in ein Taxi steigen.

»Eine unhöfliche Person!«, brummte Wilhelm Heuer. »Und so was maßt sich an, anderer Leute Kinder erziehen zu wollen. Wird Ihnen da nicht angst und bange, Frau Bessert?«

Ruth sah, wie Sandras Kopf in die Höhe ruckte. Sie starrte Julia an. Die war damit beschäftigt, ihre beiden Heißsporne festzuhalten.

»Das hier is 'n Zebrastreifen«, rief Thorben. »Hier ham wir Vorfahrt!«

»Haben wir im Verkehrskindergarten gelernt«, fügte Billa hinzu.

»Ja, das nützt euch aber nichts, wenn ihr überfahren werdet!«, sagte Julia scharf und zog die beiden zurück.

»Aua!«, rief Billa empört.

»Männo!«, quäkte Thorben.

Ruth entging nicht, wie Sandra die junge Mutter fixierte. In ihrer Miene erkannte Ruth dieselbe Verwirrung, die sie eben in der Kapelle schon einmal gesehen hatte. Jetzt trat Sandra dicht an Julia Bessert heran. »Warum haben Sie Ihre Ohrringe abgenommen, Frau Bessert?«

»Welche Ohrringe?« Julia warf unwillig den Kopf in den Nacken.

Ruth sah deutlich ihre Ohrläppchen. Da war kein Schmuck.

»Die silbernen Ohrringe mit dem blauen Stein. Vor der Zeremonie hatten Sie sie noch an.«

»Ach, die meinst du.« Julia lächelte. Aber Ruth spürte deutlich, dass dieses Lächeln für sie bestimmt war. Julia fühlte sich offenbar beobachtet. »Die hab ich abgenommen, weil sie so zwicken.«

»Darf ich sie mal sehen?«, fragte Sandra.

»Wieso das denn?« Es klang giftig.

»Nur so«, sagte Sandra.

Ruth runzelte verwundert die Stirn. »Was willst du mit den Ohrringen, Sandra?«

»Ich will sie einfach nur ansehen.«

»Kommt überhaupt nicht infrage!«, rief Julia. »Die Ohrringe sind ein Geschenk. Und das weißt du auch, Sandra Kerner! Deshalb willst du sie ja haben!«

»Ein Geschenk von wem?«, schnappte Sandra.

»Moment mal! Jetzt hab ich wohl den Anschluss verpasst.«

Ruth hob abwehrend die Hände.

»Ein Geschenk von Sascha«, zischte Julia kaum hörbar. »So! Jetzt weißt du's. Jetzt kannst du's überall rumtratschen!« Sie nahm ihre Kinder an die Hand und stakste hocherhobenen Hauptes davon.

Ruth blickte ihr nach. »Was sind das für Ohrringe, Sandra?«

Die machte ein Gesicht, als hätte man sie mehrfach kräftig geohrfeigt. In ihren Augenwinkeln glitzerten Tränen.

»Ich bin mir nicht sicher«, sagte sie leise. »Aber ich glaube, die Ohrringe, die Frau Bessert heute Morgen getragen hat ...« Sie senkte den Kopf und begann, hastig nach einem Taschentuch zu suchen. Als sie es gefunden hatte, putzte sie sich lautstark die Nase. »Ich glaube, diese Ohrringe gehörten meiner Mutter.«

In der »Schnitzelschmiede« gegenüber dem Friedhofseingang war für die Trauergesellschaft ein Tisch bestellt.

»Ruth, kannst du das hier managen?«, fragte Sandra. »Ich bin wirklich nicht in der Verfassung.«

»Na klar, überlass alles mir.«

»Ehrlich gesagt ...«, Sandra beugte sich vertraulich vor, ihre Stimme war nur noch ein Raunen, »... hab ich nicht die geringste Lust, mich mit diesen Leuten abzugeben, Leichenschmaus hin oder her. Aber für dich ist es eine gute Gelegenheit, denen mal auf den Zahn zu fühlen.«

Ruth zog die Augenbrauen hoch, aber sie sagte nichts, als sie sah, dass Sandra schon wieder die Tränen in den Augen standen.

Frau Geserich schniefte ebenfalls. »Ach, das ist alles so furchtbar, Kindchen. Jetzt bist du ganz allein auf der Welt.« Sie zog ein Päckchen Tempo aus der Handtasche und entnahm zwei Taschentücher. Eines reichte sie Sandra, mit dem anderen schnäuzte sie sich lautstark. »Aber wenn dir die Decke auf den Kopf fällt, kannst du immer zu uns nach Tübingen kommen«, sagte sie und legte den Arm um Sandras Schultern.

Ruth bemerkte das erschrockene Gesicht von Herrn Geserich.

»Wir haben kalte Schnitzel mit Kartoffelsalat bestellt«, rief sie in die Runde. »Betrachten Sie sich bitte alle als herzlich eingeladen.«

»Na, für mich erst ma 'n jroßet Bier!«, rief Pasow prompt. »Ihr habt doch vom Fass, oder?« Die Kellnerin kam eilig an den Tisch. »Und 'n doppeltet Körnchen. Uff een Been kann man nich stehn.« Die Kellnerin notierte. »Und für mich ooch keen Schnitzel. Ick nehm det Rieseneisbein, vonne Tafel draußen. Bezahl ick ooch selber.«

»Erwin!« Seine Frau stieß ihn in die Seite.

»Wat denn?«

»Na, Mann! Die gucken schon alle.«

»Soll'n se ruhig, Trudchen. Is doch nüscht Schlimmet.«

Nachdem die Getränke serviert waren, erhob Ruth ihr Glas. Alle Blicke wandten sich ihr zu. Nur Pasow kippte seinen Korn und schüttelte sich wohlig.

»Liebe Hausgemeinschaft«, begann Ruth und warf einen bedeutungsvollen Blick in die Runde. »Ja, ich möchte das Wort *Gemeinschaft* hier ganz besonders hervorheben. Denn es musste erst zu einem tragischen Ereignis kommen, damit diese Gemeinschaft endlich wieder an einem Tisch sitzt.«

»Na ja, zumindest ein Teil davon«, schränkte Heuer ein.

»Früher soll das ja häufiger der Fall gewesen sein ...«

»Das ist lange her.« Wieder Heuer.

»Jetzt lass se doch ma reden«, brummte Pasow.

Ruth lächelte gezwungen. »Die Frau Pastorin hat eben eine wunderbare Rede über die Verstorbene gehalten, damit ist eigentlich alles schon gesagt. Nur eines möchte ich noch hinzufügen, das mir sehr am Herzen liegt. Ich hoffe inständig, dass wir heute nicht nur Christa Kerner zu Grabe getragen haben, sondern auch sämtliche Zwistigkeiten unter den Hausbewohnern. Wenn uns zumindest das gelänge, dann hätte der verfrühte Tod ...« Sie unterbrach sich, als sie bemerkte, dass Sandra mit brennenden Augen zu ihr aufblickte. »Ich bitte Sie, mit mir ein letztes Mal auf Christa Kerner zu trinken.« Die freie Hand legte sie beruhigend auf Sandras Schulter, doch die schüttelte sie ab.

»Du sollst hier kein verdammtes Süßholz raspeln, sondern diese Arschlöcher in die Zange nehmen!«, zischte Sandra.

»Und wie stellst du dir das vor?«, flüsterte Ruth zurück. »Indem ich alle brüskiere, oder was?«

»Prost, Christa, alte Hexe! Mach's jut!«, murmelte Pasow, und es klang beinahe zärtlich. In einem einzigen Zug schüttete er sich den halben Liter Pils in die Kehle. Danach machte er einen Giraffenhals und hielt nach der Bedienung Ausschau.

»Du musst sie ausquetschen!«, beharrte Sandra. »Sonst haben wir diese Farce hier umsonst inszeniert.«

»Ausquetschen.« Ruth schüttelte unwillig den Kopf. »Du lieber Himmel, ich bin doch kein Foltermeister.«

Da wurden auch schon die Speisen serviert. Pasow bestellte eilig sein zweites Herrengedeck. Ruth ließ ihren Blick in die Runde schweifen. Heuer saß so kerzengerade da, wie man es von einem preußischen Staatsdiener erwartete. Von seinem Schnitzel schnitt er in exakt gleichen Zeitabständen exakt gleichgroße Stücke ab, schob sie in den Mund und kaute sie bei fest geschlossenen Lippen gründlich durch. Seine Frau tat es ihm gleich.

Julia Bessert war damit beschäftigt, Thorbens halbes Schnitzel in eine Serviette zu packen, damit er es in die Hand nehmen und davon abbeißen konnte. In Ruths Augen eine recht ungewöhnliche Methode, aber eigentlich ganz praktisch.

»Hast du mitgekriegt, was sie gesagt hat?«, zischte Sandra. »Draußen vor dem Friedhofstor, als ich sie nach den Ohrringen gefragt habe.«

Ruth nickte. »Iss was, Kindchen. Sonst kippst du mir noch aus den Latschen.«

»Sie hat gesagt, sie hat sie von Sascha. Wusstest du, dass sie ein Verhältnis mit ihm hat, Ruth?«

»Julia mit Sascha?«, fragte sie ungläubig.

»Exakt.«

»Ich glaube nicht, dass mich das was angeht.«

»Natürlich geht dich das was an! Wenn das stimmt, was sie sagt ...«

Ruth tätschelte ihren Arm. »Tu mir den Gefallen und beruhige dich«, raunte sie eindringlich. »Es hilft unserem Fall gar nicht, wenn du hier rumkrakeelst.«

Sandra senkte den Kopf. »Du hast ja Recht.«

»Natürlich«, nickte Ruth. »Ich bin Rechtsanwältin.«

»Haha«, machte Sandra.

»Guck mal, der Herr Pasow!« Billas helle Kinderstimme tönte durch das ganze Restaurant. Ruth beobachtete, wie Billa ihren kleinen Bruder in die Seite stieß. »Guck mal, wie der isst!«

Pasow ließ sich nicht stören. Er hatte die Serviette in den Kragen gesteckt und kaute mit vollen Backen. Die fetten Fleischstücke, die er großzügig aus dem Brocken auf seinem Teller herausezierte, bestrich er mit reichlich Senf und schob sie sich zwischen die Zähne. Das überschüssige Fett lief ihm aus den Mundwinkeln.

»Wir dürfen nicht so schmatzen«, stellte Thorben beleidigt fest.

»Frau Ober? Noch 'n Bier«, orderte Pasow.

»Das ist ungerecht«, beschwerte sich Thorben.

Die Finck, die bisher in stiller Versunkenheit unzählige Schnitzelhäppchen unter den Tisch befördert hatte, begann zu kichern.

»Mensch, Erwin!« Die Hausmeisterin stieß ihrem Gatten den Ellbogen in die Seite. »Sojar die Gören machen sich schon lustig!«

»Wat denn, wat denn?«, brummte Pasow.

Julia Bessert bekam rote Wangen. »Thorben! Bist du wohl still!«

Sandras Blicke fixierten sie. »Die Ohrringe, die sie in der Tasche hat, gehörten meiner Mutter«, sagte sie leise.

»Hab's zur Kenntnis genommen«, nickte Ruth. »Trink ein Bier, vielleicht hilft das.«

»Hast ja Recht.«

»Er war übrigens auf der Beerdigung«, sagte Ruth nachdenklich. »Jetzt fällt es mir wieder ein.«

»Wer?«

»Ich hab mich gewundert, weil er nicht unter den Trauergästen war. Aber ich hab ihn gesehen, als wir hinter dem Sarg hergingen. Da lief er in Richtung Ausgang.«

Sandras Augen wurden schmal. »Wen hast du gesehen?«

»Na, wen schon? Sascha natürlich. Sein Mantel ist unverkennbar.«

»Er war auf der Beerdigung?«

»Vielleicht schämt er sich ja«, spekulierte Ruth weiter. »Ich meine, irgendjemand hat ihn ziemlich übel zusammengeschlagen, oder?«

Sandra gab keine Antwort.

Am Ende des Tisches klirrte etwas. Pasow hatte sich erhoben und klopfte energisch gegen sein Schnapsglas. Nach dem dritten Klopfen fiel es um und tränkte die Tischdecke großflächig mit Korn.

Ruth schloss für einen Moment die Augen. Der Kerl wollte eine Rede halten, dabei waren seine Augen bereits glasig.

Pasow hob sein Bierglas. »Liebe Trauernde«, hob er stimmgewaltig an. »Ooch ick möchte die Jelejenheit nutzen und der ollen Kerner meine besten Wünsche hinterherschicken.«

»Er soll die Klappe halten!«, zischte Sandra.

Aber Pasow redete sich gerade erst in Fahrt. »Vor zwee Wochen isse noch mit 'ne Pulle Witwentröster inne Tüte bei uns übern Hof jehumpelt, jetzt liegt se inne Kiste. Und die arme kleene Sandra is nu janz alleene uff de Wel ...«

»Nach Plötzensee gehört sie, die arme Kleine!«, fuhr der alte Heuer dazwischen. »In die Damen-JVA.«

Sandra ballte die Fäuste, sprang auf. Doch Pasow war schneller. »Du verdammter Anscheißer!«, brüllte er und kippte Heuer sein Bier ins Gesicht. »Mir reicht's jetzt!« Er holte mit dem Glas aus, um es Heuer an den Kopf zu werfen. Seine Frau packte im letzten Moment seinen Ärmel und riss ihn zurück.

»Mensch, Erwin!«

»Na, wat denn?!« Er wollte sich umdrehen, verlor jedoch das Gleichgewicht und stürzte mitsamt dem Stuhl polternd zu Boden. Dort blieb er auf dem Rücken liegen.

Heuer umrundete schnurstracks den Tisch und wollte den Hausmeister am Kragen packen. Im letzten Moment ging Ruth dazwischen. »Sehr freundlich, dass Sie Herrn Pasow aufhelfen wollen«, erklärte sie im Befehlston. »Wenn Sie den linken Arm nehmen ...«

Zu ihrem größten Erstaunen folgte Heuer der Anweisung ohne jeden Protest. Gemeinsam stellten sie den Hausmeister wieder auf die Beine, wobei allerdings sein Jackenärmel, dessen Naht schon durch Gertruds Einschreiten aufgegangen war, vollends abriss.

»Sie sind sturztrunken, Mann! Schämen Sie sich!«, schimpfte Heuer.

»Na, wat denn?«, lallte Pasow. »Dit is ehrliche Trauer!«

»Herr Pasow, könnte ich Sie mal unter vier Augen sprechen?«, fragte Ruth. »Vielleicht an der Theke? Ich lade Sie zu einem Espresso ein.« Sie packte den Mann am Arm und zog ihn mit sich.

»Hertha, wir gehen!«, verkündete Heuer. Seine Frau schob sich hastig den letzten Bissen in den Mund, bevor sie aufstand.

»Für uns wird es auch Zeit«, nutzte jetzt auch Julia Bessert die Gelegenheit. »Mein Mann kommt bald nach Hause, und ... vielen Dank für die Einladung. Auf Wiedersehen, Frau Morgenstern.« Sie nahm die Kinder an die Hand und winkte in die Runde. »Auf Wiedersehen allerseits.« Nur Sandra, deren Blicke sie hartnäckig verfolgten, schien sie geflissentlich zu übersehen. An der Garderobe steckte sie die Kinder in ihre Mäntel und verschwand eilig.

Joshua winkte ihnen nach.

»Ich glaube, Paisy muss mal raus«, sagte Marthe Finck. »Ach, und ich möchte mich dann auch gleich verabschieden. War ein netter Nachmittag.« Sie lächelte schief. »Wenn man das zu so 'nem Anlass sagen darf.«

Sandra ließ sich auf ihren Stuhl zurücksinken und starrte mit grimmiger Miene vor sich hin. »Ja, haut doch alle ab, ihr Idioten.«

Als Ruth sich umdrehte, sah sie gerade noch den Hausmeister, der seine Frau durch den Ausgang auf die Straße hinausbugsierte. Sie schnaubte. Erst zettelte er diese ganze Aufregung an, dann schlich er sich davon! Was für ein mieser Feigling!

7

Als der Anrufbeantworter ansprang, begann Helge Schneider zu singen: »Ich bin der Telefonmann, ich geh immer ran. Bin immer parat am Telefonapparat.« Dann kam der Piepton.

Sandra drückte sich mit dem Rücken an die kühlen Kacheln neben dem Händetrockner im Toilettenvorraum, schloss die Augen und holte tief Luft. »Sascha? Wenn du da bist, nimm bitte ab.«

Sie lauschte. Es blieb still am anderen Ende der Leitung.

»Ich muss unbedingt mit dir reden, Sascha. Du weißt, worum es geht.« Sie hielt inne. »Oder weißt du's etwa nicht? Ruth hat dich heute gesehen, auf dem Friedhof.« Ihre Stimme wurde mit jedem Wort rauer. Sie zog geräuschvoll die Nase hoch. In der letzten Zeit kamen ihr dauernd die Tränen, oft ohne jeden Grund. Aber Sascha wäre der Allerletzte, vor dem sie ihre Verletzlichkeit zugeben würde. Sie riss sich zusammen. »Weißt du, was du bist, Sascha Wolf?«, schimpfte sie in ihr Handy. »Ein verdammtes Arschloch bist du! Jawohl, ein ganz verdammtes Arschloch!« Die Stimme kippte. Sie fuhr sich mit der Hand übers Gesicht. Es half nichts, die Tränen flossen schon wieder. »Erst schläfst du mit mir, dann knöpfst du mir hundert Euro ab, und jetzt kommt auch noch raus, dass du ... dass du ...« Es piepte erneut. Der Anrufbeantworter hatte sich abgeschaltet.

Sandra starrte auf ihr Handy. »Ich glaub das einfach nicht.«

Sah man schon Fältchen? Ein graues Haar? Julia betrachtete sich im Spiegel, griff zur Bürste. Die Frisur war zerzaust und strebte in alle Himmelsrichtungen. So war das eben, wenn man gerade zwei quicklebendige Kinder ins Bett gebracht hatte. Und das, wie so oft, ganz allein. Florian machte wieder Überstunden.

Nun ja, aber dafür stimmte das Geld. Als die Kinder kamen, hatte Julia ihre Berufstätigkeit aufgegeben. Seitdem versuchte sie, keine hohen Ansprüche mehr zu stellen. Aber eine größere Wohnung sollte es nun doch bald sein, und sie würde liebend gern ihren Teil dazu beitragen. »Thorben ist jetzt im Kindergarten, Billa kommt nächsten Sommer zur Schule, und dann gehst du wieder arbeiten, machst etwas Sinnvolles«, erklärte sie der Julia im Spiegel. »Dieser Hausfrauenjob ist unerträglich. Und Sascha ist auch bloß ein selbstverliebtes Kleinkind, mit dem hast du jetzt drei von der Sorte am Rockzipfel. Ganz schön dämlich, Julia Bessert! Ganz schön dämlich.«

War da doch ein graues Haar? Sie riss es aus. Gleich morgen würde sie sich eine Haartönung besorgen.

Sie verließ das Bad und ging noch einmal ins Kinderzimmer. Jeden Abend, wenn Billa und Thorben eingeschlafen waren, sortierte sie die auf dem Fußboden verstreuten Kleidungsstücke. Schmutzige Strümpfe und Unterwäsche legte sie zum Waschen beiseite, Pullis und Hosen untersuchte sie kritisch. Ihre Kinder sollten sauber und gepflegt aussehen. Straßengören mit Rotznasen, vollgekleckerten T-Shirts und schmutzigen Knien waren ihr ein Graus. Jetzt packte sie Billas Jeans an den Hosenbeinen und schüttelte sie energisch aus. Bonbons und Kaugummis prasselten zu Boden.

»Nanu? Was ist das denn?« Julia bückte sich und sammelte alles ein, was herausgefallen war, darunter eine fremde Haarspange und sogar ein Geldschein. Wie kam das ganze Zeug in Billas Hosentasche? Wo hatte sie das her? Ob vielleicht Florian ...? Ohne sich mit ihr abzusprechen? Nein, das konnte nicht sein. Sie hatten eine klare Abmachung, an die er sich stets gehalten hatte.

Julia setzte sich auf den Kinderstuhl und betrachtete nachdenklich ihre schlafende Tochter. Nach der Beerdigung waren sie im Supermarkt gewesen, weil für das Abendbrot noch Butter und Käse fehlten. Aber Billa hatte nichts gekauft, ihr Taschengeld war ja längst aufgebraucht, das wusste Julia. Woher kamen dann die Kaugummis und all das andere? Und diese glitzernde Haarspange. »Die hab ich doch schon irgendwo gesehen ...« Julia spürte plötzlich ihren Herzschlag. Zunehmend beunruhigt sah sie zu Billa. Das Mädchen lag wohlig in seine Decke gekuschelt und lächelte im Schlaf.

Es half alles nichts, sie musste Billa wecken und nach der Herkunft der Süßigkeiten fragen. Hatte sie die gestohlen? Jetzt pochte Julias Herz fast schmerzhaft. Sie spürte, wie ihr der Schweiß ausbrach. Die Angst zerrte wie ein böser Geist an ihr. Wozu brauchte Billa so eine kitschige Haarspange? Und dann das Geld: ein Fünfeuroschein! Billa bekam einen Euro Taschengeld in der Woche, und der wurde immer sofort ausgegeben.

Entschlossen griff Julia nach der Bettdecke des Kindes.

Da hörte sie, wie die Wohnungstür aufgeschlossen wurde. Florian! Sie raffte die Fundsachen zusammen und stürzte ihm entgegen. »Hier, schau dir das an! Das war in Billas Hosentaschen.«

Florian konnte gerade noch zugreifen, bevor alles zu Boden fiel. Verwundert blickte er auf die bunte Pracht in ihren Händen. Dann wickelte er eines der Bonbons aus und schob es sich in den Mund. »Lecker«, schmunzelte er. »Na ja, vielleicht ein bisschen sandig, aber lecker.«

»Unser Kind stiehlt, und du sagst lecker?«, fuhr Julia ihn an. Sie fuchtelte ihm mit den Süßigkeiten in den Fäusten vor dem Gesicht herum. »Ein toller Vater bist du!«

»Moment mal! Was ist das jetzt wieder für ein Blödsinn?« Er knöpfte seinen Mantel auf und hängte ihn sorgfältig auf einen Bügel. »Wie kommst du darauf, dass Billa stiehlt?«

»Hast du ihr die fünf Euro gegeben?« Julia legte die gesamte Hosentaschenausbeute auf den Garderobenschrank und deutete auf den Schein.

»Natürlich nicht. Wir haben eine Abmachung, Julia.« Sein Blick wurde streng. »Ich halte mich an unsere Vereinbarungen, das weißt du.«

»Ja, schon. Aber das da ...«

»Ich muss noch arbeiten.«

Sie stieß die Luft aus. »Kommst du nicht gerade von der Arbeit? Wäre jetzt nicht zur Abwechslung auch mal die Familie angesagt? Ich mache mir Sorgen, Flori.«

»Es gibt Wichtigeres im Leben«, sagte er knapp, nahm seine Aktentasche und ging ins Wohnzimmer.

Das war zu viel. Julia schrie ihm ihre Angst hinterher: »Kein Wunder, dass deine Kinder verwahrlosen! Sie wachsen ja quasi ohne Vater auf, weil du immer nur arbeitest! Nie bist du für sie da! Nie! Kinder, die im Supermarkt stehlen, tun das aus Protest! Weil sie merken, dass ihre Eltern sich auseinanderleben!«

»Es reicht, Julia!« Florian erschien wieder in der Wohnzimmertür. »Wer will denn die größere Wohnung? Und wer ackert dafür wie verrückt?!«

Sie sah, wie er die Lippen zusammenpresste und sein Gesicht immer röter wurde. Tränen stiegen ihr in die Augen. »Und ich? Tue ich etwa nichts?« Jetzt brach es aus ihr heraus. »Alles muss ich allein durchstehen! Nie hast du Zeit! Nie hörst du zu!«

»Das ist doch Blödsinn!«

»Siehst du, genau das meine ich! Alles, was ich sage, ist für dich immer nur Blödsinn! Unser Kind stiehlt, aber ich rede Blödsinn!« Sie wandte sich ab, fuhr sich mit dem Ärmel übers Gesicht.

»Mein Gott, Julia, jedes Kind klaut mal«, seufzte er. »Na und? Das gehört zur Entwicklung dazu. Billa wird das Geld aus deinem Portemonnaie stibitzt haben. Habe ich dir nicht erzählt, wie ich als Fünfjähriger meinem Vater hundert Mark aus der Brieftasche genommen habe, weil ich dachte, es wäre ein Zehner? Das Drama zuhause kannst du dir gar nicht vorstellen!« Er fasste ihre Schultern und drückte sie an sich. »Und? Bin ich etwa kriminell geworden?«

Sie legte den Kopf an seine Hemdbrust. Trotz des langen Arbeitstages roch er immer noch ein bisschen nach Rasierwasser.

»Nein, bin ich nicht«, fuhr er fort. »Ganz im Gegenteil, ich bin ein äußerst talentierter Bankfachwirt, der mit größter Wahrscheinlichkeit demnächst zum Filialleiter aufsteigen wird. Na, wie gefällt dir das, mein Spätzchen?« Mit seinem Taschentuch wischte er ihr die Tränen von den Wangen. »Komm, lass uns ein Gläschen Single Malt trinken. Morgen früh kannst du unsere kleine Verbrecherin ausfragen.«

Er tätschelte ihr den Rücken, doch mit den Gedanken war er woanders, das spürte sie. Er holte den Whisky aus der Spiegelbar und startete den Computer.

Sandra schob den Schlüssel ins Schloss ihrer Wohnungstür. Sie fühlte sich ausgepowert, ihre Gedanken drehten sich im Kreis.

Da waren die Ohrringe, die Christa gehört hatten. Da war Julia Bessert. Und Sascha, immer wieder Sascha.

Als Lover war er zärtlich, ausdauernd, unglaublich routiniert. Als Freund sehr lieb und umgänglich. Vielleicht ein bisschen unterbelichtet, okay, aber das hatte auch seinen Reiz, fand Sandra. Er brachte sie zum Lachen. Leider war er meist klamm bis an die Hutschnur, weil er sein ganzes Geld für Gras und Pillen verpulverte. Das typische Beispiel eines verkorksten Kindes aus früh geschiedener Ehe, Sandra kannte einige von der Sorte. Aber war er auch ein Mörder? Ihr Bauchgefühl wehrte sich gegen den Verdacht, aber ihr Kopf argumentierte dafür.

Sie knallte die Wohnungstür hinter sich zu, ließ ihre Tasche fallen und streifte die Schuhe ab. Es war dunkel und still in der Wohnung. Sie fühlte sich entsetzlich allein. Ein dreistöckiger Jack Daniels wäre jetzt das Richtige.

Im Wohnzimmer tastete sie nach dem Lichtschalter. Da stach eine männliche Stimme dicht neben ihr aus der Stille: »Hi, Sandra. Erschreck dich nicht.«

Natürlich erschrak sie. Und nicht zu knapp. Sie fuhr zurück, drehte sich um und taumelte in den Flur, der Wohnungstür entgegen. Ihre Knie waren plötzlich aus Gummi.

»Ich bin's nur, Sascha.«

Im selben Moment, als sie ihn erkannte, schaltete er das Licht an.

»Sag mal, spinnst du?!«

»Jetzt reg dich nicht gleich auf. Es war saukalt draußen, da hab ich mich eben reingesetzt, um auf dich zu warten.«

Sandra stand mit dem Rücken an der Tür. »Das nennt man Hausfriedensbruch!«, fuhr sie ihn an. »Wie bist du überhaupt hier reingekommen?«

»Wenn du deine Tür nicht abschließt, kann hier jeder rein«, sagte er. »Meine Visakarte ist zwar längst gesperrt, aber sie öffnet mir immer noch viele Türen.« Er grinste. »Und nach dem, was gestern war, dachte ich, das geht schon in Ordnung.« Er strich ihr über den Unterarm, zog die Hand aber zurück, als sie ihn wütend abwehrte.

»Och, komm. Sei mir nicht mehr böse ...«

Sie ballte die Fäuste und schloss für einen Moment die Augen. Du musst dich zusammenreißen, Sandra! Du darfst dir nichts anmerken lassen! »Ich wollte mir gerade einen Whisky einschenken«, sagte sie matt. »Möchtest du auch einen?«

»Klar, gern.« Er schien beruhigt.

Sie tat ganz cool. Oder versuchte es zumindest. Holte die Flasche aus dem Küchenschrank, nahm zwei Gläser und ging damit ins Wohnzimmer. Warum war er hier? Hatte er seinen Anrufbeantworter abgehört? Wahrscheinlich. Danach war er sofort losgelaufen, um sie zu treffen. War das nun ein gutes Zeichen oder ein schlechtes? Wenn sie Klarheit haben wollte, musste sie mit ihm reden.

Seinen alten Marinemantel hatte er auf den Sessel geworfen und sich selbst auf das Zweiersofa geflegelt. Aber sie wollte nicht neben ihm sitzen, ihn auf keinen Fall berühren, nicht mal aus Zufall. Sie stellte die Flasche mit den Gläsern auf den Tisch. »Ich häng mal eben deinen Mantel an die Garderobe.«

»Sehr ordentlich«, lobte er. »Ganz die korrekte Juristin.«

Sie registrierte den Unterton, ging aber nicht darauf ein.

Zehn Sekunden später war sie zurück. Er füllte gerade das zweite Whiskyglas. Der Sessel stand dem Sofa gegenüber, weit genug von ihm entfernt. Sandra setzte sich und nippte an ihrem Whisky. »Was willst du hier, Sascha?«

»Na, was schon?« Er zwinkerte mit seinem blau unterlaufenen Auge und wusste bestimmt ziemlich genau, wie rührend er dabei aussah. »Ich dachte, wir könnten etwas fortsetzen ...«

»Nicht dein Ernst!« Jetzt kippte sie den Whisky in einem Zug. Ihre Kehle brannte. Sie schüttelte sich, presste die Augen zusammen und atmete geräuschvoll aus.

»Respekt, Respekt.« Er stand plötzlich hinter ihr und begann, ihre Schultern zu massieren. »Willst du noch einen?«

»Nein, danke.« Ihr lief ein Schauer über den Rücken, aber es war kein Wonneschauer. Seine Hände jagten ihr Angst ein. Sie spürte die Kraft, die darin steckte. Was, wenn er jetzt zudrückte? Wenn er sie zum Schweigen bringen wollte, weil sie wusste, was er getan hatte?

Reiß dich zusammen, Sandra! Bleib cool!

»Wie bist du an die Ohrringe gekommen?«, fragte sie.
»Welche Ohrringe?«
Kam es ihr bloß so vor, oder griffen seine Hände intensiver zu?
»Die Ohrringe, die du Julia geschenkt hast.«
»Ach, die.« Sie spürte, wie er die Achseln zuckte. »Hab ich bei Karla gekauft. Unter der Hand.« Er sagte es ganz ruhig, fast beiläufig. Vermutlich hatte er sich die Ausrede schon vorher zurechtgelegt.
»Bei Schubert und Kaminsky?«, fragte Sandra. »Das glaub ich dir nie und nimmer. Die machen keine krummen Geschäfte.«
»Ach, wenn du wüsstest. Die machen noch ganz andere Sachen.«
»Wie meinst du das?« Für einen Moment war sie irritiert.
»Na, wie soll ich's schon meinen?« Seine Hände rutschten tiefer und streichelten ihre Brüste.
»Lass das!«, fuhr sie ihn an. »Glaubst du wirklich, nach der Beerdigung meiner Mutter steht mir der Sinn nach Sex? Hast du denn gar nichts anderes in der Birne?«
»Sorry, dafür kann ich nichts.« Er zog seine Hände zurück und sank vor ihr auf die Knie. »Vielleicht liegt's ja an dir?«
»Spermatöse Inkontinenz!«, fauchte sie. »Hast du selbst mal gesagt.«
»Ist 'ne Krankheit«, nickte er betrübt, während seine Hand ihren Schenkel hinaufwanderte. »Na, komm schon, ist doch auch schön ...« Wieder dieser Dackelblick, den sie schon kannte.
Sie stieß ihn zurück und sprang auf. »Du hast die Ohrringe nicht gekauft, du hast sie geklaut!«
Sascha rieb sich den Rücken, mit dem er gegen den Glastisch geprallt war. »Dann frag sie doch, die beiden Lesben!«, stieß er mit schmerzverzerrter Miene hervor. »Ruf sie an! Bei denen gibt's noch mehr von dem Zeug. Die haben einen Dealer an der Hand, der dir alles besorgt, was du dir wünschst. Alles!« Er schnappte heftig nach Luft, und in seinen Augen blitzte etwas Irres. »Glaub mir, Sandra, ich habe deiner Mutter die verdammten Ohrringe nicht geklaut!«
Sie starrte ihn an.
Er hielt inne. »Ist was?«

»Du hast es gerade zugegeben«, sagte sie tonlos.

»Was denn, verdammt?«

»Ich habe dir gegenüber nicht ein einziges Mal erwähnt, dass der Schmuck meiner Mutter gehörte.«

»Toll!«, höhnte Sascha. »Da hat Miss Jura mich aber gerade in die Falle gelockt! Wie im Kreuzverhör. Jetzt wirst du mir bestimmt gleich meine Rechte vorlesen.«

»Nein, ich werde dich anzeigen, Sascha.«

»Das hier ist kein Hollywoodfilm, das ist die Realität.«

»Genau«, nickte sie. »Nur in der verdammten Realität stößt einer eine behinderte Frau die Treppe runter, weil ihm sein Dealer die Hölle heiß macht. Für eine lächerliche Handvoll Billigschmuck!«

Sascha explodierte förmlich. »Ich hab sie nicht gestoßen!«

Er packte ihre Beine. Sie schüttete ihm den Whisky in die Augen, machte einen Satz über die Sessellehne und warf das Glas nach ihm. Das Geschoss traf ihn, als er sich gerade den Alkohol aus den Augen wischte. Seine Hand fuhr an die Schläfe. Aus einer Platzwunde schoss Blut über seine Finger. Er sah es und sackte in die Knie.

Sandra rannte in die Küche, schloss die Tür hinter sich ab. Mist! Die Handtasche mit ihrem Handy und dem Pfefferspray lag unerreichbar draußen im Flur. Sascha hatte sich inzwischen aufgerappelt und hämmerte an die Küchentür.

»Sandra! Mach auf! Lass uns doch reden.«

»Verschwinde!«, brüllte sie. »Ich hol die Polizei!«

Er hämmerte wieder gegen die Tür, diesmal massiver.

Sie hatte sich ein großes Fleischermesser gegriffen. »Hau ab! Verschwinde! Ich stech dich ab, wenn du hier reinkommst!«

Von draußen wurde mit einem Metallgegenstand im Schlüsselloch herumgestochert. Sie begann, vor lauter Panik laut zu kreischen. In diesem Moment wummerten gewaltige Schläge an die Wohnungstür. Eine männliche Stimme rief: »Frau Kerner? Ist alles in Ordnung bei Ihnen?« Es war der Nachbar, der neugierige Typ von nebenan, der immer mit der Schüssel an der Wand lauschte.

»Herr Nimmert, holen Sie die Polizei!«, schrie Sandra. »Hier ist ein Mörder in der Wohnung!«

»Das ist doch Bullshit!«, brüllte Sascha mindestens genauso laut. »Mach endlich die verdammte Tür auf!«

Dann war plötzlich Ruhe.

Sandra hörte, wie er langsam an der Küchentür hinunterrutschte. Vermutlich saß er nun zusammengekauert auf dem Teppich, denn seine Stimme kam auf einmal von sehr tief unten.

»Ich hab deine Mutter nicht umgebracht, das musst du mir glauben.« Er weinte. »Ich hatte Schulden, ausgerechnet beim fetten Moto, mit dem ist nicht zu spaßen, der hätte mir beide Arme brechen lassen.«

Schluchzte er da draußen vor Selbstmitleid? Wahrscheinlich.

»Aber dann hat plötzlich Pasow bei mir geklingelt. Ich sollte auf deine Mutter aufpassen, Sandra. Das war meine letzte Chance!« Er stöhnte und schniefte. »Ich hab ihr in die Tasche gegriffen und den Schlüssel rausgenommen. Aber da war sie schon tot, das musst du mir glauben!« Es klang so dumpf, als spräche er direkt durch den Schlitz unter der Tür. »Ich bin die Treppe hoch, hab aufgeschlossen, und dann hätt's mich fast umgehauen, weil Paisy mir entgegengestürzt kam. Ich bin rein in die Wohnung, hab die Schmuckschatulle in meine Bude rübergebracht und mich wieder hingesetzt. Und dann kamen ja auch schon die Bullen. Ich ...«

Sandra hörte Getrampel. Plötzlich knallte die Wohnungstür gegen die Wand. »Polizei! Liegen bleiben! Leisten Sie keinen Widerstand!«

Sascha wimmerte zuerst. Dann schrie er laut. Dann wieder Wimmern.

Sandra hörte eine fremde Stimme. »Frau Kerner? Alles in Ordnung? Wir haben den Mann festgesetzt. Sie können jetzt aufmachen.«

Pasow hämmerte auf seinen Wecker. Dann nahm er schlaftrunken die Leuchtziffern ins Visier: 00.08. Kurz nach Mitternacht, und es klingelte schon wieder. »Dammich! Det war jar nich der Wecker.«

Er setzte sich auf und schaute hinüber zu Gertrud. »Willste nich die Tür uffmachen? Da hat eener jeklingelt.«

Keine Antwort. Sie rührte sich nicht. Wegen der Schnarchgeräusche trug sie Ohrenstöpsel, wegen der Helligkeit eine Schlafmaske.

»Hat et jut, die Olle. Pennt wie de Prinzessin uff de Erbse, dabei isse inzwischen eher ...« Für einen Augenblick musterte er seine Frau kritisch, dann zuckte er mit den Achseln. »Na ja, hilft keen Jammern. Bin ja ooch keen Adonis mehr.« Schwerfällig hängte er die Beine über die Bettkante, schob die Füße in seine Latschen und schlurfte zum Badezimmer. Es klingelte zum dritten Mal.

»Jaja, ick komme gleich. Muss nur eben mal ...« Ihm fehlten die passenden Worte. Da fiel ihm auf, dass eigentlich ja schon alles gesagt war. »Een Momentchen!« Er setzte sich nie beim Pinkeln, schließlich war er ein Mann und wollte diesen Vorteil genießen. »Bin gleich fertig! Nur Geduld!«

»Wat is denn, Erwin? Wat brüllste denn so?«

»Du wolltest nich uffmachen, nu schlaf weiter, Gertrud!«

Diesmal klingelte es gleich zwei Mal kurz hintereinander. Wer zum Teufel konnte das sein? Im Grunde gab es nur zwei Möglichkeiten: Entweder ein Wasserrohrbruch wie vor Jahren schon mal, oder es war die Polizei. »Soll ick mein Werkzeug gleich mitnehmen?«

Die Antwort war ein erneutes Klingeln, zweimal kurz, zweimal lang. Pasow zog seinen längsgestreiften Frottierbademantel über den längsgestreiften Schlafanzug. Dann warf er einen prüfenden Blick in den Spiegel und verstrubbelte sein wirres Haar noch ein bisschen mehr. Die da draußen sollten ruhig sehen, dass sie ihn aus dem Tiefschlaf gerissen hatten!

Laut gähnend öffnete er die Tür – und erstarrte mitten in der Bewegung. Seine Augen weiteten sich. »Ach nee!« Er rang um Worte, die seiner Fassungslosigkeit angemessen waren. »Allet hätt ick erwartet, aber Sie nich! Noch dazu um die Uhrzeit! Det muss jetz aber wirklich wat Dringlichet sein!«

»Kann man so sagen«, gab der alte Heuer ungerührt zurück. »Unsere Toilette ist verstopft.«

Das verdammte Auto hielt jetzt schon seit einer halben Ewigkeit unten auf der Straße. »Was für Idioten!«, stöhnte Julia. »Können die ihren Motor nicht ausmachen? Wecken mir noch die Kinder auf.«

Sie nahm einen tiefen Zug aus der Zigarette und blies den Qualm in die kalte Nachtluft. Florian konnte es nicht leiden, wenn sie in der Wohnung rauchte. Also hatte sie sich in Nachthemd und Daunenmantel auf den winzigen Wohnzimmerbalkon gequetscht und die Tür von außen zugezogen, so gut es eben ging. Heute Nacht lag es nicht am Vollmond, dass sie nicht schlafen konnte.

Unten verstummte der Motor.

»Na endlich!«, brummte sie. »Wurde aber auch Zeit.«

Plötzlich war es sehr ruhig in der Kladowstraße. Julia beugte sich über die Brüstung und spähte hinunter. Aus beiden Parterrewohnungen fiel Licht durch die zugezogenen Vorhänge.

»Heuers und Pasows.« Julia schüttelte den Kopf. »Warum die wohl noch nicht im Bett liegen?«

Jetzt wurden die Autotüren geöffnet. Vorn stiegen zwei junge Männer aus, hinten sah Julia im funzeligen Laternenschein zunächst nur ein behostes Bein, dann eine Hand, die nach dem Haltegriff tastete. Sie hörte eine Art Grummeln, konnte aber nichts verstehen.

»Körnchen, du musst mal wieder zum Dienstsport gehen«, flachste einer der jungen Männer, »dann kommst du wieder ganz leicht aus dem Auto raus.«

Julia spitzte die Ohren. Sie erinnerte sich gut an den Kommissar. Er hatte die Ermittlungen im Fall Kerner geleitet. Julia hatte zu denjenigen im Haus gehört, die von ihm selbst befragt worden waren.

»Das nennt sich nun Spätdienst«, hörte sie ihn brummeln.

Zu ihrer Überraschung zog er ein Schlüsselbund aus der Tasche, um damit die Haustür aufzuschließen. Die ersten beiden Schlüssel, die er probierte, passten nicht ins Schloss. Aber der dritte öffnete die Tür. Die drei Männer verschwanden im Treppenhaus.

Julia drückte hastig ihre Zigarette aus. Sie streifte die Turnschuhe von den Füßen und schlich geräuschlos durch Wohnzimmer und Diele zur Wohnungstür. Dort ging sie in die Hocke und presste das Ohr an den Briefschlitz. Sie konnte sich keinen Reim auf diese Aktion machen. Zu wem wollten die Polizisten mitten in der Nacht?

Hertha Heuer öffnete die Tür, sah den fremden Mann – und schrie auf. Es hallte von den Wänden und gellte durchs Treppenhaus.

»Wen hatten Sie denn um diese Zeit erwartet?«, fragte der Mann und hielt ihr seinen Dienstausweis entgegen. »Kriminalhauptkommissar Korn.«

»Na, meine Frau natürlich!« Pasow reckte seinen Kopf aus der Heuerschen Toilettentür. »Die wohnt hier im Haus.«

»Verstehe«, nickte der Kommissar.

»Wie sind Sie denn überhaupt rinjekommen? Ick hab doch abjeschlossen. Oder etwa nich?« Er hielt einen roten Gummisauger in der Faust, mit der er sich demonstrativ an die Stirn fuhr, um den Schweiß abzuwischen.

»Ach, Herr Pasow! Ich erinnere mich. Immer im Dienst, was?« Korn konnte sich ein Grinsen nicht verkneifen.

»Ja, unsere Toilette ...«, murmelte Frau Heuer.

»Sie ist verstopft«, beendete ihr Mann mit theatralischer Würde.

»Schlimme Sache«, nickte Korn. »Muss natürlich behoben werden.« Diesmal verbiss er sich das Grinsen. »Aber gut, dass Sie noch wach sind, Frau Heuer. Es wäre schön, wenn Sie mir ein paar Minuten als Zeugin zur Seite stehen könnten.«

»Ich?« Ihre Hand fuhr reflexartig über den hellblauen Morgenmantel und zupfte den Kragen zurecht. »Wieso denn ausgerechnet ich?«

»Das kann ich doch machen«, sagte Heuer schnell. »Worum geht es denn überhaupt?«

Korn ignorierte ihn geflissentlich. »Sie sind genau die Richtige, Frau Heuer«, sagte er und nickte ihr aufmunternd zu. »Kommen Sie. Es dauert auch nicht lange.«

»Aber wohin denn? Ich bin doch gar nicht angezogen.«

»Zu Herrn Wolf in den dritten Stock«, sagte Korn. »Wir nehmen den Aufzug, dann sind wir gleich wieder zurück.« Er fasste ihren Arm und führte sie hinaus zum Fahrstuhl. Sie folgte ihm willig. Im Aufzug drückte er den Knopf mit der »3«.

Der alte Heuer kam ihnen eiligen Schrittes nach. »Ihr macht eine Hausdurchsuchung bei Wolf?«, rief er atemlos. »Und warum? Was liegt denn gegen ihn vor?«

Die Aufzugtüren schlossen sich dicht vor seiner Nase.

»Na, ich schätze mal, Ihr Mann wird die Treppe nehmen«, sagte Korn zu seiner eingeschüchterten Begleiterin.

Heuer stürzte zurück in seine Wohnung. »Wissen Sie, was das zu bedeuten hat, Pasow?«

»Nee, keene Ahnung.« Der Hausmeister fuhr sich ein weiteres Mal mit der Gummisaugerfaust an die Stirn. »Aber ick frage mich die janze Zeit, wie die in't Haus rinjekommen sind.«

»Mit Wolfs Schlüsseln natürlich.«

»Ach? Sagen Se bloß, der is jetzt ooch tot!«

»Unfug!«, schnaubte Heuer. »Sehen Sie zu, dass Sie hier fertig werden, Mann! Inzwischen gehe ich der Sache auf den Grund.«

So schnell seine karierten Pantoffeln es zuließen, eilte er die Treppen hinauf, doch im ersten Stock war er bereits aus der Puste. Nun ging er langsamer, Stufe für Stufe. Vor der Bessertschen Wohnungstür musste er sogar einen Moment innehalten. Das war nicht mehr der junge Polizist von einst, der sich hier die Treppe hinaufquälte. Das Rheuma im linken Knie machte ihm ganz schön zu schaffen. Früher wäre er hier hinaufgeprescht und hätte den Aufzug dabei noch überholt. Heutzutage war an solche Höchstleistungen nicht mehr zu denken. Er musste sich am Treppengeländer festhalten und wurde immer langsamer. Kurz bevor er den letzten Treppenabsatz erreicht hatte, hörte er oben die Tür ins Schloss fallen.

»Merde!«, schimpfte Heuer.

»Bei einer Hausdurchsuchung brauchen wir immer einen neutralen Zeugen«, erklärte Korn. »Und das sind Sie, Frau Heuer. Wir suchen, und Sie schauen uns zu.«

Sie nickte mit ernster Miene. »Aber was suchen Sie denn eigentlich, Herr Kommissar?«

»Damenschmuck. Eine ganze Schatulle voll.«

Sie riss staunend die Augen auf.

»Der lässt sich gut verstecken. Also müssen wir gründlich nachsehen.«

»Ja, natürlich.« Sie folgte ihm in die Küche. Die beiden jungen Beamten hatten bereits mit der Durchsuchung begonnen.

»Als Maus würde ich hier ausziehen«, witzelte der eine gerade, denn außer ein paar Brotscheiben, die sich vor Trockenheit wölbten, und zwei angestaubten Eintopfdosen befand sich in den Küchenschränken nichts Essbares.

»Freu dich, Bäumel«, gab der andere zurück. »Da hast du auch nicht viel zu durchsuchen.«

Korn nahm sich die Gefrierkombination vor.

»Na, was haben wir denn hier?« Bäumel zog eine Blechbüchse aus dem Schrank, deren Inhalt er auf die Arbeitsplatte schüttete. Mitten in einem Berg von Kaffeemehl glitzerten Ketten, Ringe und Broschen.

»Du lieber Himmel«, hauchte Hertha Heuer, »hat Sascha das alles gestohlen?«

Bäumel zog eine Liste aus der Tasche und verglich sie mit dem Fund. »Eine Perlenkette fehlt noch.«

»Etwa die hier?« Sein Kollege fischte das vermisste Stück aus der Zuckerdose.

»Damit sind wir vollständig«, sagte Bäumel.

»Und was meint ihr wohl, was das hier ist?«, fragte Korn und hielt den beiden eine Schale mit gefrorener Flüssigkeit unter die Nase.

»Vielleicht ... Eis?« Bäumel blickte ihn verständnislos an.

»Ach ja?« Korn schüttelte enttäuscht den Kopf. »So sind sie, unsere Jungdynamiker. Über einen reifen Mann können sie frotzeln, nur weil er mit dem Fahrstuhl fährt. Aber den Schatten im Eis sehen sie nicht.« Er begann, das Eis aus der Schale zu lösen.

Nun konnte man deutlich den Beutel erkennen, der im Eis eingeschlossen war. Korn drehte den Hahn auf und spülte ihn unter heißem Wasser frei. Zum Vorschein kam eine kleine Plastiktüte mit einer weißen, pulvrigen Substanz. »Das dürfte wohl Speed sein«, stellte er trocken fest. »Jetzt müssen wir auch noch ein BTM-Verfahren aufmachen.«

»Sind das etwa Drogen?«, fragte Hertha Heuer.

»Ganz schön raffiniert«, brummte Korn. »Da sollten wir vielleicht doch noch etwas genauer hinschauen. Fass mal mit an, Bäumel!« Mit einem scharrenden Geräusch zogen sie die Gefrierkombination von der Wand. Dahinter tummelten sich die Wollmäuse, sonst nichts.

»Das hätte ich nicht von Sascha gedacht«, flüsterte Hertha. »Er ist so ein netter junger Mann.«

Der alte Heuer fluchte leise vor sich hin. Vor allem brachte ihn Herthas Unverfrorenheit in Rage. Wie konnte sie es zulassen, dass er wie ein dummer Junge vor der geschlossenen Tür stand? Er hätte diesen Grünschnäbeln bei ihrer Ermittlung die Richtung weisen können – aber nein! Sie verschlossen Augen und Ohren vor seinen Ratschlägen und nahmen Hertha mit. Ausgerechnet Hertha! Er zog den Gürtel seines Morgenmantels enger und drückte sein Ohr auf den seltsamen Aufkleber mit den Polizisten, der Sascha Wolfs Wohnungstür zierte: »Wir müssen leider draußen warten.«

»Na, aber! Ick traue meinen Augen kaum! Der ehrenwerte Herr Heuer lauscht an der Tür!« Natürlich war es Pasow, längsgestreift mit Gummisauger, der schnaufend die letzten Stufen heraufkam.

Heuer zuckte zurück. »Spionieren Sie mir etwa nach?«

»Icke?! Na, wer hier spioniert denn hier?« Pasow lachte dröhnend. »Und wieso sind die Kriminalen mit Ihre Frau Jemahlin abjeschoben? Die wird doch mit dem Wolf nich unter eene Decke stecken ...?« Es amüsierte ihn so sehr, dass er sich mit dem Gummisauger an der Wand abstützten musste.

»Meine Frau wird als Zeugin in einer wichtigen Angelegenheit benötigt«, erklärte Heuer und polierte seine Fingernägel am weichen Stoff des Morgenmantels. »Das muss Ihnen fürs Erste genügen.«

Pasow trat neben ihn an die Tür. »Und warum nehmen die nich Sie, wo Sie doch selbst mal bei dem Verein warn? Ick würd meine Olle zurückpfeifen, wenn ...«

»Ich verstehe es auch nicht«, sagte Heuer resigniert. »Das hätte es zu meiner Zeit nicht gegeben. Da galten noch Sachverstand und Kompetenz. Aber heutzutage ...« Er winkte ab.

Pasow nickte verständnisvoll. Er holte einen Flachmann aus seiner Bademanteltasche und hielt ihn Heuer hin. Der griff nach kurzem Zögern zu und nahm einen kräftigen Schluck.

Jetzt drückte Pasow sein Ohr an Saschas Wohnungstür. »Nüscht. Nur Jemurmel.« Mit der rechten Hand bedeutete er Heuer, still zu sein. »Jetzt jehn se in't Schlafzimmer, alle Mann. Nu bin ick aber jespannt ...«

Hertha folgte den Beamten nur zögernd. Es kam ihr unschicklich vor, in Saschas Intimsphäre herumzuschnüffeln, während er im Gefängnis saß. »Hier müsste dringend mal gelüftet werden«, murmelte sie.

»Ja, der Geruch hier drin ist ziemlich eindeutig«, sagte Bäumel.

»Oh, das meinte ich nicht«, warf Hertha fast erschrocken ein.

Korn bückte sich. »Joints raucht er also auch«, konstatierte er und zog einen vollen Aschenbecher unter dem Bett hervor. Obenauf lag etwas, das in Herthas Augen wie eine dicke, halbgerauchte Zigarette aussah.

»Und was haben wir hier?«, wandte sich Korn an die Kollegen. Er öffnete einen Beutel, der direkt neben dem Ascher gelegen hatte.

Bäumel nahm ihn und schnupperte. »Haschischdolden, so genannter Superstunk. Wird in letzter Zeit häufig in heimischen Kleinplantagen herangezogen«, erklärte er und grinste. »Ein bisschen wissen sogar wir Jungdynamiker.«

»Das beruhigt mich sehr«, brummte Korn.

Neben diversen Comicheften fanden sie unter dem Bett noch eine seltsame Konstruktion mit einem Spiegel, deren Verwendungszweck sich ihnen nicht erschloss.

»Ich könnte wetten, dass er das Zeug hier irgendwo züchtet«, sagte Bäumel.

»Schauen wir im Wohnzimmer nach«, schlug Korn vor.

Der Raum war ausgesprochen kahl, nur ein Sofa und ein kleiner Fernseher, der auf dem Boden stand. Außerdem lag jede Menge Kleinkram herum, in dem sie erfolglos herumstocherten. Erst im dritten Zimmer wurden sie fündig.

»Da haben wir ja die Miniplantage«, rief Bäumel. Vor dem Fenster standen zwei große, teilweise abgeerntete Haschischpflanzen. »Ganz schön vielseitig, der Junge.«

»So kann man es auch sagen«, brummte Korn. »Na, dann wollen wir mal das Protokoll schreiben.«

Hertha Heuer schüttelte den Kopf. »Wie sehr man sich doch in einem Menschen täuschen kann«, murmelte sie. »Das hätte ich nicht gedacht. Nein, wirklich nicht.«

»Die stellen dem die janze Bude uff 'n Kopp«, murmelte Pasow, der immer noch eifrig lauschte. »Wer weeß, vielleicht isser sojar 'n Serienkiller, unser kleener Sascha. Sieht man doch immer im Fernsehen. Vielleicht hat er Leichenteile inne Kühltruhe. Oder inne Blumentöppe.« Er genehmigte sich einen ordentlichen Schluck aus seinem Flachmann.

Heuer schüttelte den Kopf. »Nichts als Spekulationen, Herr Pasow. Wir müssen auf dem Boden der Tatsachen bleiben.« Beiläufig nahm er Pasow den Flachmann aus der Hand und trank. »Allerdings, wenn ich's recht bedenke: Hat Wolf nicht vor ein paar Monaten eine große Lieferung von einer Elektrogerätefirma bekommen? Drei Männer mussten die Kiste schleppen.«

»Det war 'n Kühlschrank«, nickte Pasow. »Jeschenk vom Vater. Ohne meine Hilfe hätten se det Ding jar nicht in 'n Fahrstuhl rinjekricht. Ohne Pasow läuft hier nüscht.« Er nahm Heuer den Flachmann wieder ab und prostete ihm zu. »Det kann man sich jar nich vorstellen, da wohnt man jahrelang mit 'm Killer unter een Dach und merkt nüscht. So 'n netter junger Student. Bisschen verkommen, aber sind se det nich alle in dem Alter? Mensch, Heuer, det ist doch ...«

»Wenn die Presse uns interviewt, werde ich mich exakt an die Fakten halten«, spann Heuer seinen eigenen Faden weiter. »Natürlich werde ich auch erwähnen, wie ich die ganzen Jahre unermüdlich versucht habe, ordnend auf diesen Wolf einzuwirken. Das entspricht meiner Pflicht als Bürger. Ich gehöre nicht zu denen, die wegsehen.«

»Nee, det kann man wirklich nich behaupten!« Pasow fing wieder an zu lachen. Seine Pranke klatschte auf Heuers Schulter.

Der sah ihn missbilligend an. »Allerdings kann ich die Presse nicht in dieser Aufmachung empfangen«, erklärte er, wies auf seinen Morgenmantel, die darunter hervorschauende Pyjamahose und die karierten Filzlatschen.

»Nee, det jeht nu wirklich nich!«, kicherte Pasow und linste mit zusammengekniffenem Auge in die Schnapsflasche. Sie war leer.

Der alte Heuer schüttelte bloß den Kopf und trat in den Aufzug. Im selben Moment, als die Metalltür sich schloss, wurde neben Pasow die Wohnungstür geöffnet. Hertha Heuer trat in den Flur, die drei Polizisten folgten. Pasow, in der einen Hand den Flachmann, in der anderen den Gummisauger, konnte seine Neugier nicht länger verbergen. »Na, wie ville Kadaver habt ihr jefunden inne Kühltruhe?«

8

Julia hörte die Wohnungstür hinter Florian ins Schloss fallen. Es war Samstag, aber er wollte ins Büro, weil es angeblich Schwierigkeiten mit einer Geldanlage gegeben hatte. »Das muss ich dringend klären, Julia. Also wartet bitte nicht mit dem Essen auf mich.«

Sie presste die Lippen zusammen. Von wegen Schwierigkeiten! Die ganze Nacht hatte er tief und fest geschlafen, während sie kaum ein Auge zugemacht hatte! So wichtig konnte die Sache also nicht sein.

Im Bad hing noch der Geruch seines Rasierwassers. Julia riss das Fenster auf und klatschte sich kaltes Wasser ins Gesicht.

Aus dem Kinderzimmer drang Geschrei.

»Was ist denn hier schon wieder los?« Als sie die Zimmertür öffnete, standen sich Billa und Thorben wie zwei Kampfhähne gegenüber.

»Der hat mir meine Sachen geklaut!« Billas anklagender Zeigefinger berührte fast Thorbens Nasenspitze.

Er hatte seine Hände zu Fäusten geballt. »Hab ich nicht!«, schrie er, während Tränen der Wut über seine Wangen rollten. Als er Julia sah, warf er sich an ihr Bein und klammerte sich fest. »Hab ich nicht! Hab ich nicht!«

»Hast du wohl!«

»Stopp!« Julia trat an den Kinderschreibtisch und packte alles, was sie gerade hastig auf der Flurkommode zusammengeklaubt hatte, auf die Platte: Süßigkeiten, Haarspange, Geld. Da lagen sie, die Beweisstücke. »Darum geht's doch hier, oder?«

Billas Augen wurden kugelrund. Sie öffnete den Mund, doch ein Blick ins Gesicht ihrer Mutter ließ sie die Frage verschlucken.

»Wo hast du das her, Billa?« Julia packte unsanft den Kinderarm. »Los! Antworte!«

Billa schluckte. »Von Tante Finck«, sagte sie kleinlaut.

»Was? Von der Finck?!«

Billa zuckte zusammen, dann nickte sie.

»Wie kommt denn die Finck dazu ...?« Julia spürte, dass ihr Hitze ins Gesicht stieg. Sie sah, wie Thorben panisch den Daumen in den Mund steckte. »Und du warst dabei?«

Wieder ein Nicken. Beiden Kindern war das schlechte Gewissen deutlich anzusehen. »Aber ihr wisst schon, dass ihr von fremden Leuten keine Süßigkeiten annehmen sollt?«

»Tante Finck ist doch kein fremder Leut«, wandte Billa zaghaft ein.

»Ich wisst es ganz genau!«, stellte Julia fest, schließlich kannte sie ihre Pappenheimer. »Aber warum? Was hat denn die Finck ...?«

Über der Stuhllehne baumelte Thorbens Baseballkappe. Julia nahm sie und schaufelte sämtliche Fundstücke hinein. »Finden wir's heraus! Los, Abmarsch, ihr beiden!« Sie schob die erschrockenen Kinder vor sich her zur Wohnungstür. »Wir gehen zu Frau Finck.«

Auf Julias Klingeln ertönte ein freudiges Bellen. Von innen wurde eilig an der Tür gekratzt. Mehr tat sich erst einmal nicht.

»Komm, Mama.« Billa fasste zaghaft nach Julias Hand. »Die Tante Finck schläft bestimmt noch.«

»Na und? Dann wecken wir sie eben.« Julia klopfte energisch an die Tür. »Frau Finck? Wir sind's, die Besserts. Könnten Sie bitte mal aufmachen? Es ist dringend.«

»Mein Gott, ich komm ja schon. Ist was passiert?«

Die Finck trug einen wattierten Morgenrock aus pinkfarbenem Satin, dazu Hauspantöffelchen mit rosa Pompons und Lockenwickler, über die sie eine rosa Tüllhaube gestülpt hatte. Aus ihrer Wohnung strömte der typische Dauerwellengeruch. »Frau Bessert, haben Sie mich erschreckt! Ach Gott, die beiden Kleinen sind ja noch im Schlafanzug. Brauchen Sie Hilfe?«

Julia streckte ihr die Baseballkappe mit den Süßigkeiten entgegen. »Hier! Ist das von Ihnen?« Sie kniff die Augen zusammen und suchte in dem zerknitterten Gesicht unter der Tüllhaube nach verdächtigen Gefühlsregungen. Die Nachbarin sah aus wie ein aufgescheuchtes Hühnchen. Der Hund benahm sich dementsprechend. Aber ein Schuldbewusstsein ließ sich nicht feststellen.

»Kommen Sie doch erst mal rein«, sagte die Finck und trat einladend einen Schritt zur Seite.

»Nein, danke.« Julia schüttelte die Baseballkappe in ihrer Hand. »Wieso machen Sie Billa Geschenke?«

Das rosa Hühnchen reckte den welken Hals und starrte auf das Sammelsurium. »Na, ich wollte ihr doch bloß eine Freude ...«

»Ich verbiete Ihnen, meinen Kindern Geschenke zu machen«, schnitt Julia ihr das Wort ab. »Mit Freude hat das nichts zu tun! Und Taschengeld bekommen die beiden von mir.« Damit drückte sie der Nachbarin den Fünfeuroschein in die Hand.

»Sie machen den Kindern ja Angst«, murmelte die Finck, die offenbar selbst Angst hatte. Billa liefen die Tränen übers Gesicht. Thorben nuckelte so heftig an seinem Daumen, als wollte er ihn aus dem Gelenk saugen. Julia bugsierte die beiden zurück in Richtung Treppe. »Wenn Sie meinen Kindern noch ein Mal etwas zustecken«, schnauzte sie, »dann werden Sie mich kennenlernen!«

Die Finck senkte schuldbewusst den Blick.

Billa fing plötzlich an zu greinen. »Du bist gemein!«, blökte sie und wollte zurück, um die alte Frau zu trösten.

Julia zog ärgerlich am Kinderarm. »Untersteh dich, jemals wieder etwas von Fremden anzunehmen!«, fuhr sie ihre Tochter an. »Und nenn Frau Finck nicht Tante, hast du verstanden?«

Karla Schubert blickte auf ihre Armbanduhr. Sie war spät dran heute Morgen. In einer Viertelstunde musste sie die Galerie aufschließen. Samstags kamen die Kunden früher als in der Woche, und sie kauften auch mehr, besonders jetzt in der Vorweihnachtszeit. Als sich die Fahrstuhltür im Erdgeschoss öffnete, stürmte Karla los – und rauschte direkt in die wartende Gestalt davor.

»Sascha?«, entfuhr es ihr. »Ich dachte, dich hätten sie weggesperrt!«

»Karla.« Er stand da und starrte sie an.

Wenn sie die Wahl gehabt hätte, wäre sie ihm lieber aus dem Weg gegangen. Jetzt musterte sie ihn beklommen. Er sah übernächtigt aus und dadurch männlicher als sonst. Das Babyface hatte über Nacht Konturen bekommen. Und erstaunliche Mengen von Bartstoppeln.

»Glotz nicht so.« Seine Stimme klang brüchig. »Wie du siehst, haben sie mich bis zur Verhandlung auf freien Fuß gesetzt.«

»Schön für dich.« Sie fuhr sich mit gespreizten Fingern durchs Haar. »Lässt du mich durch?«

Sascha stand da, betrachtete sie. Sie hätte um ihn herumgehen können, doch sie blieb stehen. Sein Blick wanderte über ihren Körper. Dann murmelte er: »Ich mag deine Titten, Karla.«

Sie stemmte die Hände in die Hüften. »Du bist so ein Arschloch, Sascha!«, fuhr sie ihn an. »Sie haben heute Nacht deine Wohnung durchsucht und dabei nicht nur eine Haschischplantage gefunden, sondern auch den Schmuck von Frau Kerner.«

»Wie gut doch die Buschtrommeln funktionieren.« Er grinste.

»Wegen so einer Lappalie hast du die arme Frau ...«

»Aber nicht doch«, unterbrach er sie sanft. »Sandra hat ihre Anzeige zurückgezogen.«

Sie hob verwundert die linke Augenbraue. Was war mit dem Typ heute los? Er wirkte milde, fast durchgeistigt. Dabei hatten sie ihm die Drogen im Knast doch bestimmt abgenommen. Zu allem Überfluss fing er nun auch noch an zu grienen.

»Ich würd dich so gern mal anfassen, Karla.«

»Du kannst mich mal! Die Krönung der Unverschämtheit ist ja, dass du mit deiner Beute auch noch in unser Geschäft gekommen bist!«

»Wieso?« Er zuckte die Achseln. »Ich fand's naheliegend.«

»Was soll das heißen?«

»Wende dich an die Fachfrau, die einen guten Hehler kennt, hab ich mir gedacht.«

»Du bist eine üble Ratte, Sascha Wolf! Wenn meine kleine Schwester nicht so verrückt nach dir gewesen wäre, hätte ich dich damals schon angezeigt.«

»Wer zeigt hier wen an, Karla?« Bedächtig massierte er die Haut über seinem Wangenknochen. Die ehemals violette Färbung changierte inzwischen ins Gelbliche. »Frag mal deine Freundin, was die dazu sagt. Vielleicht solltest du netter zu mir sein.«

»Lass Mechthild aus dem Spiel.«

»Okay, wie du willst.« Sein gönnerhaftes Nicken demonstrierte vollstes Verständnis. Er trat einen Schritt näher an sie heran.

Jetzt konnte sie ihn riechen, eine Mischung aus Schweiß und Patschuli, eigentlich gar kein schlechter Geruch. Ihre Augen verengten sich. »Lässt du mich jetzt endlich durch?«

Er rührte sich nicht vom Fleck, stand da und lächelte sie an.

»Hast auch einen niedlichen kleinen Bären, Karla. Würd ihm zu gern mal den Finger ins Schnäuzchen stecken.«

Sie riss die Augen auf. Hatte sie das richtig verstanden?

»Leck mich doch!«, fuhr sie ihn an.

Aus seiner Kehle drang ein glucksendes Kichern.

Da schnellte ihre Faust vor, mitten in den Solarplexus. Er klappte vornüber, stöhnte, fing sich wieder. Sie schob ihn zur Seite und marschierte zum Ausgang.

»Ich hab nichts mehr zu verlieren«, rief er ihr nach. »Ich bereite mich auf die Ewigkeit vor. Wenn du die Angst überwindest, hast du alles überwunden. Wirst schon sehen, Karla.«

Sie hörte ihn kichern, während sie nach der Türklinke griff. Spürte, wie ihr der Schweiß über die Schläfe rann. Von draußen piekte ihr gleißende Helligkeit in die Augen; die Sonne stand wie ein Scheinwerfer am blauen Himmel.

»Kannst Mechthild ja mal nach 'm flotten Dreier fragen«, hörte sie ihn rufen. Dann schloss sich die Tür hinter ihr.

Joshua radelte über den Rohrdamm, Ruth fuhr hinterher. Sie freute sich über das herrlich milde Wetter. So konnte man auch im Dezember noch eine kleine Radtour machen. Ihr Ziel: die Mehrzweckhalle neben dem Schwimmbad.

»Darf ich Montag wieder zum Schwimmen, Mama?«

Joshua stieg ab.

»Klar, warum nicht«, nickte Ruth.

Sie schlossen ihre Räder an und betraten die Sporthalle. Jeden Samstagnachmittag und Mittwochabend trainierte Sandra hier Volleyball. Ruths Blick schweifte suchend über das Spielfeld. Keine Sandra. In der Mitte standen die Spielerinnen dicht gedrängt.

»Was machen die, Mama?«

»Die sprechen sich ab.«

Aus dem Pulk löste sich der Trainer, der Anweisungen gegeben hatte. Die Spielerinnen verteilten sich zu beiden Seiten des Feldes. Zwei weitere Frauen standen seitlich am Netz. Ruth gesellte sich zu ihnen. Ihr Interesse an Sport war recht mäßig, und Volleyball interessierte sie gar nicht. Schlechte Voraussetzungen, um ein Gespräch anzuknüpfen.

»Kann ich was für Sie tun?«, fragte eine der Frauen, die ein T-Shirt mit der Aufschrift »Schnepfe« über der flachen Brust trug.

»Wir würden gern ein wenig zuschauen«, sagte Ruth lächelnd. »Ich bin eine Freundin von Sandra Kerner.«

»Von Sandra?« Die Schnepfe lächelte zurück. »Die spielt richtig gut.«

»Und wenn sie so weitermacht, spielt sie bald eine Klasse höher«, ergänzte die andere Frau aus dem Duo. »Dann sind wir sie los.«

Die Schnepfe grinste schief. »Wäre natürlich sehr schade.«

»Ja, sie trainiert sehr viel, das hat sie mir erzählt«, sagte Ruth – und in diesem Moment wusste sie auf einmal auch, wie sie das hier anfangen musste. »Aber sie macht sich Vorwürfe, dass sie gerade an dem Abend, als das mit ihrer Mutter passierte, beim Training war.« Das war die Wahrheit, Sandra hatte es so erzählt. »Sie macht sich Vorwürfe, dass sie ihrer Mutter nicht helfen konnte.«

Die Schnepfe nickte prompt. »Ja, darüber haben wir letztens geredet.«

»Ist ja auch hart«, sagte die andere Frau, »während wir hier trainieren, stirbt woanders die eigene Mutter.«

»Und sie sagt, sie hat es gespürt.« Die Schnepfe dämpfte ihre Stimme. »Sie hat doch diesen Hang ins Esoterische.«

»Ach, wirklich? Sie hat's gespürt?«, fragte Ruth ebenso leise. »Und? Hat man das beim Training gesehen, dass sie etwas gespürt hat?«

»Nee. Ich jedenfalls nicht. Sie hat so gespielt wie immer – pam, pam, pam! Sie hat einen unheimlich harten Schlag.« Ein Seufzer. »Ich wünschte, ich kriegte das so hin.«

Ruth zuckte die Schultern. »Ich glaube, so was kann man auch gar nicht spüren«, schloss sie das Thema ab. »Im Grunde war's doch Zufall, dass sie gerade hier beim Training war. Kein Grund, sich Vorwürfe zu machen, oder?«

»Nee, natürlich nicht«, sagte die Schnepfe. »Ganz im Gegenteil, der Sport hilft ihr ja, mit der Situation fertigzuwerden.«

Ruth beobachtete die Frauen auf dem Spielfeld. »Jetzt sind wir extra wegen Sandra hergekommen, und nun ist sie gar nicht da.« Es klang, wie es klingen sollte. »Schade.«

Sie sah sich nach Joshua um. Der turnte weiter oben auf den Rängen herum. Sie rief ihn und verabschiedete sich mit einem weiteren dankbaren Lächeln. »Na dann, noch ein gutes Training.«

Sie hatte erfahren, was sie erfahren wollte: Die Schnepfe hatte Sandra ein Alibi gegeben, ohne dass Ruth sie direkt danach hatte fragen müssen. Damit war das nun wenigstens eindeutig geklärt.

Als Sandra den Briefkasten aufschloss, fiel die Hälfte des Inhalts zu Boden. Sie bückte sich und sammelte die Briefe und Reklamezettel wieder auf. Ein Otto-Katalog warb mit der neuesten Winterkollektion. »An Frau Christa Kerner« stand da. Wie sich so was las, wenn die Empfängerin längst tot war. Sandra schluckte.

Sie fuhr sich mit der Hand über die Stirn, um die trüben Gedanken zu verscheuchen. Das würde bestimmt noch eine Weile so weitergehen. Sie hatte ein mulmiges Gefühl, wenn sie das Haus betrat, wenn sie den Briefkasten leerte, und ganz schlimm wurde es oben in der Wohnung. Vielleicht sollte sie das Erbe hier wirklich einfach verkaufen.

Sie hing daran, weil ihr Vater so viel Mühe und Arbeit in das Haus investiert hatte, die ganze Planung, Renovierung und schließlich der Verkauf der neu entstandenen Eigentumswohnungen. Es war der Grundstock seines Vermögens gewesen. Aber nun war er tot und Christa auch. Vielleicht war es an der Zeit, sich zu lösen und etwas ganz Neues zu beginnen? Sandra biss sich auf die Unterlippe.

Als sie das Blechtürchen schließen wollte, segelte im letzten Moment noch eine Karte aus dem Briefkasten. Sie fing sie im Flug. »Liebe Frau Kerner, wir würden uns sehr über Ihren Besuch freuen!«, stand auf der Rückseite der fliederfarbenen Geschäftskarte. Gleich daneben der gedruckte Absender: Galerie Kaminsky & Schubert. Irritiert drehte Sandra die Karte in der Hand. Was hatte das zu bedeuten?

»Ach, Fräulein Sandra.« Marthe Finck kam mit Paisy auf dem Arm die Stufen herunter. Der Hund fiepte freudig bei Sandras Anblick.

»Tag, Frau Finck. Hallo, Kleine.« Sie kraulte den Yorkshire am Kinn.

»Jaja, die Post, das bedrückt einen«, seufzte die Finck. »Man hat einen lieben Menschen verloren, und die Briefe an ihn kommen weiterhin, als wäre nichts geschehen.« Neugierig beäugte sie Sandras Poststapel. »Ach, der neue Otto-Katalog. Den wollte ich mir gerade bestellen ...«

Sandra verstand die Andeutung sofort. »Ich lege ihn bei Ihnen vor die Tür, okay?«

»Ach, das wär wirklich lieb von Ihnen, Fräulein Sandra.«

»Kein Problem.«

»Na, dann komm, Schätzchen, die Mutti hat auch ganz feines Leckerli für dich, wenn du schön artig bist ...«

Mit der Post unter dem Arm stieg Sandra die Stufen hinauf. Im ersten Stock deponierte sie den Katalog auf der Fußmatte. Weil es so still war, hörte man hier schon das fröhliche Kinderlachen aus der Bessert-Wohnung eine Etage höher. Da ging es ganz schön rund im Augenblick. Sandra musste schmunzeln. Ja, samstags war die Kinderwelt noch in Ordnung. Daran hatte sich nichts geändert.

Gegenüber von Besserts wohnten die beiden Galeristinnen. »Kaminsky & Schubert« stand auf dem kunstvoll gravierten Türschild. Sandra lauschte. Sie hörte eine tiefe, männliche Stimme im Dialog mit einer Frauenstimme. Die Unentschlossenheit nagte an ihr. In der Hand hielt sie immer noch die Fliederkarte. Sollte sie, oder sollte sie nicht? Sie konnte sich nicht entscheiden, fühlte sich träge, ausgelaugt, kraftlos. Die Ereignisse der letzten vierundzwanzig Stunden hatten sie ganz schön mitgenommen. »Zumindest sollte ich hier nicht einfach so rumstehen«, murmelte sie zu sich selbst. Da öffnete sich auch schon die Wohnungstür.

Mechthild Kaminsky war groß, blond und wie immer sehr elegant gekleidet. Hinter ihr entdeckte Sandra einen korpulenten, älteren Mann, der gerade seinen Mantel anzog.

»Na, so ein Zufall, Frau Kerner! Gerade heute haben wir Ihnen eine kleine Nachricht zukommen lassen.«

»Ich weiß.« Sandra zeigte die Fliederkarte. Immer noch besser, als hier beim Rumstehen ertappt zu werden.

»Haben Sie einen Moment Zeit?«

»Worum geht's denn?«

»Ach, kommen Sie doch bitte rein.« Mechthild fasste Sandras Arm. »Und sie melden sich dann, Herr Riemann?«

»Sobald die Lieferung da ist.« Der Besucher hob grüßend zwei Finger an die Goldrandbrille. Sandra registrierte im Vorübergehen eine ziemlich protzige Armbanduhr, da wurde sie auch schon in die Wohnung gezogen.

»Wow.« Der Flur wirkte so groß und hell, als beträte man eine andere Welt aus zartgelben Farbtönen und indirektem Licht. Eine Privatgalerie.

»Legen Sie die Post doch einfach auf das Tischchen«, schlug Mechthild Kaminsky vor. Sandra folgte dem Vorschlag.

»Wir hatten noch gar keine Gelegenheit, Ihnen unser Beileid auszusprechen. Wir sind immer so eingespannt im Geschäft.«

Sandra wurde sanft in Richtung Wohnzimmer geschoben. Fasziniert hielt sie vor einem der Gemälde inne, das von einem Scheinwerfer angestrahlt wurde. »Ist das ...?«

»Ja, das ist ein Kandinsky.«

Wie aus dem Nichts gesellte sich Karla zu ihnen und streckte Sandra die Hand entgegen. »Leider kein echter.« Die beiden Frauen betrachteten das Ölbild, dann lächelten sie sich an. »Aber wir sind sehr stolz auf unser Präsentationstalent«, sagte Karla.

»Wollen wir nicht ein Gläschen Wein genießen?«, fragte Mechthild.

Sandra runzelte irritiert die Stirn, doch sie nickte. »Klar.« Jetzt war sie wirklich gespannt, was die beiden von ihr wollten.

Beim Weitergehen fiel ihr Blick durch die offene Tür ins Schlafzimmer. Schneeweiß leuchtete das Mobiliar. Das französische Bett stand mitten im Raum. War das schwarze Bettwäsche? Und auf dem Tischchen eine Skulptur? Das war ja wirklich extrem nobel. Ganz erstaunlich, was man aus so einer Wohnung alles machen konnte! Zumal, wenn man bedachte, dass Sascha ein

Stockwerk höher exakt die gleichen Räumlichkeiten zur Verfügung standen, die allerdings bei ihm eher den Charme einer Notunterkunft hatten.

Im Wohnzimmer stellte Karla drei Gläser auf den filigranen Glastisch. Sandra versank in einem Traum aus weißem Leder, um sie herum nur Licht, Helligkeit und Kunst. Mehrere Statuetten standen auf Marmorsäulen in verschiedenen Höhen, einige durch Glashauben geschützt. Eine kleine Tänzerin gefiel Sandra besonders gut.

Sie sah weder einen Fernseher noch eine Stereoanlage. Dennoch erklang leise, spirituelle Musik.

»Wir haben die Anlage in die Säulen einbauen lassen und regeln alles per Fernbedienung«, erklärte Mechthild, die sie beobachtet hatte. Sie zeigte auf die gläserne Tischplatte mit der eingelassenen Tastatur.

»Ach, Karlchen, schenk uns doch ein.«

»Roten oder Weißen, Frau Kerner?«

»Rotwein, bitte.« Sandra fühlte sich unwohl in dieser Umgebung.

»Das mit Ihrer Mutter ist wirklich sehr traurig«, sagte Mechthild, die auf einem der Sessel Platz nahm. »Wir hatten ja nicht viel Kontakt. Wie eigentlich mit keinem der Nachbarn. Aber Karla hat sich einmal von ihrer Mutter die Karten legen lassen.« Ihre Hand glitt auf Karlas Schulter, die sich neben ihr auf dem Parkett niedergelassen hatte.

»Ach, tatsächlich?« Sandra beobachtete, wie Karla nun ihre Hand auf Mechthilds legte. Sie trank einen Schluck, stellte das Glas ab und straffte den Rücken. »Ehrlich gesagt weiß ich nicht so recht, was Sie von mir wollen.«

Zwei Augenpaare richteten sich gleichzeitig auf Sandra.

»Nun ja«, begann Mechthild. »Es geht um die kleine Marienstatuette. Ihre Mutter wollte das Stück an uns veräußern.«

»Die Marienfigur?«

»Ja. Sie steht bei ihr im Flur.« Sie wirkte kurz irritiert. »Stand, müsste es wohl heißen. Oder steht? Na, das wissen Sie besser.«

»Die wollte sie verkaufen?« Sandra schüttelte den Kopf. »Das kann ich mir gar nicht vorstellen.«

Ihr Vater hatte das Ding von seinem letzten Wanderurlaub geschickt. Aber Christa hatte es – zugegeben – nie richtig zu schätzen gewusst. Die geschnitzte Holzfigur entsprach einem weitaus religiöseren, düstereren Geschmack als ihrem eigenen, und sie war eigentlich auch kein typisches Geschenk für Wolfgang Kerner gewesen, der sonst immer mit einem Koffer voll Spezialitäten der Region heimgekehrt war. Aber warum interessierten sich die beiden Galeristinnen dafür?

»Wir bieten Ihnen einen guten Preis«, sagte Mechthild. »Trotz des Brandmals. Ihre Mutter würde sich bestimmt freuen. Sie war sehr angetan von unserer Galerie.«

»Ach ja?« Sandra bemerkte ein Flackern in Mechthilds Blick. »War sie denn mal da?«

»Mehrfach«, sagte Karla schnell.

»Und was ist so besonders an dieser Marienfigur?«

»Nun ja«, Mechthild schien ihre Worte genau abzuwägen. »Vom kunsthistorischen Standpunkt aus betrachtet hat sie durchaus einen gewissen Wert.«

»Das heißt konkret?«, fragte Sandra.

»Dreihundert Euro?« Mechthilds Augenbrauen hoben sich fragend. »Wäre das ein Angebot?«

Sandra schnappte nach Luft. »Für ein Urlaubssouvenir?«

»Es ist weit mehr als das«, sagte Mechthild. »Und ihre Mutter mochte die Statue nicht.«

»Das Ding symbolisierte das Verhängnis ihres Lebens«, ergänzte Karla. »Ihre eigenen Worte.«

»Das Verhängnis?« Sandra fühlte sich unbehaglich. »Was soll das denn bedeuten?«

»Keine Ahnung.« Mechthild zuckte die Achseln.

Plötzlich trat eine unheimliche Stille ein. Die Musik war zu Ende. Sandra spürte, wie zwei Augenpaare sie belauerten.

»Tut mir leid. Ich muss jetzt wirklich gehen!« Sie sprang auf.

Mechthild streckte ihr im Sitzen die Hand entgegen. »Überlegen Sie es sich, und kommen Sie einfach vorbei, wenn Sie sich entschieden haben; hier oder in der Galerie. Wir würden uns freuen.« Sie löste den Händedruck und schaltete die Musik wieder ein.

Im Hinausgehen sah Sandra, wie Karla sich wohlig auf dem Boden ausstreckte und die Augen schloss.

Die Marienstatuette. Sandra wog das Ding in den Händen: ein gutes Kilo altes Holz, ziemlich wurmstichig und an der linken Seite angebrannt. Da war die Mutter Gottes ins Feuer geraten, vielleicht hatte irgendjemand ihren grämlichen Gesichtsausdruck nicht mehr ertragen können. Als Kaminholz verbreitete diese Maria bestimmt mehr Wärme als mit ihrer Leichenbittermiene. Der Holzschnitzer musste ein sehr deprimierter Mann gewesen sein. Er hatte seine kaum leserlichen Initialen in die Unterseite geritzt: *TR* stand da. Wie lange mochte das her sein? Hundert Jahre? Oder zweihundert? Das Holz sah grau und ausgelaugt aus. Möglich wäre allerdings auch, dass man die kleine Figur längere Zeit ungeschützt der Witterung ausgesetzt hatte, an einem Wegkreuz zum Beispiel, obwohl die Schnitzerei dafür wiederum zu filigran wirkte. Eine solche Arbeit hängte man normalerweise nicht in den Regen.

Sandras Zeigefinger glitt über die geschnitzten Falten des Gewands, umrundete den Heiligenschein. Sie klopfte an die hölzernen Gliedmaßen und lauschte. Nein, die Figur war absolut massiv. Kein Geheimfach, kein doppelter Boden. Nichts erklärte das seltsame Interesse der beiden Galeristinnen, außer der Tatsache vielleicht, dass Mechthild Kaminsky promovierte Kunsthistorikerin war. Bestimmt konnte sie eindeutig den Wert einer alten Holzfigur erkennen, auch wenn es dem Objekt an äußerer Schönheit mangelte.

Immerhin dreihundert Euro.

Vermutlich waren beide Frauen in heißer Sorge gewesen, dass Sandra das kostbare Stück beim Ausräumen der Wohnung einfach in die Mülltonne feuerte. Daher das Fliederkärtchen, selbst auf die Gefahr hin, dass sie sich dadurch der Leichenfledderei verdächtig machten.

Christa hatte die leidende Marienfigur auf ihrer Flurkommode platziert. Daneben stand eine Vase mit Strohblumen, direkt davor ein Porzellanclown, der mit seinem aufgespannten roten Regenschirm bis an Marias Nasenspitze reichte. Das merkwürdige Arrangement zeigte deutlich, welche Geringschätzung Christa der Statuette entgegengebracht hatte.

Aber sie war das letzte Lebenszeichen ihres Mannes gewesen.

Sandra erinnerte sich genau, wie das Päckchen damals mit der Post gekommen war. Adressiert hatte es der Vater an sich selbst. Christa hatte seine großzügig geschwungenen Blockbuchstaben erkannt: »Herr Wolfgang Kerner, Kladowstraße 5, 13585 Berlin-Spandau.« Darüber hinaus gab es keinen weiteren Hinweis auf den Absender. Im Innern des Päckchens lag die Figur, eingepackt in weißes Seidenpapier, ringsherum Holzwolle. Kein Kartengruß, kein Lieferschein, nicht ein einziges Wort der Erklärung.

Sandra stellte die Maria wieder vor den Clown. »Wollen mal sehen, was wir mit dir machen«, erklärte sie der Holzfigur. »Vielleicht bist du bei Karla und Mechthild wirklich besser aufgehoben. Die beiden mögen dich, das hab ich gemerkt.«

Ihr Blick fiel auf eines der Fotos neben dem Spiegel: der Vater in Kniebundhosen, Filzhut und Rucksack, ein sonnengebräuntes Urlaubslächeln im Gesicht. »Wanderer in der Brenta«, hatte jemand handschriftlich darunter geschrieben. War das Christas Schrift?

Wolfgang Kerner war immer souverän gewesen, in seinem Beruf als Richter wie als Privatmann. Er hatte die Entscheidungen getroffen, alle anderen hatten sich gefügt. Aber er regierte nicht als Despot, sondern als Fürsorger. Sandra hatte sich in seiner Obhut immer wohl gefühlt.

Da er immer gern und viel gewandert war, hatte sie es verständlich und auch verzeihlich gefunden, dass er allein wanderte, als die Mutter wegen ihrer Hüfte nicht mehr mithalten konnte. Aber sie wusste auch, dass Christa in diesem Punkt anderer Meinung gewesen war. »Er ist mir in den letzten Jahren entglitten«, hatte sie einmal zu Sandra gesagt, als der Vater bereits gestorben war.

Sandra roch an der Marienstatuette. Sie duftete nach Weihrauch, immer noch. Wahrscheinlich stammte sie aus einer katholischen Kirche. Ein weiterer Punkt, der aus Christas Sicht entschieden gegen sie sprechen musste. Je älter sie wurde, desto mehr hatte sie über die Kirche geschimpft, über das »Brimborium« während des Gottesdienstes, den ganzen »falschen Zauber«. Dabei hatte sie in ihrer Jugend mit Begeisterung die Matthäuspassion gesungen, Haydns Schöpfung und den Messias von Händel. Und wie stolz sie darauf gewesen war!

Das Chorfoto hing gleich neben Wolfgang, dem Wanderer. Dreißig strahlend junge, unbeschwerte Gesichter, doppelreihig aufgebaut. Ihre Eltern, als sie noch keine Eltern waren: Wolfgang und Christa, Arm in Arm. Wenn man ganz genau hinsah, konnte man erkennen, dass das Bild in einer Kirche gemacht worden war. Im Hintergrund verschwommene Säulen, rechts die Andeutung eines barocken Gemäldes. Wann war das Foto aufgenommen worden?

Sandra nahm das Bild von der Wand, öffnete behutsam den Rahmen, entfernte die Pappe und fuhr mit dem Fingernagel unter eine Ecke des Passepartouts. Die Rückseite des Fotos war nackt und weiß. Kein Datum. Kein Anhaltspunkt. Enttäuschung machte sich breit. Sie war so schlau wie vorher.

Tick-tack-tick-tack.

Das gleichförmige Ticken der Standuhr betonte die Stille. Es leitete die Gedanken von Irene Lazar, führte ihre Atemzüge in ein ruhiges Gleichmaß. Ja, es beeinflusste sogar den Rhythmus, mit dem der Füllfederhalter in wohlbemessenen Zügen übers Papier glitt.

Tick-tack-tick-tack.

»Halte deine Phantasie im Zaum!«, schrieb sie auf den breiten Rand neben den Schüleraufsatz. »Keine Assoziationsketten – mehr Stringenz!« Die rote Tinte glitzerte im Licht der Schreibtischlampe, bis sie getrocknet war. Das bauchige Tintenfläschchen neben der Schreibunterlage gab dem Korrekturvorgang erst die richtige Gewichtung.

Rote Tinte. Welcher Lehrer hatte die heutzutage noch? Die meisten Kollegen benutzten Faserstifte, einige sogar Kugelschreiber. Mit so einem Schreibgerät wurde das Korrigieren der Klassenarbeiten doch zur lästigen Pflicht. Irene Lazar schrieb ausschließlich mit ihrem traditionellen Füller der Marke Pelikan. Selbstverständlich benutzte sie keine Patronen, sondern pumpte auf althergebrachte Weise die Tinte in den Speicher.

Die meisten Rituale im Leben hatten durchaus ihren Sinn.

Tick-tack-tick-tack.

Geräuschvoll atmete sie ein, schloss die Augen und hielt einen Moment mit geweitetem Brustkorb inne. Dann ließ sie den Atem strömen.

Der Schulbetrieb hatte längst seinen pädagogischen Stellenwert verloren. Die Unterrichtenden besaßen keine Autorität mehr. Durch ihr eigenes Verhalten machten sie sich moralisch angreifbar. Wo das noch hinführen würde, konnte Irene Lazar sich lebhaft vorstellen. »Aber was geht mich das noch an?« Mit der Spitze des Zeigefingers strich sie das glatte, graue Haar hinters Ohr zurück. »Dieses Kapitel ist Gott sei Dank bald abgeschlossen.« Nächsten Sommer würde sie sich zur Ruhe setzen. Sie konnte es kaum noch erwarten.

Tick-tack-tick-RUMS-tack.

Da oben wurde wieder getobt. Dem Vernehmen nach hatten sie sich heute den direkten Durchbruch ins Lazarsche Wohnzimmer vorgenommen. Sie legte den Kopf in den Nacken, blickte zur Decke und seufzte. »Selbst eine schlechte Erziehung wäre besser als gar keine«, murmelte sie. »Aber man hätte bei den Eltern damit anfangen müssen.«

Aus dem Loch in der Stuckrosette, rings um den Haken für den Kronleuchter, rieselte der Kalkstaub. Jetzt kamen die Gören da oben richtig in Fahrt. Dem fürchterlichen Donnern nach galoppierte eine Herde größerer Huftiere durch die Bessert-Wohnung. Irene hörte deutlich die kehligen Juchzer der Cowboys. In der Vitrine klirrten ihre Meißner Kaffeetassen.

Die Lazar ballte die Fäuste. »Ich halte das nicht mehr aus«, flüsterte sie und presste die Fäuste an die Schläfen. Ihr Gesicht verzerrte sich. »Ich halte das nicht mehr aus!!!«

Als sie aufsprang, kippte der Stuhl rückwärts und krachte zu Boden. Sie schreckte zurück, stieß gegen den Sekretär. Die rote Tinte schwappte aus dem offenen Gefäß und ergoss sich blutrot über das Schulheft. Irene versteinerte. Sie starrte auf das Rot. Jetzt hörte sie, lauter als das Trampeln der Bessert-Kinder, ihr eigenes Herz hämmern. Sie schlug die Fäuste an die Brust und begann zu wimmern.

Ruth legte den Arm um Joshua und zog ihn zu sich auf die Couch. Neben ihr auf dem Beistelltisch dampften zwei Tassen Kakao. Sie saßen unter der Kamelhaardecke beieinander wie in einem Nest. Ruth griff nach dem Buch. Joshua liebte es, wenn sie ihm Harry Potter vorlas, und Ruth gab sich dabei alle erdenkliche Mühe. Für jede Figur verstellte sie ihre Stimme ein bisschen anders, und es war ihr keineswegs peinlich, wenn Joshua seinen Klassenkameraden gegenüber ihre Lesekünste mit denen von Rufus Beck verglich. Im Gegenteil, es erfüllte sie mit Stolz.

»Hast du das Telefon abgestellt, Mama?«

Ruth nickte. »Handy, Telefon, alles aus.«

Joshua lächelte zufrieden. Ruth holte Luft und setzte sich in Positur.

»Ich bin froh, dass der Bursche nicht mehr versucht, sich hier breitzumachen«, begann sie im feindseligen Ton von Harry Potters Onkel. »Übrigens, wo steckt er eigentlich?«

Aus dem Augenwinkel sah sie, wie Joshua ärgerlich den Kopf schüttelte. Sie wusste, dass ihn die Gemeinheit von Harrys Verwandtschaft immer wieder empörte. Gerade wollte sie eine schrille Antwort von Harrys Tante Petunia folgen lassen, da klingelte es an der Wohnungstür. Ruth ließ vor Schreck das Buch auf die Decke fallen.

»Elender Eselsdreck!«, rief Joshua. »Ausgerechnet jetzt!«

»Was du für Ausdrücke kennst«, murmelte Ruth.

Die Klingel schrillte erneut.

»Wir machen einfach nicht auf, Mama.« Es klang nicht nach Vorschlag, sondern nach Befehl.

Ruth schlug die Decke beiseite und erhob sich. »Wer stürmisch läutet, hat meist einen wichtigen Grund, mein Sohn«, sagte sie. »Ich fürchte, wir müssen das Vorlesen erst mal verschieben.«

»Ich sag ja: Eselsdreck«, murrte Joshua.

»Nein, es ist Sandra«, flüsterte Ruth. Sie hatte den Hörer der Sprechanlage abgenommen. Aus der Hörmuschel schrillte Sandras Stimme mit solcher Energie, dass Ruth sie auf Armeslänge von sich weghielt. »Euer Telefon muss kaputt sein, Ruth!«

»Unwahrscheinlich.«

»Ich hab was gefunden, das uns vielleicht weiterbringt.«

»Soso.« Es klang wenig begeistert.

»Ich hatte ein total schlechtes Gewissen wegen Sascha.«

»Weiß ich doch«, seufzte Ruth. »Wir haben heute Morgen schon telefoniert, du erinnerst dich?«

»Was? Ich versteh dich so schlecht, Ruth.«

»Du musst den Hörer dichter an den Mund halten, Mama«, riet Joshua.

»Ich weiß, wie man einen Telefonhörer hält«, zischte Ruth.

»Was hast du gesagt, Ruth? Ich stör euch doch nicht, oder?«

»Doch!«, brüllte Joshua.

Ruth atmete tief durch. »Komm erst mal rauf, dann können wir reden.«

»Und was ist mit mir und Harry Potter?«, brummte Joshua.

»Aufgeschoben ist nicht aufgehoben«, tröstete Ruth.

»Hier. Das ist es.« Sandra legte ein verblichenes blaues Schulheft auf den Tisch.

»Sandra Kerner, 3 c, Rechnen«, las Ruth.

»Christas Tarotbüchlein.«

Ruth hob bremsend die Hand. »Bevor du das jetzt aufklappst«, sagte sie hastig. »Ich habe heute Vormittag mit der Polizei telefoniert, wie versprochen.«

»Tatsächlich? Und?«

»Ich hatte Hauptkommissar Korn an der Strippe. Der Mann war extrem kurz angebunden.«

»Das heißt, du hast gar nichts herausbekommen?«, fragte Sandra enttäuscht.

»Doch, hab ich«, sagte Ruth. »Soweit ich den Andeutungen entnehmen konnte, wird gegen Sascha ein Verfahren wegen Drogenbesitzes und möglicherweise auch wegen Dealerei eingeleitet.«

»Armer Kerl.«

»Das hat er sich selbst eingebrockt, Sandra.«

»Aber ich hab ihm die Polizei auf den Hals gehetzt.«

»Das wäre früher oder später sowieso passiert«, widersprach Ruth, die die dunklen Ringe unter Sandras Augen bemerkte. »Es gibt für dich nicht den geringsten Grund, ein schlechtes Gewissen zu haben, glaub mir. An seiner Sucht bist du ja wohl nicht schuld.«

»Nein, das wohl nicht.« Sandra seufzte. »Und ich weiß auch, dass er ein verrückter Spinner ist. Aber ich mag ihn. Ich wünsche ihm wirklich nichts Böses – und trotzdem war ich gestern fest davon überzeugt, dass er Christa die Treppe runtergestoßen hat. Bis er mir dann gestanden hat, was wirklich passiert ist.« Sie holte tief Luft und ballte hilflos die Fäuste. »Ich bin mit mir selbst nicht im Reinen. Im Moment verdächtige ich jeden im Haus, Ruth, und das ist mir unerträglich. Ich muss in dieser Sache Klarheit schaffen. Ich muss! Weil ich sonst einfach nicht zur Ruhe komme. Verstehst du das nicht?«

Ruth sah die Dringlichkeit in ihrem Blick. »Du solltest trauern«, sagte sie leise.

»Das kann ich nicht, verdammt noch mal! Nicht, solange das hier im Raum steht! Und du hast versprochen, dass du mir hilfst!«

Ruth nahm einen Schluck aus dem Kakaobecher, den sie mit beiden Händen umschlossen hielt. »Also gut. Was steht in diesem Heft?«

Für einen Augenblick schloss Sandra die Augen. »In diesem Heft hat Christa Notizen über ihre Tarotsitzungen gemacht.«

»Nur über ihre eigenen? Oder auch über die Sitzungen mit den Nachbarinnen?«

»Zuerst dachte ich, sie hätte nur ihre eigenen Deutungen verzeichnet«, sagte Sandra. »Sie zog jeden Morgen eine Tageskarte.«

»Das ist so was wie ein Tageshoroskop, ja?«

»So was Ähnliches«, nickte Sandra. »Aber in diesem Heft steht viel mehr drin.« Ihr Finger pochte eindringlich auf den blauen Umschlag. »Hier ist Christas gesamte Kundschaft verzeichnet. Hier findest du sämtliche Wehwehchen, mit denen die Leute zu ihr gekommen sind. Und ich wette mit dir, dass hier auch drinsteht, wer sie umgebracht hat.«

»Ach ja? Na, dann raus mit der Sprache!«

»Das ist es ja gerade«, seufzte Sandra. Sie nahm das Heft und schlug eine beliebige Seite auf. »Sieh dir das Durcheinander an. Daraus wird man einfach nicht schlau.«

»Ich sowieso nicht«, brummte Ruth. »Ich hab keine Ahnung vom Tarot.«

»Ich schon«, sagte Sandra. »Aber das hilft mir nicht. Zuerst war ich wütend über Christas Sauklaue. Die Worte sind tatsächlich schwer zu lesen. Aber dann hab ich langsam begriffen, warum das Ganze keinen Sinn ergibt: Sie hat es verschlüsselt.«

Ruth runzelte ungläubig die Stirn. »Warum sollte sie das tun? Sie lebte allein.«

»Keine Ahnung.« Sandra zuckte die Achseln. »Vielleicht für den Fall, dass das Heft in die falschen Hände gerät.«

»Wessen Hände? Deine vielleicht?«

»Ich weiß es nicht.«

Ruth nahm das Heft und ließ die Seiten unter ihrem Daumen hindurchschnurren. Sämtliche Notizen waren mit Bleistift geschrieben, die Schrift klein und auf den ersten Blick absolut kryptisch. »Das sieht nach sehr viel Arbeit aus.« Nutzlose Arbeit, fügte sie in Gedanken hinzu. »Hoppla!«

Beim Durchblättern hatte sich ein Foto gelöst, das vorher zwischen den Blättern gesteckt hatte. Es fiel auf die Tischplatte, schlitterte über das polierte Holz und segelte unters Sofa.

»Ach, das ist nur das Chorfoto«, seufzte Sandra. »Ich bleibe jedes Mal an irgendwelchen Erinnerungsstücken hängen. Dabei sollte ich endlich Christas Kleider verpacken, damit die Caritas sie abholen kann, und ihre Schränke ausmisten. Irgendwann muss ich dann ja auch entscheiden, ob ich die Wohnung später vermiete oder lieber ganz verkaufe.« Diesmal klang ihr Seufzen fast wie ein Schluchzen. Ruth legte ihr tröstend die Hand auf die Schulter.

»Lass dir damit ruhig Zeit«, sagte sie. »Am Montag ist zwar die Testamentseröffnung, aber ich glaube nicht, dass du vor Weihnachten schon über die Erbschaft verfügen kannst, faktisch also erst nächstes Jahr. Die deutschen Behörden ...« Sie hielt inne. »Was ist denn, Joshua?«

Der Junge war bäuchlings unters Sofa gerutscht, um das Foto hervorzuholen. Jetzt saß er auf seinen Fersen, betrachtete die Sänger und kicherte. »Mensch, die sah ja früher total schön aus.«

Sandra hob verwundert die Brauen. »Wen meinst du?«

»Na, hier.« Er deutete auf einen der Sängerköpfe. »Die war doch gestern bei der Beerdigung.«

»Welche denn?« Sandra glitt vom Sofa und rutschte näher.

»Na, die«, sagte Joshua.

Die Frau stand links neben Wolfgang Kerner. Sie hatte langes, blondes Haar, eine Art Chopin-Schleife unterm Kinn und goldene Kreolen an den Ohren. Sie hielt den Mund leicht geöffnet und zeigte dem Fotografen ein breites »Cheese«.

»Dieses Lächeln«, murmelte Sandra. »Deshalb hab ich sie nicht erkannt. Aber du hast Recht, Joshua.« Sie nahm ihm das Foto aus der Hand und reichte es Ruth. »Schau sie dir an.«

»Die Blonde?«

»Genau. Rechts meine Mutter, in der Mitte mein Vater, und links steht ...«

»Irene Lazar«, staunte Ruth.

9

Es war ein regnerischer Montagmorgen. Der Wind wehte die letzten Blätter von den Bäumen. Sandra schlug den Kragen hoch und fröstelte, als sie auf das Haus zuging. Herrschaftlich thronte es über der Straße, Balkone gingen in runde Erker über, vom Sims schauten Putten herab, und eine Freitreppe führte zu der reich verzierten Flügeltür hinauf. Daneben prangten goldene Firmenschilder, eines wies auf die Kanzlei des Notars Konjez hin.

Sandra war spät dran. Am liebsten wäre sie gar nicht zur Testamentseröffnung gekommen. Der Gedanke, dass Christas Tod damit etwas Endgültiges bekam, schnürte ihr die Brust zusammen. Sie waren im Streit auseinandergegangen und hatten sich nicht mehr versöhnen können. Nun war Sandra wirklich allein auf der Welt.

»Warte auf mich!« Hinter sich hörte sie Absätze klappern. Ruth kämpfte mit ihrem Regenschirm. Als sie ihn gebändigt hatte, breitete sie die Arme aus und drückte Sandra kurz an sich.

»Na, bereit?«

Sandra nickte und drückte den Klingelknopf. Kurz darauf ertönte der Summer, und sie traten in den Hausflur. Ein dunkelroter Kokosläufer wies ihnen den Weg in den ersten Stock zur Kanzlei Konjez. Die Sekretärin führte sie gleich in den Konferenzraum, wo ein großer Tisch aus massiver Eiche auf sie wartete und ringsum üppig gepolsterte Sessel.

»Werte Frau Kerner, mein herzliches Beileid zu Ihrem Verlust.« Ein Herr mit graumelierten Schläfen kam auf sie zu. »Ich hätte mir gewünscht, Sie bei einem freudigeren Ereignis wiederzutreffen. Aber nach dem Tod Ihres Vaters haben wir uns leider aus den Augen verloren.« Warme Hände schlossen sich um Sandras. Sie versuchte krampfhaft sich zu erinnern, wo sie dem Notar schon einmal begegnet war, doch es fiel ihr nicht ein.

»Wie ich hörte, haben Sie sich entschlossen, in die Fußstapfen Ihres Vaters zu treten.«

Sandra versuchte möglichst beiläufig, ihre Hände zu befreien. »Fußstapfen ...?«, fragte sie irritiert.

»Sie studieren Jurisprudenz.«

»Ach so. Ja.« Sie probierte ein Lächeln. »Darf ich Sie mit meiner Freundin Ruth Morgenstern bekanntmachen, Herr Konjez?«

Er reichte auch Ruth die Hand und wies auf den Tisch. »Nehmen Sie bitte Platz. Einen Kaffee?«

Sandra nickte. Schon eilte die Sekretärin herbei und schenkte ein.

Die Aktenmappe war dünn, sie enthielt nur wenige Blätter.

»Wir sind heute hier zusammengekommen, um das Testament von Wolfgang und Christa Kerner zu eröffnen ...«

Die Worte flogen an Sandra vorbei. Es fiel ihr schwer, sich zu konzentrieren, ein Gefühl, als wäre sie unter Wasser. Der Notar erwähnte Christas Girokonto, ihr Sparbuch bei der Deutschen Bank und vier Wohnungen im Haus, die ihr gehörten.

Vier Wohnungen? Sandra horchte auf. Ihr waren nur drei bekannt: die von Pasows, die von Heuers und die, in der sie selbst gewohnt hatte. Das war seltsam. Der Notar redete inzwischen von Wertpapieren. Auch den Banktresor erwähnte er, für den Sandra einen Zweitschlüssel besaß. Sie hatte ihn bereits eingesehen, er war leer gewesen.

Der Notar hatte seine Ausführungen beendet und erhob sich.

Sandra blickte hinüber zu Ruth, die nickte ihr zu. Ich habe alles verstanden, sollte das heißen, und Sandra lächelte matt. Sie hatte nichts verstanden. Vielleicht wollte sie auch nichts verstehen, wollte sich heute noch nicht mit Vermögenswerten beschäftigen. Es war noch nicht die Zeit für Abschluss und Erbe. Die Rechnung war noch offen.

Jetzt standen sie sich wieder gegenüber. Notar Konjez sah sie an und räusperte sich. »Frau Kerner, da wäre noch eine Sache, über die wir uns unterhalten sollten.«

»Was denn? Die Rechnung?« Das durfte doch wohl nicht wahr sein! Immerhin war er ein guter Freund ihres Vaters gewesen, und seine Kanzlei strahlte Reichtum aus. Aber natürlich, Geld regierte die Welt! Sandra spürte, wie das trübe Gefühl der Lähmung, das ihr die ganze Zeit den Kopf vernebelt hatte, sich in Wut verwandelte.

Konjez schien den Stimmungsumschwung zu bemerken, er lächelte beschwichtigend. »Aber nein«, entgegnete er. »Es geht um die Wohnung, in der Herr Florian Bessert mit seiner Familie wohnt.«

»Wieso? Was ist damit?«

»Ihre Mutter hat mich kurz vor ihrem Tod beauftragt, von Herrn Bessert endlich den vollen Kaufpreis dafür einzufordern. Bislang habe ich aber weder eine Antwort noch eine Zahlung von ihm erhalten. Nun wollte ich Sie fragen, wie wir in der Sache weiter verfahren sollen.«

»Er hat nur 50.000 Euro für seine Wohnung bezahlt«, sagte Sandra, als sie die Eingangshalle des Schwimmbads betraten. »Verglichen mit dem Kaufpreis der anderen Eigentümer ist das unglaublich wenig.«

»Und warum?«, fragte Ruth. »Wusste Konjez etwas darüber?«

»Nein, er konnte es mir nicht erklären.«

Sie warfen einen Blick durch die Panoramascheibe, gingen an den Kassenautomaten vorbei und wählten im Schwimmbadrestaurant »Neptuns Mutter« einen Tisch mit Blick auf das Kinderbecken.

»Sieh mal, da ist Joshuas Schwimmgruppe.« Ruth deutete auf die Kinder, die im Wasser herumtobten. Der Schwimmtherapeut hatte alle Mühe, sich Gehör zu verschaffen. Sein »Ruhe jetzt und zugehört!« drang sogar durch die Glasfront ins Restaurant.

»Was für eine männliche Stimme«, stellte Ruth fest.

»Ja, ein echter Brunftschrei«, lächelte Sandra.

»Na, so schlimm ist es nun auch wieder nicht.« Ruth legte ihren Mantel über die freie Stuhllehne. »Wenn ich es recht verstanden habe, waren die 50.000 ursprünglich nur eine Anzahlung. Weshalb hat dein Vater den Bessert denn nie angemahnt?«

»Weiß nicht. Vielleicht, weil wir uns von früher her kannten«, überlegte Sandra.

»Ach?« Ruth zog überrascht die Augenbrauen hoch. »Und warum hast du das nie erwähnt?«

»Keine Ahnung, ich hielt es nicht für wichtig.« Sie ließ den Blick schweifen. »Meine Güte, das Restaurant ist immer noch so schummrig wie in meiner Kindheit. Und es riecht nach Fett.«

»Natürlich riecht es nach Fett, schließlich gibt's hier die beste Currywurst von ganz Spandau.« Ruth winkte der Kellnerin. »Du kennst Florian Bessert also von früher?«

»Nein, das betraf nur unsere Väter«, entgegnete Sandra. »Die beiden waren seit der zweiten Klasse dicke Freunde, Hotte und Wölfi. Horst Bessert war übrigens auch in dem Chor.«

»Das heißt, er ist auch auf unserem Foto?«

»Ich glaube schon, ja.«

Als die Kellnerin an den Tisch trat, bestellte Ruth eine Currywurst mit Pommes und Mayonnaise und ein Glas Mineralwasser. Sandra entschied sich für einen Bauernsalat.

»Florians Vater war ein hohes Tier im Bankwesen, er verdiente sehr gut. Sie wohnten in einem Haus mit Wassergrundstück in Kladow.«

»Und warum kauft sich der Sohn dann eine mittelmäßige Eigentumswohnung in Hakenfelde?«, fragte Ruth. »Da wäre doch sicherlich was Besseres drin gewesen.«

»Früher, ja«, nickte Sandra. »Nur ist von dem Reichtum leider nichts mehr übrig. Irgendwann ist der alte Bessert übermütig geworden und hat sich an der Börse verspekuliert. Danach war alles futsch. Sie mussten das schöne Wassergrundstück verkaufen. Das hat ihn so mitgenommen, dass er einen Herzinfarkt bekam und starb.«

Die Kellnerin brachte das Essen.

»Dann ist der kleine Florian beruflich also in die Fußstapfen seines Vaters getreten«, konstatierte Ruth, spießte mit ihrer Gabel zwei Pommes auf und tunkte sie in die Mayonnaise.

»Ja. Sogar in derselben Bank. Da ist er übrigens noch heute.«

»Also hat sein Vater ihm einen schnellen Aufstieg ermöglicht?«

»Das weiß ich nicht.« Sandra knabberte an einem Salatblatt. »Florian Bessert hat mich nie interessiert, der war mir zu spießig.«

»Aber dein Vater war mit ihm befreundet?«

»So würde ich das nicht nennen. Wie kommst du darauf?«

»Na, wegen der Wohnung für 50.000. Meinst du nicht, dass das ein Freundschaftsdienst war?«

»Darf ich mal einen von deinen Pommes probieren?«

»Sicher. Bedien dich.«

»Lecker!« Sie wandte sich zur Theke: »Ich hätte auch gern eine Portion Pommes!« Dann leiser: »Ob man hier rauchen darf?«

Ruth schüttelte den Kopf.

»Dann eben nicht.« Sandra beugte sich vor. »Florian Bessert hat meinem Vater das Haus in der Kladowstraße vermittelt«, erklärte sie Ruth. »Vorbesitzer war eine Erbengemeinschaft, die sich zerstritten hatte und das Haus über die Bank, in der Florian arbeitet, verkaufen ließ. Mein Vater wollte seine Ersparnisse gut anlegen, und bei der Gelegenheit kaufte Florian seine Wohnung im zweiten Stock.«

»Zu Sonderkonditionen«, ergänzte Ruth.

»Ja. Vielleicht war es Teil der Absprache«, mutmaßte Sandra.

Die Kellnerin kam mit den Pommes, einer Riesenportion.

»Offenbar war deine Mutter damit nicht einverstanden. Weshalb sonst könnte sie nach so langer Zeit die fehlende Restsumme von Florian einfordern wollen?«

»Keine Ahnung«, seufzte Sandra. »Davon weiß ich nichts.«

»Weißt du etwas über die anderen Bewohner?«

»Nicht viel. Die Pasows waren schon bei der Erbengemeinschaft das Hausmeisterehepaar. Mein Vater hat sie übernommen. Sie wohnen zur Miete, und natürlich zahlen sie nicht viel, aber das weißt du ja durch die Hausverwaltung. Auch Karla und Mechthild waren zur Zeit der Erbengemeinschaft Mieter. Mein Vater konnte sie überreden, ihre Wohnung zu kaufen. Herr Finck, der damals noch lebte, kaufte für sich und seine Frau eine der Wohnungen als Alterssitz. Wo die beiden vorher gewohnt haben, weiß ich nicht. Und Saschas Wohnung gehört seinem Vater, der sie angeblich gekauft hat, damit Sascha ihn nicht ständig anpumpt.«

»Seltsame Logik«, murmelte Ruth.

»Ja. Aber ich glaube, sie funktioniert tatsächlich.«

»Und Heuers?«

Sandra zuckte die Achseln. »Die wohnten immer schon da. Mein Vater hätte es gern gesehen, wenn sie ihre Wohnung gekauft hätten, und sie waren anfangs auch gar nicht abgeneigt. Aber dann fehlte doch das Geld. Vielleicht haben sie keinen Kredit bekommen.«

»Und was ist mit Frau Lazar?«

»Ach die. Tja, keine Ahnung, woher mein Vater die hatte. Jedenfalls hat sie ihre Wohnung gekauft.«

Ruth warf einen Blick in die Schwimmhalle. »Der Unterricht ist vorbei«, stellte sie fest. »Die Kinder laufen schon zu den Duschen. Aber wenn du willst, kannst du morgen mal in die Grundstücksakten schauen. Als neue Miteigentümerin ist das sowieso dein gutes Recht.«

»Gerne«, nickte Sandra.

»Du glaubst nicht, was ich hier gefunden habe, Ruth!« Sandra streckte ihr einen grünen Papphefter entgegen. »Ein Gutachten über gravierende Baumängel im Haus.«

»Ich glaube nicht, was ich sehe! Und rieche!«, schimpfte Ruth. »Obwohl ich dir hundertmal gesagt habe, dass du hier nicht rauchen sollst! Das ganze Büro stinkt wie eine Kneipe.« Sie riss das Fenster auf. »Mach sofort die Zigarette aus!«

Es zischte, als Sandra die Glut ausdrückte. Ruth schnappte sich den Aschenbecher, ging damit in die Küche und stellte ihn dort auf die äußere Fensterbank. Dann setzte sie Teewasser auf.

Sandra kam mit dem grünen Hefter hinterher. »Tut mir leid, aber es hat mich wirklich umgehauen. Hier: Ein Gutachter hat für die Wohnung von Florian Bessert einen Wert von 350.000 Euro festgesetzt. Allerdings wurden gleichzeitig im ganzen Haus wertmindernde Baumängel festgestellt, die angeblich eine Komplettsanierung erforderten. Da steht etwas von Holzwurmbefall im Gebälk des Dachstuhls, von Nässe im Keller und von geschätzten Sanierungskosten im sechsstelligen Bereich!« Sie hatte sich so in Fahrt geredet, dass sie erst mal Luft schnappen musste. »Ich kapier das überhaupt nicht!«

Ruth goss unbeeindruckt ihren Tee auf. »Ja, das klingt in der Tat merkwürdig. Lass mal sehen.« Sie nahm den Hefter und begann zu blättern.

»Da steckt bestimmt Florian Bessert dahinter!«

»Wie meinst du das?«, fragte Ruth irritiert.

»Das weiß ich nicht«, gab Sandra zu. »Aber ich denke, dass es irgendein Trick ist, der dazu geführt hat, dass er nur 50.000 zahlen musste. Und mein Vater konnte nichts dagegen machen.«

Ruth versenkte einen Teelöffel Honig im Tee, rührte bedächtig und pustete dabei in die Tasse. »Ich glaube, diese Schäden möchte ich mir einmal vor Ort ansehen, denn ich habe von deinem Vater nie einen Auftrag für irgendwelche Sanierungen erhalten.«

»Nein, natürlich nicht«, sagte Sandra. »Das Haus war von Anfang an in einem guten Zustand. Mein Vater hat den Fahrstuhl einbauen lassen, die Bäder wurden erneuert und die Fenster ausgetauscht. Mehr war da nicht. Komm, lass uns das Haus anschauen, Ruth. Ich hol dir deinen Mantel ...«

»Ho, Brauner. Immer mit der Ruhe.« Ruth sank in einen der Besuchersessel und streckte gemütlich die Beine aus. »Zuallererst werde ich jetzt diesen Tee hier trinken, und das werde ich langsam tun, denn er ist noch sehr heiß. Dabei werde ich ein bisschen nachdenken. Und danach sehen wir weiter.«

»Gertrud, wo biste? Hörste nich?!« Pasow warf einen Blick in die Küche, eilte weiter ins Schlafzimmer. »Gertrud!« Er riss sogar die Schranktür auf und starrte auf die Jacken, die dort in Reih und Glied hingen. »Wo isse nur, die Frau? Immer, wenn man se braucht, isse nich da!«

»Wat haste denn, Erwin?«, kam es aus dem Flur. »Ick war uff 'n stillen Ort. Det muss doch ooch ma sein.«

Pasow fuhr herum. »Die Sandra steht draußen mit der Morgenstern«, stieß er hervor. »Die inspiziern det Haus!«

»Ja, und?« Gertrud schüttelte ratlos den Kopf.

»Na, wat denn? Det is mein Ressort«, fuhr er sie an. »Die kontrollieren meene Arbeit.« Er schnappte sich sein Handwerkszeug und stürzte hinaus in den Hausflur – gerade noch rechtzeitig, denn von draußen wurde ein Schlüssel ins Schloss gesteckt. Pasow schlitterte quer durch den Flur zu den Briefkästen, zerrte die Kombizange aus dem Gürtel und setzte ein überraschtes Gesicht auf. »Frau Morjenstern ...?«

»Herr Pasow. Na, viel zu tun?«

»Aber immer doch.« Er fuhr mit dem Handrücken über seine Stirn und hätte sich fast die Zange an die Schläfe geschlagen.

Die Morgenstern musterte ihn so kritisch, dass ihm noch heißer wurde. »Gibt es hier Nässe im Keller?«, fragte sie unvermittelt.

»Nee. Wie komm Se 'n da druff?«

»Oder gab es das vielleicht mal und das Problem wurde dann behoben?«

»Nässe? Nee.« Er schüttelte heftig den Kopf, überlegte aber sofort, ob er sie richtig verstanden hatte. Vielleicht wollte sie auf etwas ganz anderes hinaus. Vielleicht war das mit der Nässe bloß eine Fangfrage. Ihm fiel ein, dass er eine Zeit lang nicht nur seine Bierkästen, sondern auch Bierfässer im Keller gelagert hatte. Und eins davon war letzten Sommer explodiert. Ob es sie darauf hinauswollte?

Jetzt machte Sandra einen Schritt vorwärts. »Wir würden uns den Keller gern mal ansehen, Herr Pasow.«

»Det ... det war doch von wejen de Hitzewelle«, stotterte er. »Det is gleich jetrocknet, det Bier. Nur jerochen hat's natürlich ...«

Die Morgenstern hatte vor lauter Misstrauen schon ganz schmale Augen. »Wir werden einen kleinen Rundgang machen«, sagte sie bstimmt. »Sie können gern mitkommen, Herr Pasow.«

»Aber ja doch. Wenn hier wat nich in Ordnung sein soll, jeh ick mit. Det lass ick mir nich bieten, so wahr ick Pasow heiße, hier is allet bestens.«

Ruth seufzte. »Na gut. Wir glauben auch, dass das Gutachten nicht einwandfrei ist.«

»Wat denn für 'n Jutachten?«

»Das mit der Nässe im Keller«, erklärte Sandra.

»Na, ick sage doch, hier is keene Nässe!«

Sie stiegen die Kellertreppe hinab, und Pasow leuchtete ihnen mit seiner Taschenlampe sämtliche Ecken aus. Wände und Boden waren vollkommen trocken. Es gab keine dunklen Flecken, und nirgendwo blätterte der Putz.

»Puh, ich bin unheimlich erleichtert«, gestand Sandra.

»Hab ick Ihnen doch jesacht. Dit Fundament is mindestens für die nächsten hundert Jahre jut. Wenn ick sage, hier is allet in Ordnung ...«

»Gut, gut«, nickte die Morgenstern. »Dann gehen wir jetzt rauf und schauen uns den Holzwurmbefall im Dachstuhl an.«

Pasow riss fassungslos die Augen auf. »Wat is los? Wurmbefall? Ick gloob, ick spinne!«

»Ach, das glaub ich eigentlich nicht«, schmunzelte die Morgenstern.

»Na, bitte! Tun Se, wat Se nich lassen können«, brummte Pasow. »Aber ohne mich!«

»Je gründlicher wir nachforschen, desto verworrener wird das Ganze«, stöhnte Sandra, während sie die Treppe wieder hinunterstapfte. »Ich verstehe das alles nicht.«

»Ich auch nicht«, gab Ruth zu. »Aber eins ist offensichtlich: Dieses Haus ist auch ohne Sanierung schadensfrei.«

»Wozu dann das Gutachten? Von einem vereidigten Gutachter! Das ist doch alles frei erfunden. Wer macht denn so was?«

»Und wer braucht es?«, ergänzte Ruth.

»Na, ich brauch jetzt erst mal Nikotin«, sagte Sandra, »dann kann ich besser denken.« Plötzlich blieb sie stehen. »Ruth?« Leise.

»Was denn?«

»Florian Bessert ist doch für Kredite zuständig, oder?«

»Kann schon sein«, nickte Ruth.

»Dann hat er doch Kontakt zu solchen Gutachtern. Bei Immobilienfinanzierungen liefern sie ihm die Bewertungsgrundlagen.«

»Stimmt«, sagte Ruth. »Er kennt die Leute. Und er versorgt sie mit Aufträgen. Sie sind in gewisser Weise von ihm abhängig, vereidigt hin oder her. Und wenn es um die Existenz geht, fällt so ein Gutachten sicher schon mal ganz nach Wunsch des Auftraggebers aus. Das könnte ich mir zumindest vorstellen, obwohl jeder vereidigte Gutachter es natürlich weit von sich weisen würde ...« Sie ließ das Ende des Satzes im Raum schweben.

Beide setzten sich wieder in Bewegung, gingen weiter die Treppe hinunter. Da wurde im Erdgeschoss plötzlich die Kellertür aufgestoßen, und Wilhelm Heuer trat in den Hausflur. Für einen Moment schien er überrascht, doch er fing sich schnell.

»Guten Tag, Frau Morgenstern«, begrüßte er sie formvollendet, bevor sein Blick zu Sandra wanderte und vereiste. Er schwieg.

Sandra verdrehte genervt die Augen.

»Gut, dass wir Sie hier treffen, Herr Heuer.« Ruth räusperte sich und drückte entschlossen die Schultern nach hinten. »Da können wir ja endlich die von Ihnen vorgebrachte Anschuldigung aus der Welt schaffen.«

»Welche ...?« Heuer schaute kurz zu Sandra. »Hier?!« Er drehte sich um, als würde er beobachtet.

»Ja, hier«, nickte Ruth. »Sie haben Sandra vorgeworfen, sie hätte ihrer Mutter etwas angetan.«

»Zu Recht«, knurrte Heuer. »Weil es die Wahrheit ist.«

»Ich habe daraufhin Sandras Alibi überprüft«, erklärte Ruth. »Es hat sich herausgestellt, dass sie beim Volleyballtraining war.«

»Du hast was?!«, fuhr Sandra auf.

Ruth ignorierte sie. »Die Mitspielerinnen haben eindeutig bestätigt, dass sich Sandra zu dem Zeitpunkt, als ihre Mutter die Treppe hinunterstürzte, in der Sporthalle aufhielt. Sie spielte Volleyball, Herr Heuer. Ich glaube, es ist höchste Zeit für eine Entschuldigung.«

»Du hast mein Alibi überprüft?!«, schrie Sandra. »Sag mal, spinnst du?! Das glaube ich einfach nicht!«

Ruth fixierte immer noch Heuer. »Na? Wollen Sie nicht auch was dazu sagen?«

»Ich muss an die frische Luft«, keuchte Sandra. »Ich halt das hier nicht mehr aus!« Mit wenigen Schritten war sie am Eingang und stürmte hinaus. Die Tür knallte durchs ganze Treppenhaus.

Ruth atmete tief durch.

Heuer starrte auf das Spalier der Briefkästen. »Wer soll es denn dann gewesen sein?«, murmelte er.

»Vielleicht doch ein Unfall?«, schlug sie vor.

»Niemals! Das sagt mir meine Erfahrung als Polizist. Es war kein Unfall, Frau Morgenstern.«

Ruth hielt einen Moment inne. Sollte sie, oder sollte sie nicht?

Sie gab sich einen Ruck. »Wer war es dann?«

Heuers Blick wurde misstrauisch. »Was soll die Frage?«

»Ihre Meinung interessiert mich. Ganz im Ernst, wer hätte einen Grund gehabt?« Für einen Moment war es still.

»Bessert«, sagte er dann.

»Warum ausgerechnet der?«

»Dem traue ich alles zu.«

»Sie springen mit Ihren Verdächtigungen sehr leichtfertig um, Herr Heuer. Wie kommen Sie auf Bessert?«

Heuer starrte immer noch auf die Haustür. »Er hat unser ganzes Geld verspekuliert. Deshalb konnten wir die Wohnung nicht kaufen.«

»Herr Bessert spekuliert?«, fragte Ruth, doch nach allem, was sie gerade über ihn herausgefunden hatten, wunderte es sie gar nicht.

»Ja. Immer schon. Uns fehlte zum Kauf unserer Wohnung eine größere Summe. Die Bank wollte mir aufgrund meines Alters und der bevorstehenden Pensionierung keinen Kredit mehr geben. Aber Bessert versicherte mir, sein Plan wäre absolut sicher – wenn auch nicht ganz legal. Sie wissen, was ich meine, Frau Morgenstern. Bessert investiert sozusagen schwarzes Geld.«

In diesem Moment wurde bei Heuers die Tür aufgerissen. Im Rahmen stand Hertha Heuer. »Das ist nicht wahr!«, stieß sie hervor. »Wilhelm! Du hast unser Geld im Lotto gewonnen, wie kann es da Schwarzgeld sein?! Erklär mir das, Wilhelm!«

Ruth sah, wie Heuers Kopf rot anlief. »Du weißt eben nicht alles, meine Liebe.« Es sah fast aus, als ob er sich schämte.

»Dann sag es mir, Wilhelm«, forderte sie ihn auf.

Er schüttelte bloß den Kopf.

Ruth saß am Schreibtisch, studierte einen Gesetzeskommentar und machte sich Notizen. Im Nachbarraum war Sandra mit dem Drucker zugange, Ruth hörte sie leise fluchen. Seit heute Morgen arbeiteten sie wieder zusammen, aber sie hatten sich noch immer nicht ausgesprochen. Die Kluft blieb spürbar. Ruth ließ den Kugelschreiber gegen ihre Zähne klicken. Ob sie Sandra darauf ansprechen sollte? Aber das war schwierig, ohne gleich wie die Chefin zu wirken, die ihre Praktikantin zur Rede stellen wollte.

»Ruth, kann ich dich kurz stören?« Sandra stand im Türrahmen. »Ich bin eine blöde Ziege, das wollte ich dir nur sagen.«

Ruth musste unwillkürlich grinsen. »Nein, bist du nicht«, widersprach sie. »Ich hätte dich vorher informieren können, hab ich aber nicht. Wir waren letzten Samstag bei eurem Volleyballtraining, und ich dachte, du wärst auch da. Aber dann hat sich alles ganz von selbst ergeben.« Sie zuckte entschuldigend die Achseln. »Es tut mir leid.«

»Das war okay.« Sandra kam herein und ließ sich auf der Armlehne des Besucherstuhls nieder. »Du hast das so gemacht, wie die Polizei es auch machen würde. Genau das wollte ich ja von dir.« Sie knetete ihre Hände. »Ich dachte bloß, dass wir ... na ja, dass wir Freundinnen wären, und einer Freundin glaubt man eben einfach, ohne irgendwas nachzuprüfen.«

»Ich habe dir geglaubt«, sagte Ruth, »aber Heuers nicht. So einen wie den alten Heuer überzeugst du nur mit Fakten. Bei dem muss alles überprüft und untermauert werden. Weißt du, was ihn letztendlich dazu gebracht hat, mir zu glauben, dass du nichts damit zu tun hast?« Ein Lächeln schlich sich in ihre Mundwinkel.

Sandra grinste auch. »Ja, klar. Meine Reaktion. Weil ich ausgerastet bin, wusste er, dass du die Wahrheit sagst.«

»Genau.«

»Und hat sich die Scharade dann wenigstens gelohnt, nachdem ich den Saal verlassen hatte?«

»Ja, hat sie.« Ruth ließ ihren Kugelschreiber auf der Tischplatte klackern. »Er hat mir ein paar hochinteressante Dinge über Florian Bessert erzählt, und Frau Heuer hat mir unabsichtlich ein paar spannende Neuigkeiten über ihren Mann verraten. Du wirst stau ...«

In diesem Moment klingelte das Telefon.

»Morgenstern?« Ruth lauschte in den Hörer. »Frau Pasow. Was kann ich für Sie ... ach, er fährt zum Baumarkt? Morgen früh? Ja, dann ...« Sie schaute zu Sandra auf und zwinkerte ihr zu. »Gerne, Frau Pasow. Ja, dann also bis morgen.«

10

Sandra stand hinter der DHL-Packstation und beobachtete das Kant-Gymnasium, in das so früh am Morgen noch nicht allzu viele Schüler strömten. Um Punkt acht Uhr dreißig fuhr die Lazar auf ihrem alten Damenrad vor, eine dicke Aktentasche auf dem Gepäckträger, das Gesicht wie üblich versteinert. Während sie das Rad am Ständer festschloss, schweifte ihr Blick die moderne Plattenbaufassade hinauf. Begeisterung über die eigene Berufswahl sieht anders aus, dachte Sandra. Ob die Lazar jemals gerne Lehrerin gewesen war?

Sandra schwang sich auf ihr Rennrad und sprintete los. Fünf Minuten später kam sie in der Kladowstraße an, wo Ruth und Joshua bereits auf sie warteten. »Hey, Joshi. Müsstest du nicht in der Schule sein?«

»Nee«, sagte Joshua.

»Die Lehrer haben heute Studientag«, erklärte Ruth. »Das hatte ich vergessen. Aber er kann ja im Hof spielen, wenn ihm langweilig wird.«

Sandra nickte. »Und bist du sicher, dass Pasow uns nicht ...?«

»Nein, nein.« Ruth winkte ab. »Der wollte heute Vormittag gleich drei Baumärkte abklappern, Preise vergleichen. Und das sogar ganz besonders korrekt wegen der Biernässe im Keller, letztes Jahr.« Sie zwinkerte Sandra schmunzelnd zu. »Bin schon gespannt, was seine Frau uns zu erzählen hat.«

»Ja, ich auch«, nickte Sandra, »obwohl ich eigentlich zum Zahnarzt müsste. Mein Backenzahn puckert ganz schön.«

»Ach je, seit wann das denn?«

»Seit ich gestern eine Vollkornknacker zum Abendbrot hatte.«

»Selber schuld«, sagte Ruth. Sie klingelten.

Gertrud Pasow öffnete in Kittelschürze: »Juten Morjen, da sind Se ja. Und gleich zu dritt! Na, denn komm Se ma rin.«

Joshua zog die Nase kraus. Ruth sah, wie er in die Wohnung schnupperte; sie kannte seine Abneigung gegen menschliche Stallgerüche. »Möchtest du lieber gleich schaukeln gehen, Joshi?«

Er schien einen Moment zu überlegen.

»Ich gehe schaukeln«, sagte er dann.

Die Hausmeisterin kredenzte trotz der frühen Morgenstunde Kaffee und Marmorkuchen in der guten Stube. »Ick würde Ihnen jerne wat Bessret anbieten, aber ick bin froh, wenn ick mit mei'm Haushaltsjeld zurechtkomme.«

»Ach, das wäre doch nicht nötig gewesen«, sagte Ruth, weil sie spürte, dass der Satz von ihr erwartet wurde.

»Vielleicht 'n Conjäckchen, die Damen?«

»Ist nett gemeint, Frau Pasow, aber vielleicht ein bisschen zu früh. Ein starker Kaffee ist jetzt genau das Richtige.«

Sandra nahm einen Schluck aus ihrer Tasse. Im nächsten Moment verzog sie das Gesicht und gab einen langgezogenen Zischlaut von sich. »Oh Gott, ich wollte meinen Zahnarzttermin eigentlich sausen lassen, aber nun geht's nicht mehr.« Sie stand auf.

»Soll ick Ihnen 'ne Tablette raussuchen?«, fragte die Hausmeisterin mit besorgter Miene.

»Ach, nein. Aber trotzdem danke.« Sandra saugte ihre linke Wange nach innen und machte ein gequältes Gesicht. »Ich gehe dann mal.« Und zu Ruth: »Du kommst doch ohne mich aus, oder?«

Ruth musterte sie mit schmalen Augen und nickte bloß.

»Moment, ick bring Se zur Tür ...« Gertrud Pasow hatte sich schon halb erhoben, doch Sandra winkte ab.

»Ich finde schon raus.« Sie zog die Wohnzimmertür hinter sich zu.

Im Pasowschen Flur war es dämmrig, nur aus der Küche fiel ein Streifen Neonlicht. Vorsichtig öffnete Sandra den Schlüsselschrank. Ein Schlüsselbund, das offenbar auf dem Rand gelegen hatte, fiel ihr entgegen, sie konnte es gerade noch auffangen.

Jetzt aber schnell! Vielleicht lauschten die beiden im Wohnzimmer schon auf das Zufallen der Wohnungstür. Sie musste sich vorbeugen, um besser sehen zu können.

Die Haken mit den Nachschlüsseln für die Mieterwohnungen waren übersichtlich angeordnet und gut beschildert. Sandra griff sich den zweiten Schlüssel von unten in der rechten Reihe und nickte, als sie das Schildchen daran las: LAZAR. Ordentlicher Kerl, dieser Pasow. Sie war froh, die Wohnungstür endlich von außen zuziehen zu können.

In der ersten Etage klingelte sie vorsichtshalber doch erst mal an der Tür. Nicht, dass die Lazar ausgerechnet heute die Handwerker bestellt hatte! Nein, es blieb erwartungsgemäß alles still.

Doch gerade als Sandra den Schlüssel ins Schloss schob, ging gegenüber die Tür auf. Paisy rannte ihr entgegen, kläffte, tanzte um sie herum und wackelte mit dem Hinterteil.

Joshua betrachtete die Schaukel. Der Sitz war rot, die Seile gelb. Joshua überlegte, ob er tatsächlich schaukeln sollte. Es war lange her, seit er das letzte Mal auf einer Schaukel gesessen hatte.

Vorsichtig ließ er sich auf dem schmalen Brett nieder. Er bewegte seine Beine, und die Schaukel schwang langsam vor und zurück. Jetzt umklammerte er die Seile und presste seinen Po auf das Brett. Wie schön das im Bauch kribbelte, wie Brause im Sommer. Da kitzelte ihn plötzlich ein vorwitziges Licht im Gesicht. Er blinzelte und versuchte, dem Strahl mit den Augen zu folgen. Ganz schwindelig wurde ihm dabei. Als ob der Himmel und die Erde tanzten. Ein Glück, dass die Schaukel sich nur ganz leicht bewegte.

Wieder kitzelte ihn das Licht, so heftig, dass er das Halteseil loslassen und sich die Nase reiben musste. Doch das war keine gute Idee. Er kippte nach hinten und landete unsanft auf dem Boden. »Aua.«

Und wieder tanzte ihm das spöttische Licht auf der Nase herum. Er kniff die Augen zu einem Spalt zusammen und sah an dem Haus hoch. Da oben wohnte die Familie mit den Kindern, das wusste er. Aber niemand war zu sehen.

»Ein Glück, die würden mich bestimmt auslachen«, brummte Joshua, rappelte sich auf und rieb sich den schmerzenden Po.

Da sah er, wie sich etwas Langes vom obersten linken Fenster langsam nach unten schob. Was war das nur? An einem dicken Springseil oder Draht hing ein Besen. Die zotteligen Borsten zeigten zum Himmel, und unten am Stielende hing etwas Rundes,

Glänzendes. Immer, wenn es sich zur Sonne bewegte, sprühten diese kleinen Lichter. Es war ein Spiegel! Joshua staunte.

Er wusste, wie man Leute mit einem Taschenspiegel blenden konnte. Das hatte er selbst schon ausprobiert. Aber eine Konstruktion wie die da oben hatte er noch nie gesehen.

Jetzt bemerkte er den Mann, der sich wie ein Zirkusartist aus dem Fenster beugte und mit dem Spiegelstock hantierte. Joshua zog die Unterlippe ein und kaute auf ihr herum. Sehr gefährlich sah das aus. Der Mann hatte sich den Stock mit einer Schlaufe ans linke Handgelenk gebunden, und mit der Rechten hielt er sich ein Fernglas vor die Augen, das er auf den Spiegel gerichtet hatte. Wahrscheinlich wollte er den Leuten aus der Wohnung unter ihm eine Nachricht überbringen. Bestimmt hat er kein Telefon, dachte Joshua. Oder er hat seine Handyrechnung nicht bezahlt. Das musste es sein.

In diesem Augenblick wurde der Spiegelstock blitzschnell nach oben gezogen. Der Mann verschwand, und das Fenster wurde zugemacht.

Joshua setzte sich wieder auf die Schaukel. Traurig blickte er noch eine Weile zu dem Fenster hoch, aber es blieb geschlossen. Joshua fing wieder an zu schaukeln.

Paisy konnte auf den Hinterbeinen tanzen, das hatte Christa ihr beigebracht. Sandra zog hastig den Schlüssel aus dem Schloss und ließ ihn in ihre Jackentasche gleiten. Dann ging sie in die Hocke und streichelte das wohlfrisierte Hundeköpfchen, auf dem die Finck mit glitzernden Haarspangen zwei Zöpfchen kreiert hatte.

»Na, Fräulein Sandra, bei der Frau Lazar werden Sie wohl um diese Zeit kein Glück haben. Die ist doch jetzt in der Schule.« Die Finck trat ausgehfertig, mit Hut und Mantel, in den Flur. »Kommen Sie doch mit

in den Park. Das Paisylein ist ja auch ein bisschen Ihr Hund, also ich meine ...« Sie senkte abrupt den Blick. »Sie ist ja eigentlich Ihr Hund.«

Sandra richtete sich auf. Der Schlüssel klimperte in der Tasche. Sie spürte, wie ihr das Blut in den Kopf stieg. »Leider keine Zeit,

Frau Finck. Ich wollte nur schnell etwas aus der Wohnung meiner Mutter holen, und dann muss ich zur Arbeit.«

»Ach so ...« Die Finck lächelte verlegen.

»Und Paisy soll sich ruhig an Sie gewöhnen. Sie können Sie gerne behalten, Frau Finck.« Sie nickte der kleinen Frau flüchtig zu.

»Ach so?«, hörte sie die Finck sagen, und es klang ein bisschen atemlos. »Dann dank ich auch schön ...«

»Gerne.« Sandra stieg bereits die Treppe hinauf. Hauptsache, die Finck hatte nicht bemerkt, was sie eigentlich vorhatte. Doch die war vollkommen mit sich selbst und ihrem Hund beschäftigt.

»Komm, mein Schätzchen, die Mutti geht jetzt mit dir Gassi, und im Park gibt's ein Leckerli, ja, mein Puffimäuschen ...«

Sandra lauschte ihren Schritten, bis sie die Haustür ins Schloss fallen hörte. Nun war es wieder still. Dann schlich sie zurück, die Stufen hinunter, schloss die Tür auf und schlüpfte in die fremde Wohnung. Sie hatte weiche Knie. Wie früher als Kind, wenn sie etwas angestellt hatte.

Es roch sonderbar. Wie im Museum oder bei Madame Tussauds. Sandra presste die Hand vor Mund und Nase. Am besten, sie ging einfach wieder, bevor irgendjemand sie hier erwischte. Was erhoffte sie sich denn? Aufklärung über ein seltsames Chorfoto. Aber war das wirklich Grund genug, hier einzudringen?

Vorsichtig tappte sie durch den langen, dämmrigen Korridor. Die Dielen knarrten. Ob Heuers das in ihrer Wohnung hören konnten? Unwahrscheinlich. Aber nicht ausgeschlossen.

Die Möbel im Wohnzimmer waren alt, schwarz und riesig. Auf dem wuchtigen Sofa hockten die Kissen wie spitzohrige Wächter aus einer Zeit, als man sie noch millimetergenau mit dem Lineal einknickte. Der Danziger Schrank nahm eine ganze Wand ein. Sandra fühlte sich davor klein und schrecklich fehl am Platze. Die Vitrinenteile waren voller Kruzifixe, Marienstatuen und anderen Devotionalien. Das ganze Zimmer wirkte bizarr und beklemmend. Sandra hätte gern ein Fenster aufgerissen, um den Geruch hinauszulassen, den sie jetzt auch zuordnen konnte: Weihrauch. Aber noch lieber wäre sie einfach weggelaufen.

Der Deutschunterricht in der 9 b war in vollem Gange. Irene Lazar nahm die Kreide, schrieb in großen Lettern das Wort KREATIVITÄT an die Tafel und unterstrich es mit markerschütterndem Quietschen. Die Mädchen in den ersten Reihen hielten sich die Ohren zu und wimmerten. Du meine Güte, dachte Irene, als ob man sich deswegen so anstellen müsste! In diesem Moment brach die Kreide ab.

»Kreativität ist wichtig!«, verkündete sie, und es klang wie ein Befehl, was nicht beabsichtigt war. »Fantasie ist wichtig«, ergänzte sie etwas milder.

Die Mädchen in der ersten Reihe nahmen die Hände von den Ohren und schauten erwartungsvoll zu ihr auf. Sie sind noch arglos, sie reagieren nur, dachte Irene, man ruft in den Wald hinein, und es schallt heraus. Sie wollte ihnen zulächeln, aber es gelang ihr nicht. Sie waren ja auch unwissend und verführbar, diese Mädchen, mit ihrer Fantasie war es nicht weit her.

»Wer möchte seine Hausaufgabe vorlesen?«

Den Schülern etwas Kreativität abzufordern, konnte nicht schaden. Der Lehrplan sah nur noch Grammatik vor. Aus gutem Grund, auch damit hatten die Neuntklässler noch ihre liebe Not. Aber Irene vertrat die Auffassung, dass man fürs Leben lernte und nicht für die Schule. Sie wollte diesen arglosen jungen Leuten eine Sprache geben, die sie später gut und gerne gebrauchten. Sie sollten sich damit befreien können aus ihrer selbstverschuldeten Unmündigkeit. Die Sprache war doch das Leben an sich, das war Irenes feste Überzeugung.

»Na? Freiwillige vor.«

Keiner meldete sich. In den hinteren Reihen spähten einige verstohlen auf ihre Handys. Irene sah es und konnte es nicht ändern.

»Was war denn die Hausaufgabe? Minka?«

Das Mädchen zog die schwarzgetünchten Augenbrauen hoch. »Wir sollten 'ne Geschichte schreiben.«

»Worüber?«

»Keine Ahnung.« Sie hatte Wimpern wie Spinnenbeine, schwarz und dick, und sie strahlte unglaubliche Dummheit aus, fand Irene. »Ich glaub, das war egal. Horror, Splatter, so was eben ...«

Rico meldete sich. »Die 9 a bei Herrn Runge muss so was nicht machen«, maulte er.

»Und? Wo sind deine Hausaufgaben?«, fragte Irene. Rico war einer ihrer Spezialfälle, permanent überfordert und deshalb umso renitenter. Bei ihm war der Besuch des Gymnasiums eine Prestigefrage der Eltern. Leider zog er damit den gesamten Klassendurchschnitt runter, und der war nun wiederum für Irene eine Prestigefrage.

»Bei Herrn Runge ...«, fing er schon wieder an.

»Aber ich bin nicht Herr Runge«, schnitt sie ihm das Wort ab. »Wenn du meinst, dass du bei Herrn Runge bessere Zensuren bekommst, kann ich dir gerne dazu verhelfen – im nächsten Jahr, wenn du die neunte Klasse wiederholst.« Das saß!

Herr Runge war einer der Kollegen, die ein recht inniges Verhältnis zu ihren Schülern pflegten. Aber so etwas schlug irgendwann auf einen zurück. Diese Generation war anders. Wenn man ihnen gegenüber zu viel von sich preisgab, rächten sie sich dafür. Das hörte man jetzt immer öfter. Wer diesen arglosen, verführbaren Schwachköpfen den kleinen Finger reichte, der brauchte sich nicht zu wundern. Irene tat das grundsätzlich nicht. Sie würde sich ihre Autorität nicht nehmen lassen. Von niemandem.

»Ja, Frau Pasow ...« Ruth schaute verstohlen auf die Uhr.

Seit einer Viertelstunde saß sie hier auf dem Sofa, aber bisher hatte sie nur Klagen über Erwin gehört. Dass er zu viel soff. Sich nicht um seine Frau kümmerte. Dass man ihn nicht für gut mitnehmen konnte, und überhaupt, wohin denn auch? »Ick weeß jar nich mehr, wann wir det letzte Mal zusammen ausjejangen sind. Nich ma in't Kino jeht er mit mir, dabei muss man sich da ja nu wirklich nich schick machen.«

»Ja, Frau Pasow, aber ich würde schon gern ...«

»Ick bin zwar nur die Hauswartsfrau, Frau Morjenstern, aber ick bin nich blöde. Ick habe jesunden Menschenverstand.«

»Na, aber das habe ich doch gar nicht ...«

»Und wie jesacht, ick höre jenuch, wenn ick im Flur putze. So dick sind die Wohnungstüren hier nich, und ick putze öfter, als Sie denken, det is mei'm Mann einfach nich auszureden ...«

Und weiter ging es mit Erwins Unarten. Dass er auf jeden Fussel im Treppenhaus achtete. Dass er fuchsteufelswild werden konnte, wenn die Bewohner abends nach sieben die Haustür nicht abschlossen. Dass er inzwischen einen regelrechten Kontrollwahn hätte. Der Spiegel an der Hauswand, mit dem er den Betrieb an der Eingangstür vom Wohnzimmer aus überwachte, wäre ja das beste Beispiel. »Na, und denn immer de Mülltonnen, die sind ja sein Steckenpferd ...«

Ruth spülte das letzte Stückchen Marmorkuchen mit etwas Kaffee hinunter. Wie lange musste sie der Höflichkeit halber hier ausharren? Zwanzig Minuten? Eine halbe Stunde? Sie dachte an Sandra, an diese merkwürdige Nummer mit dem Zahnarzttermin, die sie so schlecht geschauspielert hatte, dass es eigentlich sogar Frau Pasow hätte merken müssen. Hatte sie aber nicht. Auch nicht, dass Sandra sich draußen am Schlüsselkasten zu schaffen gemacht hatte. Die Hausmeisterin war mit ihrem Erwin beschäftigt. »Det is bei dem schon krankhaft!«, schimpfte sie gerade.

Ruth hatte zwischendurch den Faden verloren, aber jetzt horchte sie auf.

»Et jibt Momente«, rief Gertrud Pasow, »wo ick am liebsten det Rattenjift aus'n Keller holen und ihm in't Bier schütten würde!« Ihre Tasse klirrte auf die Untertasse. Sie goss sich Kaffee nach. »Na ja. Aber 'n bisschen bin ick ooch selber schuld, so 'n Topmodell bin ick ja nu nich mehr, und denn sind wa ja ooch schon über zwanzig Jahre verheiratet ...« Sie wirkte plötzlich nachdenklich. »Wolln Se wirklich keen Conjäckchen, Frau Morjenstern? Nur 'n janz kleenet ...?«

»Ich hab's nicht«, murmelte Rico.

»Wie? Keine Hausaufgaben? Und warum nicht?« Irenes Ton war messerscharf, aber leise. Ein Lehrer, der laut wurde, zeigte Schwäche. Stattdessen zückte sie ihr Notizbüchlein.

»Weil ... weil ... naja ...«

»Nun, warum nicht?« Er pulte am linken Daumen.

»Weil es eine Scheißaufgabe war«, stieß er hervor.

»Sechs.« Sie klappte ihr Büchlein auf und trug die Zensur ein.

»Aber ich ...« In Ricos Gesicht spiegelten sich verschiedene Reaktionen. »... ich wusste echt nicht ...«

»Was?« Sehr leise.

»Ach, das ist doch alles Kacke!« Sie registrierte das Funkeln in seinen Augen. Was war das? Zorn? Frustration? Sorge? Oder nur die nackte Dämlichkeit der armseligen Kreatur?

»Natürlich«, nickte sie, aber ihr Herz klopfte heftig. Du lieber Himmel, was hatte das denn zu bedeuten? »Melanie, hast du deine Hausaufgaben gemacht?«

Das Mädchen errötete, dabei hatte es gar keinen Grund. Melanie war ein Schreibtalent, das wusste Irene. Mit Melanie war sie wieder im sicheren Bereich.

»Das sind aber vierundzwanzig Seiten«, sagte Melanie zaghaft.

Irene schaute auf ihre Armbanduhr. »Das soll uns nicht stören, wir haben genug Zeit für den Anfang.« Sie spürte Ricos brennenden Blick. Es fiel ihr schwer, ihn zu ignorieren. »Worum geht es denn?«

»Also, na ja, es ist 'ne Lovestory.«

Ein Raunen ging durch die Klasse. In den hinteren Reihen wurde gekichert. »Mit Auspeitschen?«, fragte einer.

Irene überhörte es.

»Nein, ganz romantisch«, sagte Melanie. »Eine Liebesgeschichte.«

Wieder Gekicher.

»Ruhe, da hinten!« Irene pochte an die Tafel. »Ihr werdet doch wohl in der Lage sein ...« ... trotz eures Hormonüberschusses einen halbwegs klaren Kopf zu bewahren, hatte sie sagen wollen. Doch das stand einem Lehrer nicht zu! Wer mit Beschimpfungen um sich warf, zeigte den kleinen Sexteufeln nur seine eigene Unterlegenheit.

»Ihr werdet jetzt ruhig und aufmerksam zuhören, was Melanie uns vorträgt«, sagte sie stattdessen.

Das Mädchen starrte auf seine rosa bemalten Fingernägel.

»Du kannst anfangen«, nickte Irene ihr zu.

Melanie seufzte. Papier raschelte. »Tja, also ...« Mit leiser Stimme begann sie zu lesen. Da war ein Mann Anfang vierzig – ein älterer Mann, hieß es im Text. Ach, ihr werdet staunen, wie schnell man plötzlich vierzig ist, dachte Irene. Er war Rechtsanwalt, groß, schlank, mit grauen Schläfen. Ein Mann voller Lebensfreude, dessen Ehefrau schon seit langem krank und bettlägerig war, und der eines Tages, irgendwo auf der Straße, ganz unverhofft seine große Jugendliebe wiedertraf ...

»Lies lauter!«, befahl Irene. »Man versteht dich ja gar nicht.« Aber ihr Herz klopfte ihr ganz oben im Hals. Sie starrte auf Melanies rosa Fingernägel und musste immer wieder heftig nach Luft schnappen, um gegen das Trommeln in ihrem Inneren anzukommen.

Das Kruzifix über dem Sofa war gut einen halben Meter hoch, der Gekreuzigte vermutlich aus reinem Silber. Sandra nickte ihm zu. Sie war fast erleichtert, als er nicht zurücknickte.

Wonach suchte sie hier? Und wo sollte sie anfangen? Wahllos öffnete sie einige Schranktüren, stieß auf Sammeltassen und akkurat gestapelte Wäsche, doch all das wirkte seltsam unpersönlich.

Plötzlich war eine Klospülung zu hören, und Sandra zuckte zusammen. Dann merkte sie, dass das Geräusch aus der Bessertschen Wohnung kam. Aber ganz schön laut! Man hörte hier wirklich jeden Schritt der Familie.

Unten im Schreibtisch standen ein paar Aktenordner. Sandra nahm sie einzeln heraus und blätterte sie durch. Aber es waren nur die üblichen Unterlagen: Rechnungen für Strom, Gas und Telefon. Einige Zeugnisse und Beförderungsurkunden. In der neuesten wurde die Studienrätin Irene Lazar im Namen des Senats von Berlin zur Oberstudienrätin ernannt.

Sandra stellte den Ordner zurück. Im Bücherregal waren schulische und kirchliche Themen streng getrennt. Daneben gab es eine große Abteilung mit Romanen, erstaunlicherweise nur Hardcover. Als wären Bücher, die als Taschenbuch erschienen, es in den Augen der Lazar nicht wert, aufbewahrt zu werden, überlegte Sandra.

Neben einem Schuber mit Jane-Austen-Romanen stand unauffällig ein schmaler, in Kunstleder gebundener Band: das Familienstammbuch. Sandra schlug es auf. Irene Lazar war verheiratet gewesen, allerdings vor Urzeiten und nur für ein halbes Jahr. Auffälliger war eine zweite Taufurkunde. Offensichtlich war die Lazar vor einigen Jahren zum katholischen Glauben konvertiert. Das passte zu ihr und zu all den Kreuzen in ihrer Wohnung. Es musste ein ziemlich heftiger religiöser Schub gewesen sein, der sie da gepackt hatte.

Sandras Blick fiel auf ein Fotoalbum. Bingo! Sie griff danach und zog es so hastig aus dem Regal, dass es mit einem dumpfen Knall zu Boden fiel. Das musste das ganze Haus gehört haben. Sie hielt ein paar Sekunden den Atem an und lauschte.

Nichts regte sich.

Aus dem Album hatte sich ein ziemlich großes Bild gelöst, das nun zwischen den Seiten hervorschaute. Sandra nahm die Ecke zwischen Daumen und Zeigefinger und zog es heraus.

Da war sie wieder, die junge Irene, hübsch und strahlend. Sie trug ein elegantes Kostüm, und der Mann, an dessen Schulter sie sich schmiegte, trug Anzug und Krawatte. Sandra konnte es nicht fassen. Sie drehte das Foto um. Da war tatsächlich ein handgeschriebener Vermerk: »Irene und Wolfgang zur Verlobung. Auf ewig.«

Irene hörte sich selbst atmen, die Luft zischte durch ihre Nasenlöcher. Du musst dich beruhigen, Irene! Darfst keine Schwäche zeigen! Ein Rechtsanwalt und eine Lehrerin, war das ein Zufall? Was hatte das zu bedeuten? Sie starrte ihre Schülerin an. Doch Melanie las weiter, den blonden Kopf gesenkt, und ihre Stimme wurde immer leiser, die Ohren immer röter.

Irene spürte Ricos Blick, der sie durchbohrte.

»Wir sind füreinander bestimmt.« Melanies Stimme zitterte. Hinter ihr prustete jemand, ein heftiges Kichern schloss sich an.

»... und niemand kann uns mehr trennen ...« Das sagte die verliebte Lehrerin.

»Kitschnudel!«, quäkte es aus der Ecke.

»Ich heul gleich«, wimmerte eine Jungenstimme.

Melanie sprang auf. »Ich wollte das nicht vorlesen!«

Irene starrte sie an. Dann schweifte ihr Blick über die Schülerköpfe hinweg aus dem Fenster. »Setz dich, Melanie«, sagte sie tonlos.

Aber Melanie blieb stehen und brach in Tränen aus.

Irene starrte hinaus auf die Bäume, die auf dem Schulhof standen. Es hatte wieder zu regnen begonnen.

»Frau Lazar?«

Was wisst ihr kleinen Hormonmonster schon von der Liebe?

»Ist alles in Ordnung, Frau Lazar?«

Der wahren, tiefen, einzigartigen Liebe, wie ich sie erlebt und durchlitten habe? Gar nichts! Also lasst mich in Ruhe! Lasst mich einfach alle in Frieden!

Sie hielt es im Klassenraum nicht länger aus. Wollte nicht länger dieser debilen Verwunderung ausgesetzt sein. Das Herz trommelte ihr in der Brust, die Luft wurde knapp. Wortlos packte sie ihre Aktentasche, schnappte sich mit einer wilden Bewegung Melanies Aufsatzheft und stürzte aus dem Raum. Sie spürte, dass ihr die Blicke der Schüler folgten, bis sie den Flur erreichte.

Er wurde laut in der Klasse. Sie hätte sich gerne die Ohren zugehalten – unmöglich mit der Aktentasche. Also begann sie zu rennen. Da war die Lehrertoilette. Sie schloss sie auf und hinter sich wieder zu. Die Tasche knallte auf die Fliesen. Irene stützte sich aufs Waschbecken. Aber ihr bleiches Gesicht im Spiegel ließ sie erschrocken zurückweichen, bis sie mit dem Rücken an die Wand stieß. Sie kniff die Augen zusammen und spürte die Tränen, die ihr übers Gesicht rannen. Sie schmeckten salzig. Wie lange hatte sie nicht mehr geweint? So lange, dass sie in all der Zeit vergessen hatte, wie sehr es einen erleichtern konnte. Jetzt fuhr sie sich mit dem Ärmel über die Augen. »Wir sind füreinander bestimmt«, flüsterte sie, »und niemand kann uns mehr trennen.«

»Ick weeß, det Se der kleenen Sandra helfen wollen«, sagte die Hausmeisterin, »und det is ooch jut so. Die braucht Hilfe.«

»Aber?« Ruth zog neugierig die Brauen hoch.

»Ick weeß nich, wat ick dazu beitragen könnte. An den Abend, als et passiert is, hab ick det nich mitjekricht. Ick war bei de Fincken wejen Termin für de Dauerwelle, und denn war ick hier nebenan bei de Heuern. Die backt immer für ihr'n Wilhelm, aber so viel könnse jar nich essen, die beeden, und denn jibt se mir wat ab.«

»Und?«, fragte Ruth.

»Nüscht.« Die Hausmeisterin zuckte die Achseln. »Ick ess immer bei ihr, damit Erwin nüscht merkt, der sacht ja, ick werde zu dick. Is ooch schön, könn wa beede 'n bisschen quatschen, die Heuern und icke. Aber ick hab an den Abend nüscht jehört und nüscht jesehen.« Ein weiteres Achselzucken. »Nu sagen Se wat, Frau Morjenstern.«

Ruth nahm einen Schluck kalten Kaffee und betrachtete nachdenklich Pasows Fernsehsessel, das einzige Luxusaccessoire im Raum. »Wenn wir mal davon ausgehen, dass der Tod von Frau Kerner kein Unfall war«, begann sie vorsichtig, »wer könnte denn Ihrer Meinung nach ein Interesse daran gehabt haben?«

»Hier aus'm Haus? Keener.« Sie schob die Unterlippe vor. »Oder alle. Janz, wie man't nimmt.«

»Vielleicht Herr Bessert?« Das war eine Suggestivfrage, vor Gericht strengstens verboten, aber die Pasow würde es sicher nicht merken.

»Die Besserts reden inne letzte Zeit oft davon, det se die Wohnungen mit 'n Deckendurchbruch verbinden wolln ...«

»Ach?« Davon hatte Ruth noch nichts gehört.

»Ja, aber ick dachte, det wär, weil die Frau Kerner in't Erdjeschoss ziehen wollte. Die kam da oben ja nich mehr raus, wenn der Aufzug kaputt war, und det isser dauernd, is 'n janz billijet Fabrikat.«

Ruth nickte. Der Pasowsche Fernsehsessel hatte sogar einen Elektromotor, mit dem sich die Sitzposition verstellen ließ. »Und die Frau Lazar?«, fragte sie auf gut Glück.

»Na, die hätte die Christa doch wohl besser umjebracht, als er noch lebte«, sagte die Hausmeisterin.

»Warum das?«

»Na, det war eigentlich ziemlich offensichtlich. Die sind immer gleichzeitig in Urlaub jefahren, die beeden.«

»Was? Tatsächlich?« Ruth griff unwillkürlich wieder zur Tasse, doch dann fiel ihr ein, dass der Kaffee schon kalt war, und sie stellte ihn wieder zurück. »Ich glaube, wenn Sie mir jetzt einen Cognac anbieten würden, hätte ich nichts dagegen.«

Die Hausmeisterin grinste. »Na, und 'n frischer Kaffe könnt jetzt ooch nich schaden, wa? Momentchen, kommt allet.«

Irene hatte sich wieder unter Kontrolle. Mit Einweghandtüchern wischte sie sich die letzten Tränenspuren aus dem verquollenen Gesicht. Aber unterrichten konnte sie heute definitiv nicht mehr. Dazu war sie zu aufgewühlt. Außerdem brannte sie darauf, Melanies Text noch einmal in Ruhe zu lesen. Diese auffälligen Parallelen zu Irenes Leben konnte sich das Mädchen doch nicht aus den Fingern gesogen haben. Oder etwa doch? Warum konnte sie das Harmlose nicht mehr vom Gefährlichen unterscheiden? Was ging da in ihr vor?

Sie lauschte auf ihr Herz. Es tat seine Arbeit, machte sich aber sonst nicht weiter bemerkbar, wie es sich gehörte. Sie lauschte auf ihren Atem, doch der ging ruhig und gleichmäßig. Trotzdem fühlte sie sich schwach. Verletzlich. Krank. Sie wollte hier raus!

Im Flur versuchte sie, ihre übliche steife Miene wieder aufzusetzen, es fiel ihr schwer. Vielleicht war das aber sogar von Vorteil. Die Sekretärin im Schulbüro musterte sie gleich ganz besorgt.

»Frau Lazar? Ist Ihnen nicht gut?«

»Nein.« Sie schüttelte heftig den Kopf. »Nein, mir ist gar nicht gut.«

Ein verständnisvolles Nicken.

»Ich möchte mich krankmelden.« Das erste Mal in ... wie vielen Jahren? Sie war nie krank gewesen, hatte nie Schwäche gezeigt. Jetzt verließ sie das Schulgebäude durch den Hinterausgang.

Als Sandra das Foto ins Album zurücklegen wollte, begann die schwarze Standuhr zu schlagen. Das Geräusch fuhr ihr in die Glieder, ihre Hände zitterten, der Magen schlug Purzelbäume. Ihr war plötzlich so flau, dass sie sich hinhocken musste. Tief einatmen – und wieder ausatmen. Ein. Und wieder aus.

Sie schlug das Album auf, blätterte. Es waren Urlaubsfotos aus verschiedenen Jahren. Immer wieder Berglandschaften. Immer wieder Irene und Wolfgang in Kniehosen, Wanderstiefeln, bester Stimmung. Sandra konnte gar nicht mehr aufhören zu blättern.

Die jüngste Fotoserie, ganz hinten im Album, zeigte den letzten Italienurlaub ihres Vaters, bei dem er auf einer Bergtour tödlich verunglückt war. Und die Lazar war dabei gewesen! Es waren dieselben unbeschwerten Urlaubsschnappschüsse wie in den Jahren zuvor. In diesem Album war nicht sichtbar, wie tragisch dieser letzte Aufenthalt in der Brenta zu Ende gegangen war.

Sandra starrte auf die Reisedaten. In ihrem Kopf drehte sich alles. Die Taufurkunde kam ihr in den Sinn. Kurz nach diesem Urlaub war die Lazar Katholikin geworden. Kurz danach hatte sie angefangen, sich hinter Kruzifixen zu verschanzen. Und sie trauerte offenbar immer noch, das war unverkennbar. Oder hatte das alles hier eine ganz andere Bedeutung?

Es klingelte an der Tür. Einmal, zweimal. »Frau Lazar, sind Sie zu Hause?« Es war Frau Heuer. »Ich wollte Ihnen das Lexikon zurückbringen.«

Sandra rührte sich nicht, aber sie spürte ihren Puls wie einen Presslufthammer in den Schläfen.

»Frau Lazar? Ich hab doch was gehört ...«

Verdammt, musste sich denn hier jeder um jeden kümmern?! Und wo waren die Bessertgören? Die beschallten doch sonst immer das ganze Haus! Sandra kauerte sich zusammen. Sollte sie sich jetzt verstecken? Vielleicht in der Speisekammer, wie früher als kleines Mädchen? Aber die Heuer würde sicher gleich wieder gehen. Die hatte ja keinen Schlüssel.

Im selben Moment hörte sie Paisys flinke Pfoten auf den Stufen. Die Finck kam von ihrem Spaziergang zurück.

»Na, die Frau Lazar ist heute aber sehr gefragt.«

»Ich wollte ihr nur das Lexikon ...«

»Aber die Frau Lazar ist doch um diese Zeit in der Schule, das wissen Sie doch.«

Sandra nutzte das Gespräch und huschte über den Korridor, um besser lauschen zu können. Die Dielen knarrten, daran hatte sie nicht gedacht. Und Paisy schnüffelte aufgeregt an der Tür, kratzte und jaulte. Sandra presste den Rücken an die Wand. Meine Güte, wie bescheuert muss man sein! Hätte sie nicht einfach im Wohnzimmer bleiben können?

»Komm nach Hause, Paisy. Mach der Frau Lazar nicht die Tür kaputt. Muss ich dich an die Leine nehmen?« Sandra hörte die Finck näherkommen, aber Paisy sauste davon. »Na, siehst du.« Die Finck entfernte sich wieder. »Stecken Sie's doch einfach durch den Briefschlitz«, riet sie der Heuer.

Die gegenüberliegende Wohnungstür wurde geschlossen.

Sandra wagte kaum, Luft zu holen. Jetzt öffnete sich die Klappe vor ihrer Nase und ein Finger wurde hereingestreckt. Sandra drehte den Kopf zur Seite. Als ob das irgendwas helfen würde! Sie stellte sich vor, wie die Heuer draußen auf der Fußmatte hockte und durch den Briefschlitz hereinschaute. Es kam ihr vor, als könnte sie die alte Frau atmen hören. Im nächsten Augenblick fiel die Klappe zu.

Sandra hörte Schritte auf der Treppe, die sich entfernten. Sie löste sich von der Wand und atmete tief ein und aus.

Irene stellte ihr Fahrrad im Hausflur ab. Ihr fehlte die Kraft, es wie sonst in den Hof zu schieben. Sie zog den Schlüssel aus dem Schlüsselfach ihrer Aktentasche und öffnete den Briefkasten. Berge von Prospekten quollen ihr entgegen und fielen zu Boden.

»Die reinste Pest, dieses ganze Werbezeug, nicht wahr?« Frau Heuer kam die Treppe herunter. »Ich wollte Ihnen gerade das Lexikon bringen. Dachte, Sie wären schon zuhause.«

»Ja«, sagte Irene und starrte auf die Prospekte am Boden.

»Soll ich Ihnen helfen?«

»Nein.« Irene bückte sich, die Aktentasche fest an sich gepresst. Es war nicht ganz einfach, mit einer Hand die Blätter aufzusammeln.

»Na, ich helfe Ihnen mal«, erklärte Frau Heuer und legte das Lexikon auf den Rand des Papierkorbs, der extra für die Werbung hier im Hausflur aufgestellt worden war.

Irene hielt mitten in der Bewegung inne und starrte auf ihr Buch. Frau Heuer sammelte derweil das Papier auf und warf es in den Korb. »Hier ist das Lexikon.« Sie drückte es Irene in die Hand. »Mit herzlichem Dank zurück.«

Irene nahm es mit der freien Hand. Sie fühlte sich zu schlapp für eine Antwort. Frau Heuer lächelte ihr zu. »Sie sind ja ganz blass. Machen Sie erst mal ein Mittagsschläfchen«, redete sie ihr gut zu.

Irene stieg die Treppe hinauf. Irgendwo oben wurde eine Wohnungstür ins Schloss gezogen. Auf der Treppe kam ihr Sandra entgegen. Irene starrte sie an. Aber Sandra eilte ohne ein Wort an ihr vorbei.

Es klingelte bei Pasows, zweimal kurz, zweimal lang.

»Ich geh schon«, rief Ruth und eilte zur Wohnungstür, ehe die Hausmeisterin aus Küche kommen konnte. »Machen Sie ruhig erst mal unseren Kaffee fertig.« Sie öffnete. Natürlich war es Sandra.

»Bist du eigentlich wahnsinnig?«, zischte Ruth, »Meinst du, ich weiß nicht, wo du warst? Häng sofort den Schlüssel zurück und setz dich ins Wohnzimmer, wir reden später.«

Sie ging zu Gertrud in die Küche. »Sandra ist wieder da. Kann ich Ihnen irgendwie helfen?«

»Nee, schon jut.« Die Hausmeistergattin trug die Kaffeekanne ins Wohnzimmer. »Na, det jing aber schnell. Wie war't denn?«

Sandra zuckte zusammen. »Wie? Ach so.« Der vorgeschobene Zahnarztbesuch fiel ihr zum Glück gerade noch rechtzeitig wieder ein. Sie sog die Wange ein, setzte eine Leidensmiene auf und nuschelte: »Es war fürch-ter-lich.«

II

Gleich Mittag. Florian seufzte. Eine Lösung musste her, aber ihm fiel nichts ein. Der Druck wurde immer größer, der Kopf immer leerer. Stattdessen vertrat er Hinzmann, der die Grippe hatte. Niedere Sklavenarbeit. Einen Kredit für eine Sitzgruppe Jörgensen hatte er heute Vormittag vermittelt. Sonst keine Umsätze.

Sein nervöser Zeigefinger scrollte sich durch verschiedene Listen. Nichts, was ihm helfen konnte. Aber eine Lösung brauchte er. Gar nicht auszudenken, was sonst passieren würde. Dabei war die Forderung, die die alte Kerner an ihn gestellt hatte, noch das geringste Problem. Mit Sandra kam er schon klar. Aber mit Gnatzow?

Er lehnte sich auf seinem Bürostuhl zurück und fuhr sich mit beiden Händen durchs Haar. Verdammt, verdammt, verdammt!

Es klopfte an seiner Bürotür. Ane schob ihren Kopf durch den Türschlitz. »Soll ich dir was von Nordsee mitbringen?«

Florian schüttelte den Kopf. »Nein, danke.«

Sie musterte ihn kritisch. »Soll ich ... hereinkommen?«

Florian warf einen kurzen Blick über ihre Schulter. »Ist der Chef im Haus? Und die Lenz?«

»Die steht am Schalter, und der Chef ist nicht da.« Sie lächelte. »Soll ich hereinkommen? Wir können unbesorgt abschließen.«

Florian strich sich mit beiden Händen übers Revers, zögerte. »Nein, heute nicht«, entschied er. »Ich bin nicht ... ich weiß nicht ...« Er schüttelte unwillig den Kopf. »Ich werde mir mal ein bisschen die Beine vertreten. Brauche dringend frische Luft.«

Tatsächlich musste er an Julia denken, und das verdarb ihm die Stimmung. Im Grunde tat er das alles doch nur für sie. Es machte keinen Sinn, wenn er sie dadurch verlor. Vielleicht sollte er seiner Frau heute mal etwas mehr Aufmerksamkeit schenken. So wie früher, mit allem Drum und Dran. Zwei Flaschen Dom Pérignon und zwei Döschen Beluga könnte er schnell bei Karstadt holen. Das war zwar keine Lösung für das große Problem, aber es war immerhin ein Anfang. Etwas, das er tun konnte. Eine Lösung vor der Lösung. Er nahm seinen Mantel vom Garderobenständer und machte sich auf den Weg.

Normalerweise brühte sich Irene einen schönen heißen Jasmintee, wenn sie aus der Schule kam. Aber heute konnte sie es nicht erwarten, Melanies Geschichte weiterzulesen. Ihre Jacke verfehlte den Haken und fiel zu Boden. Die Schuhe trat sie einfach beiseite. Mit der Aktentasche ging sie zum Sofa, kramte das blaue Schulheft heraus und legte sich gleich der Länge nach hin.

Oh ja, das tat gut. Sie stieß die Luft aus und schloss für einen Moment die Augen. Dann schlug sie das Heft auf. Melanie hatte eine schöne Handschrift, was heutzutage selten war. Die Kinder lernten das Buchstabieren in Blockschrift und begannen viel zu spät damit, die einzelnen Zeichen zu verbinden. Die meisten krakelten dann ein Zeug zusammen, das man kaum entziffern konnte. Melanie nicht. Sie hatte den Titel mit zwei roten Herzen eingerahmt: »Die Liebe und der Tod«. Irene fuhr auf. Ihr Herz wummerte schon wieder. Sie schnaufte. Du musst dich beruhigen, Irene! Was ist nur mit dir los?!

Im Schreibtisch bewahrte sie seit Jahren eine Flasche Schlehenfeuer auf. Der Likör erinnerte sie an ihre Verlobungszeit mit Wolfgang. Normalerweise trank sie nicht viel davon, denn die Marke war inzwischen selten geworden. Aber jetzt erhob sie sich, schenkte sich eine dreifache Dosis ein und trank sie in einem Zug aus. Dieses Herzklopfen musste endlich aufhören!

Der Likör war süß, brannte aber merklich die Kehle hinunter. Danach stellte sich endlich ein warmes Gefühl ein. Sie goss sich das Glas gleich noch einmal voll. Diesmal setzte sie sich auf das Sofa und nahm das Schulheft zur Hand: »Die Liebe und der Tod. Ein Schicksalsroman von Melanie Ostermann«.

BUMM! Ein entsetzlicher Knall. Irenes alter Kronleuchter wackelte. Sie schaute wütend zur Decke. Doch nicht ausgerechnet jetzt! Liebe, liebe Kinder, lasst mich einmal in Ruhe lesen!

BUMM! Der zweite Knall war noch heftiger. Die Bleikristallanhänger mit Brillantschliff, die ihrem Kronleuchter sein Funkeln verliehen, schlugen aneinander wie in einem Windglockenspiel.

Von oben war Kindergebrüll zu hören: »Du bist noch viel zu klein zum Fallschirmspringen!«

Die Antwort verstand Irene nicht, aber es reichte ihr jetzt schon. Sie holte den Besen aus der Kammer und klopfte einige Male energisch mit dem Stiel an die Zimmerdecke. Das wirkte eigentlich immer. Die Decke hatte an dieser Stelle schon eine Unzahl von Dellen. Bei der nächsten Renovierung würde sie den Besserts die Rechnung dafür schicken.

Sie setzte sich wieder auf ihr Sofa. Wenig später hörte sie, wie Billa und Thorben die Treppe hinunterpolterten. Hoffentlich brachen sie sich dabei den Hals, dann wäre endlich Ruhe!

Irene kippte das zweite Glas Schlehenfeuer, gierig auf noch mehr wohlige Wärme. Sie blätterte Melanies Seiten durch, überflog hastig die Passagen, die das Mädchen bereits in der Klasse vorgetragen hatte. Die Ähnlichkeiten zu ihrem eigenen Verhältnis mit Wolfgang Kerner waren geradezu unheimlich. Der Anwalt in dem Roman war ein sportlich aktiver Mann, der gerne in die Berge fuhr und eine große Leidenschaft fürs Freeclimbing hatte. Das fand Irene bei einem über Vierzigjährigen etwas übertrieben. Aber vielleicht war es nur Tarnung?

»Guck mal Thorben, ich kann von hier oben springen!« Die Bessert-Kinder setzten ihre lautstarken Fallschirmsprünge im Hof fort. Irene sah aus dem Fenster. Nachdem Billa von der Schaukel gesprungen war, jagte sie ihren Bruder kreuz und quer über den Hof, und er quietschte dabei voll Vergnügen mit gefühlten hundertzwanzig Dezibel. Man sollte sie ermorden, dachte Irene. Alle beide.

Florian pfiff sich eins. Einkaufen machte ihm immer gute Laune. Und je besser er gelaunt war, desto zügiger feuerte sein Hirn gute Ideen. Gerade war ihm ein bestimmter Aktienfond eingefallen, bei dem sich sicher ganz unauffällig eine gewisse Summe umleiten ließe. Nur zeitweilig natürlich, aber das reichte ja schon. Er brauchte doch nur eine kleine Verlängerungsfrist, und alles Weitere würde sich dann schon ergeben.

Die Einkaufstüte in seiner Hand knisterte vielversprechend. Er hatte alles bekommen, was er benötigte, um Julia zu überzeugen.

Aber er wollte nicht, dass die Kollegen sich beim Anblick von Kaviar und Champagner das Maul über ihn zerrissen, deshalb würde er beides bis heute Abend im Kofferraum seines Autos lagern. Kalt genug war es heute ja, da würde schon nichts verderben.

Das Parkhaus war jetzt um die Mittagszeit ziemlich leer. Florian drückte auf den Türöffner seines Autoschlüssels, und die Scheinwerfer leuchteten kurz auf.

Vor dem Nachbarauto stand ein stämmiger Mann mit Schiebermütze, der einen Stadtplan auf der Motorhaube ausgebreitet hatte. »Entschuldigung, können Sie mir sagen, wo die Kinkelstraße ist?«, fragte er mit osteuropäischem Akzent.

»Sie sind wohl nicht von hier, was?« Florian war immer stolz auf sich, wenn er den erfragten Ort kannte. »Die Kinkelstraße wurde nämlich umbenannt und heißt jetzt ...«

»Steig ein! Sofort!« Ein zweiter Mann stand plötzlich hinter Florian, und eine dritte Stimme befahl bedrohlich dicht an seinem Ohr: »Und keinen Mucks!«

Florian fühlte eine Hand auf seiner linken Schulter, während sich gleichzeitig von rechts ein ziemlich großes Jagdmesser in sein Sichtfeld schob, das ihm im nächsten Augenblick schon die Kehle ritzte. Er zuckte zur Seite. »Aua, was soll denn das?!«

Doch der Messerstecher drückte sich von hinten an ihn und schob ihn zur Fahrertür seines Wagens. »Du sollst einsteigen!«

Florian fühlte, wie die Knie unter ihm nachgeben wollten. Das Messer an seinem Hals war kalt. Er wagte nicht zu widersprechen, und sein Mund war ohnehin plötzlich wie ausgedörrt. Die Einkaufstüte wurde ihm aus der Hand genommen. Er öffnete die Tür und schob sich gehorsam hinters Steuer.

Der dritte Mann, der inzwischen auf der Rückbank hinter dem Fahrersitz saß, schlang ihm etwas Raues um den Hals, ein Seil vielleicht. Der Messerstecher wartete, bis auch die Schiebermütze hinten eingestiegen war. Dann setzte er sich auf den Beifahrersitz.

»Fahr los! Dawai, dawai!«

Florian fiel der Zündschlüssel aus der Hand. »Aber wir müssen doch erst das Ticket ...«

»Müssen wir nicht«, widersprach der Messerstecher. »Du hast eine Dauerkarte. Heb den Schlüssel auf!«

»Ach ... ach ja.« Florian beugte sich zur Seite und tastete mit zittrigen Fingern im Fußraum herum. Vielleicht konnte er auf diese Weise etwas Zeit schinden, bis diese furchtbare Angst nachgelassen hatte? Der Teppich unter seinen Fingerspitzen war sandig, den Schlüssel hatte er längst gefunden, aber möglicherweise waren da unten ja noch andere Dinge, die ihm als Waffe dienen konnten ...

Plötzlich wurde sein rechtes Ohr auf das Knie des Messerstechers gedrückt, und die Messerspitze schob sich dicht unter sein Auge.

»Keine Mätzchen!«, zischte der Kerl neben ihm. »Oder ich stech zu!«

»Hab ihn«, keuchte Florian hastig, »hab ihn schon.«

Weil seine Hände immer noch zitterten, war es gar nicht so leicht, den Schlüssel ins Zündschloss zu bugsieren. Er startete den Wagen und wollte sich anschnallen.

»Nix da! Gurt bleibt offen, Türknöpfe bleiben unten«, ordnete der Kerl mit der Schiebermütze an. »Du weißt, wo der Oberjägerweg ist? Da fahren wir jetzt hin.« Durch den Fahrgastraum tönte ein lauter, regelmäßig wiederkehrender Alarmton.

»Mach das aus!«, blaffte der Messerstecher.

»Das ist wegen der Haltegurte«, versuchte Florian zu erklären.

»Scheiß drauf! Mach das aus!«

»Aber das kann ich nicht«, jammerte Florian. »Das geht erst aus, wenn alle angeschnallt sind.«

Der Messerstecher fixierte ihn aus schmalen Augen. »Dann eben nicht. Fahr endlich los!«

Florian legte den Gang ein und gab Gas. »Sie können alles von mir haben! Meine Kreditkarten mit Geheimnummern, mein Geld, meine goldene Ebel ...« Er nahm seine Armbanduhr vom Handgelenk und hielt sie seinem Beifahrer hin. Der lachte nur hämisch.

»Die brauchst du nachher sowieso nicht mehr.«

Der Gurtalarm hupte weiter, als sie das Parkhaus verließen.

An der Ampel Ecke Schönwalder hielt ein Polizeiwagen neben ihnen.

»Überleg dir genau, was du jetzt machst!«, warnte der Entführer und setzte sein Messer unauffällig an Florians rechte Niere.

Da gab es nicht viel zu überlegen. Ein Menschenleben war für diese Kerle doch keinen Pfifferling wert! Florian hielt still. Er schloss kurz die Augen und hoffte, dass die Polizisten sich daran stören würden, dass er nicht angeschnallt war. Doch als er den Blick nach links wandte, wurde ihm klar, dass die dämlichen Bullen ihn überhaupt nicht wahrnahmen. Sie sahen nicht mal rüber. Wenn man die schon mal brauchte!

»Sagen Sie mir doch einfach, was Sie von mir wollen«, bat er, während der Gurtalarm ihn schier in den Wahnsinn trieb.

»Wir wollen, dass du Schnauze hältst und weiterfährst!«, tönte es vom Rücksitz.

»Können wir uns nicht wenigstens anschnallen?« Florians Stimme zitterte.

Als der Wagen wieder rollte, zog der Entführer sein Messer zurück und hielt es vor sich auf dem Schoß. Was Florian mit einem schnellen Seitenblick davon erkennen konnte, kam ihm riesig und ungeheuer furchteinflößend vor. Er presste die Kiefer zusammen, damit seine Zähne nicht klapperten.

»Du kennst Bogumil Gnatzow?«, fragte der Entführer.

Florian zog scharf die Luft ein.

Der Entführer hörte es und nickte. »Der freundliche Herr hinter mir ist Russe, wie du sicher schon an seinem Akzent erkannt hast. Er hat Verhöre im Lubjanka-Gefängnis geführt, darin war er richtig gut. Zwei Leninorden.«

Florians Kiefer zitterten jetzt dermaßen, dass er unwillkürlich mit den Zähnen knirschte. Seine Knie dagegen fühlten sich an wie Pudding. Es fiel ihm schwer, den Wagen in der Spur zu halten. Leichter Schneefall hatte eingesetzt, ein weißer Schleier, der vom Ostwind über den Asphalt getrieben wurde. Sie passierten gerade den Hohenzollernring. Nun kam bis zum Oberjägerweg, der mitten im Wald lag, keine Ampel mehr. Florian stöhnte. Was sollte er bloß tun? Ihm fiel doch sonst immer etwas ein. Gegen einen Baum fahren? Aber sie waren nicht angeschnallt. Rausspringen? Die Türen waren verriegelt. Was hatten die mit ihm vor? Vielleicht würden berittene Polizisten auf dem Parkplatz sein – nein, nicht bei dem Wetter. Oder wenigstens ein paar Jogger ... Aber da war niemand, als sie ankamen. Nur ein geparkter Daimler. Und der Gurtalarm hupte immer noch.

Julia lag auf dem zerwühlten Bett. Bettzeug und Kleidung waren im Zimmer verstreut. »Drehst du mir auch eine, Sasch?«

Er schüttelte den Kopf. »Lass doch den Scheiß, Jule. Du rauchst doch gar nicht.« Seine Finger zwirbelten geschickt ein Blättchen um den Tabak, wobei er einen Teil der braunen Krümel auf seine Brust und das Laken verteilte. Da alles ziemlich verschwitzt war, halfen auch keine Versuche, das Gebrösel wegzupusten.

»Na gut, dann dreh mir eben keine.« Sie nahm seinen erschlafften Penis, der immer noch eine beachtliche Länge hatte, und wog ihn in der Hand. »Wie bringst du das, drei Mal hintereinander?«

Sascha zündete die Zigarette an und nahm einen tiefen Lungenzug. »Jeder hat seinen Platz in der großen Vorsehung«, erklärte er. »Manche machen Karriere, ich bin der geborene Lover. Mister Bombastic, yeah!«

»Du bist ein Spinner«, grinste Julia.

»Das auch«, nickte er. Ein paar glühende Tabakbrösel flogen auf seine Brust. Er klopfte die Glut hektisch aus, aber es roch trotzdem nach verbrannten Haaren. In diesem Moment klingelte es an der Tür.

Julia zuckte zusammen. »Wer könnte das sein? Erwartest du jemanden?«

Er schüttelte den Kopf. »Aber das werden wir gleich wissen.«

»Zieh dir was über!«, rief Julia ihm hinterher, aber er war schon an der Wohnungstür.

Dann war eine scharfe Frauenstimme zu hören: »Richten Sie doch der Frau Bessert aus, dass ich Klausuren korrigieren muss und meine Ruhe brauche! Die steht mir jetzt während der Mittagszeit übrigens gesetzlich zu. Ich werde nicht dulden, dass mir ihre unbeaufsichtigten Kinder auf dem Kopf herumtanzen oder den ganzen Hof zusammenbrüllen! Dagegen gibt es Mittel und Wege, die ich beschreiten werde. Sagen Sie ihr das, Herr Wolf!

Und ziehen Sie sich nächstes Mal was an, wenn Sie die Tür aufmachen!«

Julia saß kerzengerade im Bett. Hastig warf sie sich Saschas schwarzen Kimono mit dem roten Drachen über.

Er trat in den Türrahmen. »Das war ...«

»Ich hab's gehört, Sasch. Aber woher weiß die Lazar, dass ich hier bei dir bin?«

»Woher sie ...« Er schnitt eine Grimasse. »Na ja, ich schätze, das wissen hier mehrere. Vielleicht sogar ... alle.«

Julia starrte ihn fassungslos an. »Meinst du wirklich?!« Sie stand auf und öffnete das Fenster.

»Ja, ich glaub schon«, nickte er. »Ist doch egal.«

Sie wandte sich dem offenen Fenster zu. »Billa! Thorben!«, rief sie hinaus. »Es ist Mittagsruhe! Spielt bitte leiser!« Aber sie ließ Sascha nicht aus den Augen. »Nein, es ist nicht egal, Sasch. Ich habe eine Familie, und die würde ich selbst für den besten Sex der Welt nicht aufgeben.«

»Was du bei mir bekommst, ist der beste Sex der Welt!«

Sie schnaufte und verdrehte entnervt die Augen.

»Und was heißt das denn, deine Familie verlassen?«, fuhr er fort. »Du sollst deine Familie nicht verlassen.«

Julia schüttelte ungläubig den Kopf. »Wie kommst du darauf, dass es alle wissen?«, hakte sie noch einmal nach.

»Keine Ahnung, ich ...«

»Wie soll es dann mit uns weitergehen?«

»Was hat das damit zu tun?«, wollte er wissen. »Es geht so weiter wie bisher auch. Scheiß doch auf die anderen.«

»Das kann ich nicht, Sasch.« Leise.

»Wieso nicht?«

»Ich will nicht, dass es alle wissen. Schon wegen der Kinder. Das geht einfach nicht, das musst du verstehen.«

Er griff nach ihrer Hand, aber sie zog sie mit einer heftigen Bewegung zurück. »Es ist kalt«, murmelte sie und schlang die Arme um den Körper.

»Das Fenster ist auf.« Er zündete sich die nächste Zigarette an. »Willst du einen Zug? Du warst doch eben noch so scharf drauf.«

Julia inhalierte und blies den Rauch hustend wieder aus. »Du hast Recht, ich sollte das lassen«, stieß sie hervor und spuckte einen Tabakkrümel aus, der an ihrer Lippe kleben geblieben war.

»Es ist so ruhig«, stellte sie fest.

»Wir haben Ostwind«, murmelte Sascha. »Die Flugzeuge starten von Tegel Richtung Reinickendorf ...« Er legte den Kopf schief und lauschte. »Aber es ist tatsächlich total still. Als wären da gar keine Kinder im Hof. Worüber beschwert sich die Alte denn?!«

Julia beugte sich aus dem Fenster. »Kinder?«

Es war niemand da. Die rote Schaukel hing leer an ihrem Gerüst und bewegte sich im Luftzug.

»Billa! Thorben!« Keine Antwort.

»Die werden wieder in die Wohnung gegangen sein«, meinte Sascha. »Ist ja auch kalt. Mach mal zu, sonst wirst du noch krank.«

»Nein, Sasch. Da ist was passiert«, flüsterte Julia. »Irgendwas. Ich spüre das.« Sie packte den Jogginganzug, in dem sie gekommen war, und rannte zur Tür. »Das musste ja mal so kommen!«

»Dein Wohnungsschlüssel ...«, rief Sascha.

Sie griff danach und rannte schon die Treppe runter, schloss eilig auf und lief durch alle Räume, starrte in das leere Kinderzimmer. »Ich hab's gewusst, ich hab's gewusst ...« Tränen traten ihr in die Augen. Sie riss das Küchenfenster auf und rief noch einmal nach den Kindern, diesmal viel lauter. Doch es kam keine Antwort. Wo waren sie hin? Was, um Himmels willen, sollte sie jetzt tun? Sie zog den Jogginganzug an, dazu die Turnschuhe und rannte auf die Straße. »Billa! Thorben!!!« Der Bürgersteig war leer. Sie lief bis zur nächsten Ecke, sprach eine Passantin an: »Haben sie zwei Kinder gesehen, ein sechsjähriges Mädchen und einen kleinen Jungen?«

Die Frau schüttelte den Kopf.

Julia rannte weiter, fragte andere Leute. Alle starrten sie an. Niemand wusste etwas. Es hatte zu schneien begonnen. Der scharfe Wind trieb die immer dichteren Flocken vor sich her.

Das Schlehenfeuer brannte in Irenes Magen und rauschte im Kopf. Sie konnte sich nicht konzentrieren, die Buchstaben verschwammen ihr vor den Augen. Sie setzte sich an den Schreibtisch. Wo war nur die Lesebrille? Ach, da. Trotzdem gelang es ihr nicht, sich in Melanies Text zu vertiefen. Ihre Gedanken schweiften immer wieder ab. Sie las, wie der untreue Jurist eine Reise in die französischen Seealpen buchte, und dachte an Wolfgang und die Brenta. Sie verfolgte, wie die beiden in der Geschichte einen Urlaub mit leidenschaftlichen Nächten verbrachten – eigentlich viel zu kitschig beschrieben, um echte Gefühle zu wecken – und die Tränen liefen ihr übers Gesicht.

Sie würde ihr Leben dafür geben, um das, was passiert war, ungeschehen zu machen! Jawohl, ihr Leben! Für die Liebe ihres Lebens! Einmal noch seine Stimme hören. Einmal noch in seinen Armen liegen. Sie waren Seelenverwandte gewesen, der eine für den anderen bestimmt. Irene hörte sich schluchzen, aber es klang fremd, wie der Laut eines Tieres. Sie spürte, dass ihr Gesicht sich verzog, es fühlte sich an wie die Grimasse eines greinenden Babys. Das war nicht sie. Und doch, natürlich war sie das.

Die Schlehenfeuerflasche war inzwischen leer. Irene fühlte sich matt. Mit Wolfgangs Tod war sie ausgetrocknet. Seitdem hatte sie nicht mehr geweint. Aber heute war etwas in ihr zerbrochen.

Und wieder sah sie seinen Grabstein vor sich. Jetzt lag die andere neben ihm, obwohl sie ihn nicht verdient hatte. Ihr Name würde neben seinem eingemeißelt stehen. Für die Ewigkeit würde getrennt, was doch auf ewig zusammengehörte. Irenes Kopf kippte nach vorn und schlug mit einem dumpfen Knall auf die Tischplatte.

Sie tastete nach der leeren Flasche, setzte sie an die Lippen und ließ sich die letzten Reste auf die Zunge tröpfeln. Aus dem Treppenhaus hörte sie ein Donnern. Da rannte die Bessert die Stufen hinunter, weil sie ihre Kinder suchte. Recht geschah es ihr, dieser Rabenmutter! Irene lächelte zufrieden.

»Aussteigen! Dawai!«

Florian starrte auf das Messer. Der Russe und der Messerstecher waren ausgestiegen, hatten den Wagen umrundet und die Fahrertür aufgerissen. Das Messer winkte Florian hinaus.

Der Russe sagte etwas Russisches.

»Und zwar ein bisschen plötzlich!«, übersetzte der Messerstecher.

Florian konnte nicht. Seine Beine verweigerten ihm den Dienst. In seinen Ohren hupte noch immer der Gurtalarm. Dabei war es jetzt still. Entsetzlich still. Er spürte die Kälte, die ihm aus dem Wald entgegenschlug. Er presste die Zähne aufeinander, hörte den Schnee fallen.

»Ist was mit deinen Ohren«, fuhr ihn der Russe an, und es war keine Frage. »Dawai!« Seine Faust schnellte vor, packte Florians Haare und zerrte ihn aus dem Auto. Florian schrie, denn es tat höllisch weh. Er kippte vom Sitz und fiel in den Dreck. Spürte die eiskalte, matschige Erde an seiner Wange und zog instinktiv die Knie unters Kinn und die Hände über den Kopf, um sich zu schützen.

Sie packten ihn unter den Armen und zogen ihn hoch. »Beweg dich!«, knurrte der Messerstecher. »Oder ich mach dir Beine.«

»Bitte«, wimmerte Florian, »das mit dem Geld, das lässt sich doch alles irgendwie regeln ...«

»Tun wir schon«, bellte der Messerstecher.

Abseits der Wege schleppten sie ihn in den Wald. Seine Füße sanken ins feuchte Laub, das seine italienischen Halbschuhe durchweichte. Es schneite jetzt stärker. Verzweifelt warf er einen letzten Blick über die Schulter. An seinem Wagen brannte noch das Standlicht. Doch mit jedem Meter, der sie tiefer in den Wald führte, wurde er schemenhafter, dieser letzte Hoffnungsschimmer. Schließlich hielten sie an, stellten ihn mit dem Rücken an einen Baum und fesselten seine Hände hinter dem Stamm mit einem Kabelbinder. Jetzt war er ihnen völlig ausgeliefert. Er dachte kurz an seine Frau und seine Kinder, die er nie wiedersehen würde. Das Bild eines Pilzsammlers, der im nächsten Frühjahr hier eine vermoderte Leiche finden würde, flatterte vor seinem inneren Auge vorbei. Sie würden ihn abstechen, kein Zweifel. Jahrelang war er damit durchgekommen, aber jetzt hatte er den Bogen überspannt. Er ließ den Kopf hängen und die Tränen fließen.

»Ich bitte euch, man kann doch über alles reden«, flehte er. »Außerdem muss ich dringend mal pinkeln.«

Julia klingelte Sturm. »Frau Pasow, haben Sie meine Kinder gesehen? Ist Ihr Mann da? Er hat doch diesen Spiegel ...«

»Nu ma langsam mit die jungen Pferde. Wat is denn überhaupt los?«

»Meine Kinder sind weg!« Sie musste sich an den Türpfosten stützen, so heftig pumpte ihre Lunge vom Rennen. Es stach in der Brust. »Vorhin haben sie noch im Hof gespielt, das müssten Sie gehört haben, Frau Pasow. Fragen Sie doch bitte mal Ihren Mann. Der sieht doch alles ...« Sie strich sich das wirre Haar aus dem Gesicht. »Bitte, Frau Pasow! Es ist eilig! Das ist doch nun wirklich nicht zu viel verlangt!« Man hörte zu deutlich ihre ungeduldige Verzweiflung. Sie merkte selbst, dass sie sich im Ton vergriffen hatte.

»Nu bleiben Se mal uff 'm Teppich, Frau Bessert!«, konterte die Pasow prompt. »Ick habe schon janz jut verstanden. Sie waren oben bei Ihr'm Romeo und ham de Bleeken wieder alleene spielen lassen. So wat macht man nich.«

»Ja! Und?«, kreischte Julia. »Das ist doch jetzt scheißegal!«

Die Pasow riss die Augen auf. »Nu werden Se mal nich unverschämt.«

»Wo ist denn ihr Mann?«, wimmerte Julia. »Kann ich bitte ...«

»Mein Mann is inne Kneipe, der hat jar nüscht mitjekricht«, sagte die Pasow. »Aber icke. Die Kinder ham draußen jespielt, als ick Essen jemacht hab. Und denn musst ick kurz in 'n Keller, und danach war'n se weg. Nageln Se mich nich druff fest, aber ick meine, ick hätte die Einjangstür klappen hören. Vielleicht fragen Se mal die Frau Lazar, die war nämlich ooch im Haus unterwegs, hat ihr Fahrrad in 'n Hof jestellt.«

»Danke, Frau Pasow. Tausend Dank!« Julia rannte die Treppe hoch. Klingelte. Klopfte. Es dauerte lange, bis die Tür geöffnet wurde.

Da stand die Lazar mit Augen, so rot wie ein Kaninchen. Ihr Blick war seltsam glasig. Sie schwankte.

»Julchen«, murmelte die Lazar. »Böses Mädchen.« Und dann lachte sie mit weit aufgerissenem Mund. Es war ein lautes, hundsgemeines Lachen. Julia sah ihre langen, gelben Zähne und dazwischen die zuckende Zunge. Ein grässliches Lachen.

»Sie sind ja völlig besoffen!«, brüllte sie und rannte die Treppe hoch. Vor ihrer Wohnung stand Sascha.

»Du musst pinkeln? Kein Problem«, sagte der Russe.

Die Faust, die Florian in den Unterleib traf, kam so schnell, dass er sie nicht kommen sah. Die beiden anderen Kerle lachten, während sich Florians Blase unkontrolliert entleerte.

Dann begannen sie, ihm mit dem Messer seinen geliebten Armani-Anzug in Streifen zu schneiden, zuerst die Hosenbeine, dann die Ärmel. Die Klinge des langen Jagdmessers ging durch den Stoff wie durch warme Butter, sie musste scharf sein wie ein Skalpell. Er wagte sich nicht zu rühren.

Neben ihm ertönte ein Knall. Florian zuckte zusammen. Der dritte Entführer hatte die Karstadttüte aus dem Auto mitgebracht und gerade den Champagner entkorkt. Er öffnete die Kaviardose und schaufelte sich die Fischeier mit der bloßen Hand in den Mund. »Was findet ihr bloß alle an dem salzigen Dreckszeug? Hauptsache teuer, was?« Er reichte die Dose an den Russen weiter und spülte großzügig mit Dom Pérignon nach. Doch der Russe fand offensichtlich auch keinen Gefallen an Kaviar. Er nahm eine Handvoll und schmierte sie Florian ins Gesicht. »Bei uns kriegt jeder seine Henkersmahlzeit.«

Florian wimmerte. Das Salz brannte ihm auf den Wangen. Er lehnte den Kopf an den Baumstamm und ließ sich den Schnee ins Gesicht rieseln. Die Kälte, die ihm langsam an Armen und Beinen in den Körper kroch, tat ihm seltsamerweise wohl. Sie milderte sein Empfinden, machte ihn taub für alles, was noch kommen würde. Seine Füße in den durchgeweichten Schuhen nahm er nur noch als abgestorbene Klumpen wahr.

Die Kerle soffen die Flasche leer. Sie kamen wieder auf ihn zu, es knallte erneut, und Florian bekam den Korken der zweiten Champagnerflasche ins Auge.

»Schwuchtelbrause«, sagte der mit dem Messer.

»Ein Mann trinkt Wodka«, ergänzte der Russe.

Der dritte nahm schnell noch einen Zug und entleerte die restliche Flasche über Florians Kopf. Der Dom Pérignon prickelte im Nacken, bevor er in den Kragen sickerte.

Der Messertyp zog an Florians Boss-Krawatte, bis ihm die Luft knapp wurde. Dann schnitt er sie ab. »Weiberfastnacht«, raunte er. »Aber eigentlich meinen die Frauen das doch irgendwie anders, oder?« Er begann langsam, Florians Gürtelschnalle zu öffnen. Der trat nach ihm und wollte schreien, aber eine Riesenpranke drückte sich ihm fest auf Mund und Nase. »Still, Flori! Wir sind keine Unmenschen. Der da unten wird doch noch gebraucht, nicht wahr? Für die hübsche Julia.«

Florian ruckte heftig mit dem Kopf hin und her, versuchte die Hand abzuschütteln. Ihm war schwindelig. Er wollte atmen!

Jemand legte ihm den Strick um die Knie und zurrte ihn fest.

»Aber der kleine Finger muss dran glauben«, fuhr der andere fort. »So lautet unser Auftrag. Nur als kleine Warnung. Nicht persönlich nehmen.«

Der Russe zog eine Gartenschere aus der Jackentasche und zeigte sie Florian. Sie war nicht groß, noch ziemlich neu und hatte rote Griffe. Florian keuchte, zerrte an seinen Fesseln. Der Russe trat hinter den Baum. Der andere Kerl hielt ihm immer noch den Mund zu.

»Herr Gnatzow bittet darum, ihm das restliche Geld bis übermorgen auf sein Konto zu überweisen«, erklärte er in sachlichem Ton. »Und er rät auch, keine Anzeige zu erstatten. Wir drei waren heute gar nicht hier, dafür gibt es jede Menge Zeugen. Und Thorben und Billa sollen doch gesund bleiben. Überleg dir also gut, wem du was erzählst.«

Florians Lunge pumpte, er fühlte sich wie gelähmt. Sein Finger wurde abgespreizt. Er spürte das Metall der Schere. Durch seine panisch beschleunigte Atmung bekam er kaum noch Luft. Würde der verdammte Russe ihm wirklich den Finger abschneiden? Nein, bestimmt blufften sie nur. Sie wollten ihm ordentlich Angst einjagen, damit er spurte, und dann -

Da passierte es schon. Der Schmerz durchfuhr seinen ganzen Körper. Er schrie in die Hand auf seinem Mund. Sah den Himmel über sich, den rieselnden Schnee. Ihm wurde schwarz vor Augen.

»Mach dir mal keine Sorgen, Jule. Das klärt sich alles bestimmt bald auf.« Sascha hatte wieder diesen Dackelblick.

»Ach ja?« Sonst fand sie ihn niedlich, wenn er so guckte, jetzt nervte er sie. »Lass mich in Ruhe, Sasch. Bitte.«

Als sie die Tür aufschloss, wollte er mit in die Wohnung. Sie stieß ihn so heftig zurück, dass er gegen die Wand taumelte.

»Sag mal, spinnst du?!«

Auch seine fassungslos aufgerissenen Augen nervten sie, sein dämliches Gesicht. »Ich hab gesagt, du sollst mich lassen!«

»Aber ich will dir doch nur hel ...«

»Ich brauch deine Hilfe nicht.« Sie schlug ihm die Tür vor der Nase zu, stürmte zum Telefon und rief in der Bank an.

Ihre Beine zitterten. Sie musste sich hinsetzen.

Es dauerte eine ganze Weile, bis die Sekretärin sich meldete. »Tut mir leid, Frau Bessert, Ihr Mann ist zu Tisch. Kann ich ihm etwas ausrichten?«

»Nein, ich ...« In der Leitung hörte Julia ein Anklopfsignal. »Ich schreibe ihm eine Mail. Danke.« Sie drückte das Gespräch weg und wartete auf das erneute Klingeln. »Ja, Bessert? Wer ist da?«

»Guten Tag, Frau Bessert. Praxis Doktor Baranowski.«

Die Hausarztpraxis. Was wollten die denn?

»Wir haben schon laufend versucht, Sie anzurufen. Ihre Kinder sind bei uns; sie ...«

»Meine Kinder? Bei Ihnen?« Julias Herz klopfte plötzlich in den Mandeln. Sie holte tief Luft. »Gott sei Dank!«

»Ja, sie sind hier«, wiederholte die Sprechstundenhilfe, die offenbar ihre Erleichterung bemerkt hatte. »Aber sie heulen und sind völlig aufgelöst. Ist Ihr Mann krank? Ist etwas passiert? Ich werde nicht ganz schlau daraus, was die Kinder da erzählen. Wir sollten vielleicht ...«

»Machen Sie nichts«, rief Julia, »ich komme sofort.«

Die Stube drehte sich. Der große Schrank, das Sofa, der Schreibtisch, die ganze Welt fuhr Karussell. Melanies Heft lag auf dem Boden. Irene bückte sich, um es aufzuheben, doch das war gar nicht so einfach. Es floh vor ihr, das Heft, schlitterte über das

Holz. Na gut, sie hatte versehentlich dagegengetreten. Sie verfolgte das Heft und stürzte auf die Knie. »Hab ich dich, du Luder.«

Dabei fiel ihr Blick unter den großen Schrank. Da lag ein Foto, und als sie es hervorholte, entdeckte sie ein Stück weiter hinten ein zweites. Es waren Urlaubsfotos aus der Brenta, Wolfgang und Irene. Das eine zeigte sie zusammen auf einer Almhütte während einer gemeinsamen Brotzeit. Sie hatte einen Milchbart von der frisch gemolkenen Alpenmilch. Er hatte einen Dreitagebart, was bei ihm ungewöhnlich war, und auf der Oberlippe haftete noch der Schaum des Weißbiers. Sie lachten in die Kamera. Sie hatten einen anderen Wanderer gebeten, sie zu fotografieren. Das andere Bild zeigte sie während eines Tanzabends im Landgasthof, am Tisch mit einer ganzen Reisegesellschaft, ein herrlich unbeschwertes Fest ...

Irene stutzte. Wie konnte das ...? Ihr wurde plötzlich kalt. Wie waren diese Bilder unter den Schrank geraten?

Mühsam richtete sie sich auf und zog das Fotoalbum aus dem Regal, blätterte es hastig durch. Viele Bilder waren lose, einige auf den falschen Seiten in die Fotohalter gesteckt. Eine Ecke des Einbands war eingeknickt, als wenn das Album auf den Boden gefallen wäre. So etwas war ihr noch nie passiert! Sie ging immer sehr sorgfältig mit ihren Sachen um. Jemand hatte dieses Fotoalbum genommen und war ziemlich unsanft damit umgegangen. Jetzt bemerkte sie, dass ihr Stammbuch verkehrt herum im Regal stand. Das konnte doch nicht ...? Das war doch nicht möglich.

Irene richtete sich auf und suchte den Blick des Gekreuzigten an der Wand. »In Christi Namen«, murmelte sie und stand mühsam auf.

»Du bist betrunken«, sagte der Gekreuzigte vorwurfsvoll.

»Ja. Schon. Aber ich bin doch noch bei Verstand.«

Sie tappte in die Küche und nahm sich ein Messer aus der Schublade. Damit bewaffnet schlich sie durch die Wohnung und riss alle Türen auf – vergeblich, da war niemand. Aber sie hatte immer wieder das seltsame Gefühl, dass ihre Intimsphäre berührt worden war. Es musste jemand Fremdes hier gewesen sein. Nur wer? Wer hatte ein Interesse an einer alten Lehrerin, die mit sich selbst nicht mehr zurechtkam?

»Das ist doch klar«, sagte der Gekreuzigte. Sie hörte ihn ganz deutlich, obwohl sie ihn hier im Flur nicht sehen konnte. »Es kann ja nur die Polizei gewesen sein.«

Irene nickte. Sie hätte sich längst stellen sollen, wie es ihr Beichtvater dringend geraten hatte. Es war klar, dass der Herr sie eines Tages zur Verantwortung ziehen würde, spätestens im Jenseits.

Sie wankte zurück ins Wohnzimmer und kniete sich auf den Boden. »Verzeih mir Herr, ich habe gesündigt«, flüsterte sie.

»Kommt gar nicht infrage«, sagte der Gekreuzigte.

Billa und Thorben warteten im Röntgenraum. Die Sprechstundenhilfe hatte sie mit Bonbons und Keksen versorgt.

»Na, ihr zwei beiden? Was macht ihr denn für Sachen?«

Billa stürmte sofort zu Julia, umklammerte ihre Beine und schluchzte. »Mama, muss der Papa wirklich sterben?«

Julia fuhr erschrocken zurück. »Wie kommst du denn darauf?« Sie warf einen raschen Blick auf Thorben, doch der schien mit seinen Bonbons ganz zufrieden.

»Das hat die Frau Lazar gesagt.«

»Dass er sterben muss?«, wiederholte Julia.

»Na, dass er ganz doll krank ist. Und dass wir gleich zum Arzt gehen sollen, und dass du auch schon da bist, beim Arzt. Du warst aber nicht da, und der Papa auch nicht.«

»Aber jetzt bin ich da«, tröstete Julia. Sie bückte sich und nahm die Kleine auf den Arm. Dann setzte sie sich mit ihr auf dem Schoß neben Thorben. »Die Frau Lazar hat nur Spaß gemacht. Auf die müsst ihr nicht hören.« Sie küsste Billa auf den weichen Scheitel und streichelte ihrem Sohn die Wange. Vor ihm lagen so viele leere Bonbonpapiere, dass es Julia grauste. Aber Zucker war ja bekanntlich Nervennahrung. Vielleicht sollte sie sich auch erst mal ein Bonbon gönnen, damit sie nicht platzte vor lauter Wut.

Und dann würde sie die Lazar zur Rede stellen. Was fiel der alten Schachtel denn ein?! Anzeigen sollte man sie! Oder noch besser, vor allen anderen bloßstellen. Das traf sie am meisten. Sie hatte die Kinder allein auf den weiten Weg durch den verkommenen Park und über die vielbefahrene Schönwalder geschickt, ohne jede Skrupel.

Julia seufzte. Sie würde mit Florian darüber sprechen, und sie würden gemeinsam beschließen, was hier zu tun war.

»Wo ist denn der Papa?«, fragte Billa leise, und Julia hörte die Unsicherheit, die immer noch in ihrer Stimme mitschwang.

»Der Papa ist auf der Arbeit.«

»Nicht krank?«

»Nein, Schätzchen. Dem Papa geht's gut. Mach dir um den mal keine Sorgen.«

12

Als Florian erwachte, lag er auf dem Waldboden und war nicht mehr gefesselt, denn er sah seine Hände. Den blutigen Fingerstumpf hatten sie in ein Stofftaschentuch eingerollt und mit braunem Klebeband umwickelt. Es sah professionell aus, so als wäre diese Truppe häufiger mit solchen Aufgaben betraut.

Der Schmerz setzte erst ein, als Florian den behelfsmäßigen Verband sah. Doch es tat gleich so wahnsinnig weh, dass ihm das Atmen schwerfiel. Für einen Moment kniff er die Augen zusammen, dann riss er sie wieder auf. Es war schon fast dunkel. Der Schnee, der jetzt überall lag, reflektierte das letzte Tageslicht.

Florian richtete sich mühsam auf. Auch auf ihn hatte sich der Schnee gelegt. Er wollte ihn abklopfen, doch die Hände waren beide nicht zu gebrauchen. Zu dem Schmerz in der linken Hand kam jetzt ein Stechen im ganzen Körper. Er fror erbärmlich, nahm alle seine Kraft zusammen und schleppte sich Richtung Parkplatz. Mit jedem Schritt fühlte er den eigenen Herzschlag als unerträglichen Schmerz in der Wunde. Sein verstümmelter Körper wollte sich wieder hinlegen, gleich hier ins schneebedeckte Laub, wollte ausruhen und abwarten, bis Hilfe nahte. Aber wo sollte die herkommen?

Also biss er die Zähne zusammen und taumelte voran. Hoffentlich stimmte wenigstens die Richtung, er war sich nicht sicher. Müsste ihm nicht das Standlicht am Auto, das er angelassen hatte, den Weg weisen? Aber es war nur gerade noch so hell, dass er den Boden erkennen konnte. Auf der rechten Seite, hoch über den kahlen Baumwipfeln, stand schon der Mond.

Sein Auto stand auf dem Parkplatz. Nur der Daimler, der vorhin dort gestanden hatte, war nicht mehr da. Die Fahrertür stand offen. Florian riss sie ganz auf und ließ sich auf den Sitz fallen. Seine Hand tastete nach dem Zündschlüssel. Gott sei Dank, die Kerle hatten ihn stecken gelassen. Er lehnte sich ins Polster zurück.

Nun bemerkte er den Gestank. War er zu allem Übel etwa auch noch in einen Hundehaufen getreten? Im nächsten Moment wurde ihm klar, dass der Gestank aus seiner Hose kam, er hatte sich eingeschissen wie ein Säugling. Auch das noch!

Der Parkplatz wurde durch das fahle Mondlicht schwach beleuchtet. Florian hob die linke Hand vor die Mondscheibe, und der Schmerz explodierte. Die schwarze Silhouette mit dem abgespreizten Daumen, den vier langen und dem ins Unförmige verkürzten fünften Finger wirkte bizarr. Er spürte, dass ihm die Tränen kamen.

Oh nein, er würde jetzt nicht auch noch anfangen zu heulen! Der Finger musste versorgt werden, wo war das nächste Krankenhaus?

Wieder tastete er nach dem Zündschlüssel und drehte ihn herum. Was darauf folgte, war nur ein lahmes Leiern. Die Batterie war leer. Ihm wurde bewusst, dass er hier drin im Dunkeln saß. Ob wohl die Innenraumbeleuchtung den ganzen Strom gefressen hatte, weil die Fahrertür stundenlang offen gewesen war?

Er tastete nach seinem Handy. Die Akkuladung war noch fast voll, aber das Gerät fand kein Netz. Florian fluchte. Irgendwie musste er hier wegkommen! Mit letzter Kraft wälzte er sich aus dem Auto und torkelte zur Straße. Und zumindest einmal am heutigen Tag hatte er Glück. Noch in einiger Entfernung sah er einen Wagen aus Richtung Schönwalde herankommen. Jetzt war ihm alles egal! Er stellte sich mitten auf die Straße und wartete. Entweder, der Typ hielt an, oder er überfuhr ihn.

Billa wollte unbedingt »Das Nilpferd in der Achterbahn« spielen, aber Julia gingen zu viele Gedanken durch den Kopf. Sie gab jedem Kind zum Nachtisch noch ein Schokoladeneis aus dem Gefrierschrank und schickte sie damit ins Kinderzimmer. »Ihr könnt noch ein bisschen spielen, und dann geht's ab ins Bett!«

Wo Flori wieder blieb? Julia schenkte sich ein Gläschen Rotwein ein, raffte alle Kissen in einer Ecke der Sitzgruppe zusammen, ließ sich hineinsinken und legte die Beine hoch.

Sie würde ihm sagen, dass es so nicht weitergehen konnte. Dass sie ihn immer noch liebte, obwohl er inzwischen kaum mehr als zum Schlafen zuhause war – im doppelten Sinne, aber Sex war nicht alles, das war ihr heute klargeworden. Sie würde ihm sagen, dass sie wieder arbeiten wollte. Etwas Eigenes anfangen, damit er nicht glauben musste, dass er ganz allein für das Auskommen seiner Familie verantwortlich war. Sie wusste, wie wichtig ihm seine Karriere war und wie sehr er seinen Platz im Leben über Statussymbole definierte. Aber Geld war nicht alles. Sie wollte gar keinen Generaldirektor zum Ehemann, sondern viel lieber einen ganz normalen Bankangestellten, der auch mal Zeit hatte, mit seinen Kindern zu spielen. All das musste sie ihm heute klarmachen, bevor es zu spät war und sie nicht mehr zueinander zurückfanden.

Sie nahm zwei Flaschen Freixenet Cava aus der Speisekammer und legte sie in den Gefrierschrank. Heute war der richtige Tag, um das Leben wieder in die richtigen Bahnen zu lenken. Sie zündete überall in der Wohnung Kerzen an. Da klingelte es, und sie eilte zur Tür. »Hast du deine Schlüssel vergessen, Schatz?«

Aber es war nicht Florian, sondern Sascha.

»Na, sind sie wieder da?«, fragte er mit schiefem Grinsen.

»Du meinst die Kinder?« Sie nickte.

»Dann ist ja gut.« Er schaute über ihre Schulter und entdeckte offenbar die Kerzen. »Du willst Versöhnung mit ihm feiern?«

Sie nickte wieder.

»Und wir? Sehen wir uns morgen? Kommst du zu mir?«

»Nein, Sasch. Es ist vorbei.«

Er biss sich auf die Lippe. »Dachte ich mir schon.« Wieder dieser Dackelblick. Er tat ihr plötzlich leid, obwohl es keinen Grund dazu gab. Wahrscheinlich würde er sie schon übermorgen durch eine Andere ersetzen. Mister Bombastic.

»Na, dann«, sagte er. »An mir soll's nicht scheitern. Du weißt ja: Jederzeit gern.«

Das Klingeln des Telefons beendete ihr Gespräch.

»Scheiße, Scheiße, Scheiße.« Seine Stimme war so rau, als hätte er stundenlang gesungen. Nein, verdammt, er hatte geschrien. Sich die Kehle aus dem Hals gebrüllt. Weil er einen halben Finger verloren hatte, das war's! Jetzt kam die Erinnerung zurück.

Wo bin ich hier? Ich liege – aber wo? Bin ich in Sicherheit? Ist das ein Krankenhaus? Doch, es riecht so antiseptisch. Wo bleibt der Arzt?

Florian öffnete die Augen, starrte nach oben. Grelles Neonlicht. Weiße Wandschirme. Ein hartes Bett. Er spürte die Unterlage an seinen Schulterblättern, seinen Pobacken. Eine Bahre. Ich bin doch nicht tot, oder? Nein. Ich atme. Ich denke. Man hat mir ein Stück von meinem kleinen Finger abgeschnitten. Jetzt hob er die Hand und starrte auf den weißen Verband. Also hatte er nicht geträumt.

Schade eigentlich.

»Mir ist schlecht.« Zu leise. »Hallo? Ist hier jemand? Mir ist schlecht!« Diese raue Stimme war ihm ganz fremd. Er versuchte, sich aufzurichten und von der Liege zu steigen. Ringsum weiße Stoffwände, eine Art Kabine. Er trug ein Leichenhemd.

Der Vorhang wurde zurückgezogen. »Nicht doch, Herr Bessert. Legen Sie sich wieder hin.« Sie musste nur seine Schulter berühren, da kippte er schon wieder rückwärts auf die Liegefläche, landete unglücklich auf der verbundenen Hand, und wieder explodierte der Schmerz. »Ich glaube, ich muss kotzen.«

»Ich stelle Ihnen hier eine Schale auf den Nachttisch.«

Er drehte den Kopf zur Seite. »Na, vielleicht doch nicht ...«

Mit geschlossenen Augen versuchte er, die Ereignisse des Tages aneinanderzureihen. Der Schluss fehlte. »Wo bin ich hier? Wo sind meine Sachen?«

»Sie sollten sich ein bisschen ausruhen. Sie haben viel Blut verloren.«

»Ich muss hier weg ...«

»Schlafen Sie lieber.« Der Vorhang wurde wieder zugezogen.

»Ich muss in zwei Tagen ... also übermorgen ...« Er rollte sich auf die Seite und setzte sich wieder auf. »Ich hab nicht mehr viel Zeit. Wo sind nur meine Sachen ...?« Er rutschte von der Liege und fühlte schon die kalten Fliesen unter seinen nackten Füßen, da rauschte der Vorhang wieder zurück.

»Herr Bessert! Legen Sie sich sofort wieder hin!«

Woher kam sie, diese Stimme? Die verdammten Wandschirme verdeckten ihm die Sicht. Man musste seinen Gegner doch sehen, wenn man ihm entkommen wollte ...

Der Schweiß schoss ihm aus allen Poren, die Knie knickten ihm ein. Er wollte wieder zurück auf die Liege, doch ihm fehlte die Kraft. Stattdessen klatschte er auf den Boden. Es wurde wieder dunkel.

»Flori? Ganz ruhig, ich bin da.«

»Ane?« Er öffnete mühsam die Augen. »Julia!«

Sie lächelte ihm zu. »Wir sind alle da«, sagte sie, »Billa und Thorben und ich. Die vom Krankenhaus haben uns angerufen.« Sie strich ihm über die Stirn. Er spürte das Zittern ihrer Hand und versuchte sich aufzurichten.

»Nicht doch, nicht so schnell.« Sanft drückte sie ihn auf sein Kissen zurück. »Die Ärztin hat dir eine Vollnarkose gegeben. Du musst erst noch richtig zu dir kommen.«

»Papa?« Thorben sah verweint aus, sein kleines Gesicht war voll greisenhafter Sorge. Julia nahm ihn auf den Schoß. Neben ihr stand Billa und blickte mit der gleichen Leichenbittermiene zu ihm auf.

»Was ist denn bloß passiert, Flori?«, fragte Julia. »Wer macht denn so was mit dir?«

Er sah, wie sehr sie sich bemühte, nicht zu weinen. Trotzdem liefen ihr zwei Tränen über die Wangen. Was sollte er ihr sagen? Konnte er überhaupt etwas sagen? Sicher nicht im Beisein der Kinder.

»Ich kannte die Typen nicht«, sagte er rau. Das war wenigstens nicht gelogen. »Sie haben mich im Parkhaus überfallen.«

»Aber warum denn nur?«

Er schüttelte den Kopf, drehte das Gesicht zur Wand. Das war der schlimmste Tag seines Lebens, und wenn er sich heute keine Lösung einfallen ließ, die er morgen umsetzen konnte, würde es übermorgen noch viel, viel schlimmer werden. Die kannten seine Frau und seine Kinder mit Namen. Die wussten alles von ihm. Und die kannten keine Gnade, so viel war klar.

Er spürte, wie sie seine gesunde Hand nahm und an ihre nasse Wange drückte. »Aber wenn etwas wäre, Flori ...«

Jetzt wandte er ihr doch wieder das Gesicht zu.

»... wenn du wüsstest, wer das getan hat, dann würdest du es mir sagen, oder?« Ihr Blick war durchdringend und forschend. Er erkannte darin nicht das Vertrauen, das er sich von ihr gewünscht hätte, sondern bange Unsicherheit.

»Hast du der Polizei alles gesagt, was du weißt?«, fragte sie leise.

Er sah sie lange an. Dann schüttelte er kaum merklich den Kopf. Die Kinder sollten es nicht mitbekommen.

Ärgerlich genug, dass die vom Krankenhaus gleich die Polizei gerufen hatten, nachdem er sich selbst eingeliefert hatte. Sobald er aus der Narkose erwacht war, hatte eine Zivilpolizistin ein Gespräch mit ihm geführt. Dieselben Fragen: Ob er die Männer gekannt habe, die ihn überfallen hatten. – Nein, hatte er nicht. Ob sie ihm etwas gestohlen hätten? – Ja, Champagner und Kaviar. Kein Geld, keinen Schmuck und auch sein Auto nicht. Ob sie Forderungen an ihn gestellt hätten? – Nein, keine Forderungen.

Florian war sich nicht sicher gewesen, ob sie ihm die letzte Aussage geglaubt hatte, denn sie hatte noch ein zweites Mal nachgefragt. Ob er persönliche Feinde habe, hatte sie wissen wollen. Menschen, denen er eine solche Tat zutraue. – Nein ... ja, doch ... vielleicht. Er hatte die Achseln gezuckt. Sie hatte genickt. Es war ihm so vorgekommen, als hätte sie einige Erfahrung in ihrem Sachgebiet.

Julia schaute ihn immer noch so forschend an. »Wirst du's mir sagen?«, fragte sie noch leiser.

Wieder schüttelte er fast unmerklich den Kopf.

Pasow schnaufte zufrieden. Gleich nach der Tagesschau hatte er noch einmal die neue Beleuchtung auf dem Dachboden kontrolliert, die er heute montiert hatte. Damit war schon mal der erste Punkt auf der Wunschliste der Hausverwalterin erledigt: helleres Licht zum Wäsche aufhängen. Gestern Vormittag hatte er die neuen Strahler gekauft, sogar mit Zeitschaltung. Dadurch konnte man jetzt auch sehr gut erkennen, dass es da oben nicht die geringste Spur von Wurmbefall im Dachgebälk gab. Das war ihm wichtig. Die konnten jetzt jederzeit wiederkommen und sich das angucken. Ihm wäre es nur recht.

Er knipste das Licht im Hausflur an.

Irgendwo unter ihm klappte eine Wohnungstür. Pasow schob seine Plauze zum Treppengeländer und spähte nach unten, konnte aber nichts erkennen. Irgendetwas schleifte über den Boden, und er hörte ein unterdrücktes Schluchzen. Jetzt wurde er richtig neugierig.

Jemand fuhr mit dem Aufzug nach unten. Pasow hastete die Treppen hinunter. Auf der Treppe zwischen dem ersten und dem zweiten Stockwerk hörte er, wie die Aufzugtür sich öffnete. Dann wieder das schleifende Geräusch, das Öffnen der Hoftüren, das Klappen eines Mülltonnendeckels. Pasow galoppierte weiter.

Keuchend erreichte er den Hinterhof. Seine Zigarre hatte in der Hektik einen Knick bekommen. Wie hatte das geschehen können? Er würde sie in zwei Teilen rauchen müssen. Aber sein Gefühl hatte ihn nicht getrogen: Noch bevor er die Lazar bei den schneebemützten Mülltonnen entdeckte, hörte er schon ihr irres Kichern. Sie weinte und lachte gleichzeitig, stand neben einem Plastiksack und hielt ein brennendes Buch über die Papiermülltonne. Im Feuerschein glänzte ihr verzerrtes Gesicht orange wie eine Teufelsfratze, während sie unverständliches Zeug vor sich hin schwafelte.

Pasow wurde es angst und bange. »Mensch, Frau Lazar! Sie dürfen doch hier keen offenet Feuer machen!« Er schwitzte trotz der kalten Winterluft. Die Lazar reagierte nicht.

»Wenn Se nich damit uffhören, muss ick handgreiflich werden!«, drohte er. Nicht auszudenken, dass die verrückte Alte ihm die Kunststofftonne in Brand setzte! Die Rauchentwicklung würde ihm die ganze frisch gestrichene Hauswand versauen!

Da hatte sie auch schon ein zweites Buch an dem ersten entzündet. Wie eine Freiheitsstatue mit zwei Fackeln stand sie vor ihm und musterte ihn grimmig.

»Jetzt reicht's aber!«, fuhr er sie an und stürzte auf sie zu. »Wo et doch jrade heute so windig is. Sie wern uns noch det janze Haus abfackeln!« Als er die Arme nach den brennenden Büchern ausstreckte, ließ sie sie einfach fallen. Pasow hielt entsetzt die

Luft an. Aber die Bücher landeten nicht im Papiermüll, sondern auf dem Boden. Noch einmal Glück gehabt! Pasow keuchte.

Die Lazar griff wieder in die Tüte. Diesmal zog sie eine Illustrierte daraus hervor und hielt sie in die Flammen, die vom Boden aufloderten. Das Papier fing sehr schnell Feuer.

»Schluss jetzt!«, brüllte Pasow und packte sie am Arm.

»Gehen sie weg!«, kreischte die Lazar. »Oder ich verbrenne Ihnen Ihr Bulldoggengesicht!« Mit der lodernden Zeitschrift fuchtelte sie ihm vor der Nase herum. Er duckte sich. Sie trat nach ihm. Trotzdem gelang es ihm mit einiger Mühe, den vollen Sack aus ihrer Reichweite zu zerren. Sie kam ihm nach und griff ihn wieder mit der Zeitschrift an. Die Hitze des Feuers kam ihm bedrohlich nahe. Er roch Verbranntes, begriff aber schnell, dass der Geruch von ihr kam. Anscheinend hatte sie sich die eigenen Haare angesengt.

»Mensch, machen Se keen Quatsch! Ich tu Ihnen doch nüscht.«

»Lassen Sie mich an mein Eigentum!«

Der schrille Ton und das hoch auflodernde Papier in ihrer Hand machten ihm jetzt doch Angst. Trotzdem zerrte er den Sack mit sich, während er geduckt vor ihr zurückwich, Schritt für Schritt, immer weiter. Bis er plötzlich die Hauswand im Rücken hatte. Hier war der Fluchtweg zu Ende.

»Mein Eigentum, Herr Pasow!«, kreischte sie.

Mit Entsetzen starrte er in ihr vom Wahnsinn entstelltes Gesicht. Sie keifte fürchterlich, stieß weiter mit der Zeitschrift nach ihm, nur dass er ihr jetzt nicht mehr ausweichen konnte. Er wusste sich nicht mehr zu helfen. Also ballte er die Faust und schlug ihr auf die Hand, die die Waffe führte. Das brennende Papier flog hoch in die Luft. Die Lazar brüllte wie ein Tier, und Pasow duckte sich, damit er den Funkenflug nicht abbekam. »Hören Se jetzt uff, Frau Lazar! Zwingen Se mich nich, Ihnen Jewalt anzutun!«

»Ich kratz dir die Augen aus, du Fettwanst! Gib mir den Sack!«

»Kommt jar nich in Frage!« Er trat gegen die prall gefüllte Plastikhülle. Der Sack kippte um, und weitere Bücher fielen heraus. Pasow riskierte einen Blick darauf.

In diesem Moment schlug die Lazar ihre Fingernägel in seine Wange. Ein heftiger Schmerz durchzuckte ihn. Er schmetterte ihre Hand weg und verpasste der Frau eine saftige Ohrfeige.

Die Lazar verlor das Gleichgewicht und fiel hin. Wimmernd lag sie auf dem nassen Boden, rappelte sich mühsam wieder auf und starrte ihn an. »Du Satan sollst zur Hölle fahren!« Ihre Stimme überschlug sich. »Ja, zur Hölle, du Satan!«

Pasow lief eine Gänsehaut über den Rücken.

Sie wandte sich ab und stolzierte hoch erhobenen Hauptes zum Hauseingang.

»Aber Frau Lazar«, rief er ihr nach. »Mit so'm Feuer is nich zu spaßen. Det hätte Menschenleben kosten können ...« Er presste sich die Hand an die blutende Wange und starrte ihr nach.

Dann trat er die brennenden Bücher aus.

»Reicht et denn nich, wenn man den Müll einfach inne Tonne wirft?«, brummte er vor sich hin und packte den Plastiksack. »Muss man da so 'n Drama draus machen?« Er wollte den Inhalt in die Papiertonne entleeren, da fiel sein Blick auf die Fotoalben. Warum wollte die Lazar die verbrennen? Er nahm eines der Alben und begann zu blättern. »Det jibt et doch wohl nich«, murmelte er. »Det hätt ick ooch nich jegloobt, wenn mir det eener jesacht hätte. Mensch, wat mach ick denn jetzt bloß damit?«

Normalerweise hätte er sich jetzt zum Nachdenken erst mal eine Zigarre angezündet. Aber die Ereignisse hatten ihm die Lust auf etwas Brennendes gründlich verdorben.

13

Sascha hatte fast die ganze Nacht vor der Glotze abgehangen und seinen Verflossenen nachgetrauert. Aber zuletzt hatte er sich für einen Neuanfang entschieden. Erst hatte er gründlich ausgeschlafen, danach etwas Gesundes gegessen. Knäckebrot mit frischen Sprossen: Mungobohnenkeimlinge, Alfalfa und Brunnenkresse, selbst gezogen in seinem kleinen Pflanzenparadies auf der Küchenfensterbank. Dafür hatten die Bullen sich nicht interessiert.

Das gibt ordentlich Tinte auf dem Füller, dachte er. Aber was nützte einem die beste Tinte auf dem besten Füller, wenn man niemanden hatte, an den man schreiben konnte. Julia hatte ihn abserviert. Sandra wollte kaum mehr mit ihm reden. Er würde rausgehen müssen, um sich ein frisches Mädel aufzureißen. Dabei hatte er es in den letzten Monaten so praktisch gefunden, dass sie einfach zu ihm in die Bude kamen und sich bedienen ließen.

Er brachte seinen Teller zurück in die Küche.

Als nächstes öffnete er den Wäschepuff und verzog angesichts des Geruchs, der ihm daraus entgegenströmte, das Gesicht.

»Halligalli, ich sollte öfter mal waschen.«

Er wühlte verschwitzte T-Shirts, Unterwäsche und Socken heraus und warf sie auf den Boden. Dann fiel ihm eine Unterhose in die Hand, deren Rückseite ein brauner Bremsstreifen von beachtlicher Größe zierte. »Echt genial, Sascha. Da würde wirklich niemand freiwillig suchen!« Aus der Hose wickelte er ein Knäuel Sportsocken und förderte daraus schließlich ein Päckchen zutage, das mit Alufolie umwickelt war: Sein letztes Piece grüner Türke, das er sich vom letzten Unterhaltsscheck seines Vaters gegönnt hatte. Genau das Richtige für den geplanten Neuanfang.

Er setzte sich aufs Sofa, bastelte mit größter Sorgfalt eine perfekte Dreiblatttüte, befeuchtete leicht die Spitze und zündete das Ding an. Dann nahm er einen tiefen Zug, ließ sich ins Sofa abgleiten und hielt ein paar Sekunden den Atem an. Schön.

Plötzlich stand ihm der Sinn nach frischer Luft, also öffnete er das Fenster. Er lehnte sich hinaus und atmete die klare Kälte ein.

Es war gar nicht unangenehm, weil die Dezembersonne schien. Er überlegte, wie es sich wohl anfühlte, aus dem Fenster zu springen. Unten vor dem Hauseingang parkte gerade das Mazda-Cabrio von Karla und Mechthild ein. Mit offenem Verdeck, um diese Jahreszeit! Beide mit Kopftuch. Sascha wusste, dass sie das manchmal machten, wenn sie ein gutes Geschäft abgeschlossen hatten. Aber musste man seine Neigungen so hinauskehren? Die beiden machten keine Anstalten auszusteigen, sondern knutschten ungeniert im Auto herum. »Hallo! Schaut alle her, ich bin lesbisch!«

»Bist du nicht!«, rief Karla, die plötzlich zu ihm hochschaute.

Hatte er so laut gesprochen? »Nein, bin ich nicht. Kommt doch auf ein Stößchen zu mir hoch. Das Paradies wartet im dritten Stock.« Erwartungsgemäß waren sie von seiner Einladung nicht begeistert.

»Du kannst uns mal!«, schnaubte Mechthild.

»Gerne. Ihr werdet's nicht bereuen!«, rief er zurück.

Sie zeigte ihm den Stinkefinger. Das machte ihn jedes Mal an. Er sah zu, wie sie das Verdeck schlossen und aus dem Auto stiegen. Als sie dann Arm in Arm ins Haus gingen, knutschten sie immer noch demonstrativ. Er hielt es kaum noch aus, stellte sich vor, wie sie sich, kaum dass sie die Wohnung betreten hatten, schon gegenseitig die Klamotten runterrissen und ins Schlafzimmer stürzten. Das war seine Chance! Diesmal musste es einfach klappen.

In seinem eigenen Schlafzimmer holte er die Spezialkonstruktion unter dem Bett hervor und öffnete das Fenster. Zuerst versuchte er, einfach so hinunterzuschauen, doch die mächtige Erektion, die sich bei ihm eingestellt hatte, hinderte ihn daran, näher an den Heizkörper zu treten. Er holte die Fußbank aus der Küche, platzierte sie vor das Fenster und stellte sich darauf. Langsam ließ er die Konstruktion hinunter – und das Glück war auf seiner Seite. Sie hatten zum Lüften das Fenster aufgemacht. Im Spiegel sah er das französische Bett mit den schwarzen Laken. Leider lag niemand darin, aber das konnte sich ja noch ändern. Und neben dem Bett die Skulptur, die er neulich schon mal kurz gesehen hatte. Er drehte den Spiegel ein paarmal hin und her, aber der Raum war offensichtlich leer.

»Oh nein, wer klingelt denn jetzt?« Sandra klemmte sich die lose Haarsträhne hinters Ohr und schaute durch den Spion. Es war Pasow. Der hatte ihr gerade noch gefehlt! Sie öffnete die Tür einen Spalt.

»Tach, Sandra. Räumste die Bude leer?« Er deutete auf die prall gefüllten Kleidersäcke, die sie bereits vor die Tür gestellt hatte. »Ick hab dir wat mitjebracht. Kann ick ma eben?« Er schob sich an ihr vorbei in die Wohnung. »Danke. Mach ruhig die Türe wieder zu.«

Bevor sie antworten konnte, drückte er ihr zwei Fotoalben in die Hand. »Det is janz heiße Ware. Da wirste staunen.«

»Ich hab eigentlich gar keine Zeit ...«

»Doch, haste.« Er fasste sie bei den Schultern und bugsierte sie sanft aber bestimmend in Richtung Wohnzimmer, drückte sie auf die Couch und pflanzte sich zielsicher daneben. Sandra wollte protestieren, aber Pasow ließ sie nicht zu Wort kommen. »Keene Angst, ick tu dir nüscht. War öfter bei deiner Mutter hier, deshalb kenn ick mich aus. Na ja, so 'n Hausmeister hilft, wo er kann, und so 'ne Witwe wie deine Mutter ...«

»Stopp! Jetzt ich!«, fuhr Sandra dazwischen. »Was fällt Ihnen denn ein, mich so zu überfallen? Das ist Hausfriedensbruch! Ich könnte Sie anzeigen!« Empört knallte sie die Fotoalben auf den Tisch.

»Nu mal schön langsam, junge Dame!« Pasow war mindestens ebenso entrüstet. »Kiek doch erst mal rin in die Dinger, und denn reden wa weiter.«

Sandra hielt einen Moment inne. »Gut«, sagte sie. »Was ist das?« Und als sie die Alben erkannte: »Wo haben Sie die her?

»Die Lazar wollt se verbrennen.«

Sandra klappte das erste Album auf und gleich wieder zu. »Das geht mich nichts an, Herr Pasow.« Schließlich konnte sie ihm nicht sagen, dass sie darin bereits geblättert hatte.

»Ick gloobe doch«, widersprach er. »Wenigstens det eene hier ...« Er nahm ihr das Album aus der Hand und blätterte darin.

Wieder sah sie die lachenden Gesichter, Seite für Seite, der Vater mit seiner strahlenden Geliebten. Da hörte Pasow auf zu blättern, griff nach einem Foto. Sandra stockte der Atem.

Das Bild ihres Vaters war fast bis zur Unkenntlichkeit zerstört, als wäre es mit einer Nadel zigfach zerstochen und zerkratzt worden. Darunter war eine Fläche von mehreren Zentimetern Breite, und darauf in krakeliger Handschrift: »Wenn du mich verstößt, werde ich dich auch verstoßen ... stoßen ... stoßen ... Und ich habe es getan! Wenn ich dich nicht haben kann, soll dich keine haben!«

Sandra zog scharf die Luft ein. Ihr Vater war in der Brenta in den Abgrund gestürzt – oder gestoßen worden.

»Det is harter Tobak, wa?«, fragte Pasow. »Det kannste anzeigen, wenn de unbedingt wat anzeigen willst. Von wejen Hausfriedensbruch!«

Karla zwinkerte Mechthild zu und legte den Zeigefinger auf die gespitzten Lippen. Mit der anderen Hand deutete sie zum Fenster. Da hing doch tatsächlich wieder dieser Spiegel und lugte wie ein glitzerndes Auge in ihr Schlafzimmer.

Während Mechthild noch überlegte, ob sie lachen oder auf den Blödmann da oben fluchen sollte, glitt Karla katzengleich zum Fenster. Blitzschnell streckte sie den Arm aus, griff nach dem Spiegel und zog daran. »Erwischt!«, rief sie nach oben. »Denkst du, wir sehen das Ding nicht? Hältst du uns für so bescheuert?«

Mechthild konnte das Lachen nicht länger unterdrücken. »Dieser kleine Wichser ist wirklich total am Ende. Dem werde ich demnächst mal ein paar Takte erzäh ...«

Da flog ein Schatten am Fenster vorbei, und Mechthild stockte der Atem. Ein Schatten mit Armen und Beinen.

Karla kippte zuerst nach hinten. Mechthild sah, wie sie vor Schreck Augen, Mund und Nase aufriss. Dann fing sie sich und klappte vornüber, beugte sich mit ausgestreckten Armen aus dem Fenster. Erst danach kam der Schrei: »Sascha!«

Von unten ertönten gleichzeitig mehrere andere Schreie. Mechthild lief es eiskalt über den Rücken. Mit einem Satz war sie neben Karla und blickte hinunter in den Hof. Dort hing Saschas regloser Körper. Der Eisenzaun neben dem Kellereingang hatte ihn aufgespießt.

Mechthild bewegte ihren Kopf wie in Zeitlupe. Sie sah Karlas aufgerissenen Mund und die vor Entsetzen geweiteten Augen. Hörte ein Röcheln, das aus Karlas Kehle drang. Ihre Augen wurden immer größer, das Röcheln klang wie Ersticken.

»Du musst atmen, Karla!«, stieß sie, selbst völlig atemlos, hervor. »Los! Atme! Atme!!«

Karla war kalkweiß, klappte bloß den Mund auf und zu. Es sah aus, als würde sie gleich ohnmächtig.

»Du sollst atmen, verdammte Scheiße!« Mechthild wusste nicht, was sie tun sollte. Sie streckte die Arme nach Karla aus, drückte sie an sich. »Karla! Reiß dich doch zusammen ...« Es war kein Befehl, sondern beinahe ein Flehen. In ihrer Umarmung begann Karla zu zittern. Ihr zarter Körper flatterte wie der Leib eines kleinen Vogels.

»Das wollte ich nicht«, flüsterte sie.

»Nein, natürlich wolltest du das nicht«, sagte Mechthild und streichelte Karlas Schulter. »Es war ein Unfall.«

»Nein, war es nicht.« Karla begann zu wimmern. »Ich hab ihn umgebracht, Mechthild. Lass mich los.«

Aber Mechthild wollte sie festhalten, sie stützen und trösten.

Karla stieß sie weg. »Ich hab ihn umgebracht!« Sie begann, mit den Fäusten um sich zu schlagen, boxte blindlings drauflos.

Mechthild steckte die Schläge ein. »Hör auf damit! Das hilft doch nichts!« Sie umklammerte Karlas Handgelenke. Die riss sich los und wollte wieder zum Fenster. Doch Mechthild kam ihr zuvor, machte es zu und stellte sich Karla in den Weg. »Okay, dann schlag mich!«

Karla stürzte sich wie eine Furie auf sie. Mechthild fing sie mit ausgebreiteten Armen auf. Um Himmels willen, ich muss mit ihr reden, dachte Mechthild, muss sie beruhigen, muss Hilfe holen!

»Es war ein Unfall«, sagte sie wieder. »Er ist selbst schuld, wenn er sich da oben aus dem Fenster lehnt.« Verzweifelt drückte sie Karla an sich. Auch ihr liefen inzwischen die Tränen übers Gesicht. Sie wiegte die Freundin wie ein Baby hin und her. »Beruhige dich, bitte, Karla, bitte, bitte, bitte ...«

Doch Karla ließ sich nicht beruhigen. Wie eine Besessene rannte sie zur Wohnungstür, stürzte hinaus in den Hausflur und hämmerte auf den Fahrstuhlknopf. Mechthild wunderte sich, warum sie nicht zu Fuß hinunterlief, aber sie schwieg. Der Aufzug gab ihr Aufschub zum Nachdenken. Lieber Gott, lass die Besserts zu Hause sein, ich schaffe das hier nicht allein!

Erst klingelte sie bei den Nachbarn, dann klopfte sie. »Frau Bessert? Sind Sie da? Es ist ein Unfall passiert! Machen Sie doch bitte auf ...«

Pasow hörte das Geschrei im Hausflur und seufzte. »Wat is nu schon wieder los?« Schwerfällig erhob er sich vom Sofa. »Tut mir leid, Sandra. Ick muss nachgucken, ick bin ja hier verantwortlich.«

Sie nickte, blieb aber sitzen. Das zerstochene Foto in ihrer Hand zitterte. »Das ist Frau Kaminsky, die da schreit«, murmelte sie.

Als Pasow in den Hausflur trat, hörte er unten im Hof auch den alten Heuer herumbrüllen. Außerdem war da noch eine zweite, hellere Stimme. »Sind se denn jetzt alle verrückt jeworden?«, brummte er kopfschüttelnd. »Dann isset wichtig, det wenigstens eener seinen klaren Kopf behält.« Er zog das Feuerzeug heraus, zündete seinen Zigarrenstumpen an und stieg gewichtigen Schrittes die Treppe hinunter.

Drei Frauen starrten ihm mit großen Augen entgegen. Die Kaminsky hielt die Schubert fest umschlungen. Die Bessert hatte ihr Handy in der Hand.

»Und? Wat is passiert?«, fragte Pasow streng und paffte eine Qualmwolke in die Luft.

Die drei schauten zu ihm auf wie waidwunde Rehe.

»Ich ... also ... ich rufe gerade den Notarzt«, erklärte die Bessert mit so dünner Stimme, dass er sie kaum verstand.

»Aha.« Pasow runzelte die Stirn. »Is Ihnen nich jut, Frau Schubert?« Aber er bekam keine Antwort. Sie schauten und schwiegen. Er seufzte. Da ging das Geschrei im Hof wieder los, das kam ihm gerade recht.

»Sie entschuldigen, ick muss da wohl ma runter ...«

Vor den Briefkästen kam ihm Heuer entgegen. »Wir müssen die Leute fernhalten, Pasow! Vielleicht können wir absperren ...«

»Wie absperren? Wat denn absperren?«

»Ich dachte zuerst, da hätte einer seinen Müllsack aus dem Fenster geworfen ...«

»Müllsack?« Pasow dachte an die Kleidersäcke, die bei Sandra vor der Tür standen. »Na, det is ja nich die feine englische Art.«

Heuer schüttelte heftig den Kopf. »Es war aber kein Müllsack. Am besten, Sie nehmen die Situation erst mal in Augenschein«, riet er.

»Wat denn, nu also doch keen Müllsack?«, fragte Pasow. »Ick verstehe immer nur Bahnhof und Kofferklauen.« Er tippte sich an die Stirn und stapfte heftig qualmend an Heuer vorbei.

»Der Notarzt ist schon verständigt«, hörte er den Alten hinter sich sagen. »Aber ich fürchte ...«

»Ach, du je!« Jetzt sah Pasow den Körper auf dem Zaun. Zwei eiserne Spitzen ragten aus Brust und Unterleib. Die Augen standen offen, der Blick war gebrochen. Man sah gleich, dass er tot war.

»Nee, det is keen Müllsack, det is ja unser Sascha ...« Pasow versagte die Stimme. Er spürte plötzlich seinen Magen, der seine letzte Mahlzeit retourschicken wollte. Hastig riss er sich die Zigarre aus dem Mund, es kam dann aber doch nichts.

»Die Polizei ist unterwegs!«, rief jemand, und Pasow erkannte die Frauenstimme, die er eben schon gehört hatte.

»Jeh'n Se rin, Frau Heuer! Det ist keen schöner Anblick.«

»Das weiß ich bereits, Herr Pasow«, gab sie zurück.

»Hat denn eener jesehen, wie et passiert is?«, wandte er sich an Heuer. Der schüttelte den Kopf. »Ich habe nur den Aufprall gehört.«

Pasow straffte den Rücken und trat dichter an den Toten heran. Die Arme und Beine hingen schlaff nach unten, aber der Kopf war ein wenig angewinkelt. Es sah fast so aus, als würde Sascha gleich den Oberkörper aufrichten, um an sich hinunterzusehen.

»Nee, so sollte keener enden.« Pasow musste sich räuspern, weil seine Stimme so belegt war. »Wenn de ooch 'n Spinner warst, Sascha Wolf. So nich.« Er trat einen Schritt zur Seite, betrachtete das schreckliche Bild aus einem anderen Blickwinkel. Plötzlich stutzte er, kniff die Augen zusammen. »Wat is 'n ditte?! Seh ick det richtig? Hat der die Hosen offen?!« Tatsächlich hatte er weit mehr als das entdeckt. Aus dieser neuen Perspektive sah es so aus, als ranke sich Saschas männlichstes Körperteil an einem der Eisenstäbe hinauf. Pasow schüttelte fassungslos den Kopf. »Na, aber ... nee! Wir können den armen Kerl doch nich so hängen lassen! Wat sagen Sie, Heuer? Det jeht doch nich!«

Heuer kam ein paar Schritte näher. »Was meinen Sie denn damit?«, erkundigte er sich mit ahnungsvoller Miene.

»Na, ick hole meine Flex, und denn schneiden wa ihn da runter!«, verkündete Pasow. »Det ham wa gleich.« Er pflanzte den Zigarrenstumpen wieder in den Mundwinkel und rieb sich voller Tatendrang die Hände. »Für solche Notfälle bin ick jut ausjerüstet.« Er wollte schon losmarschieren, um das entsprechende Werkzeug herbeizuschaffen, da packte ihn Heuer am Ärmel.

»Das werden Sie nicht tun!« Seine brüchige Stimme überschlug sich vor Aufregung. »Sie rühren hier nichts an, bis die Polizei da ist!«

Pasow machte schmale Augen und paffte heftig an seiner Zigarre. »Na, denn legen wa ihm wenigstens 'ne Decke über.«

»Um Himmels willen!«, stöhnte Heuer.

Als Marthe Finck vom Gassigehen zurückkam, sah sie schon von weitem den Notarztwagen und die beiden Polizeiautos vor der Haustür. »Ja, was ist das denn, Paisylein?«, wandte sie sich an ihre vierbeinige Begleiterin. »Da wird doch nicht schon wieder was passiert sein? Komm mal her, ich nehme dich an die Leine.«

Aber Paisy wollte nicht angeleint werden. Sie rannte voraus und preschte durch die weit offen stehende Eingangstür. Marthe hatte Mühe, ihr zu folgen. »Jetzt wart doch mal, du kleiner Sausewind! Das ist aber nicht nett, die arme Mutti so abzuhängen. Wo bist du denn? Ach, Paisylein, wir wollen doch nicht in den Hof ...« Vom schnellen Laufen war sie schon ganz außer Atem. Im Eilschritt durchquerte sie den Hausflur und ließ sich auch von den Uniformierten an der Hoftür nicht abhalten. »Ich will nur meinen Hund einfangen, bin gleich wieder weg.«

»Aber Sie können hier nicht einfach ...«

Marthe sah Hände, die nach ihr greifen wollten. »Nur einen Augenblick«, rief sie und wieselte weiter, als ginge es darum, dem Hund das Leben zu retten. »Paisy, mein Mausepuffi, du bist aber auch immer so ungezogen! Was machst du denn schon wieder? Das ist doch nichts für dich!« Da war ein Fleck auf dem Boden, dicht neben dem Eingang zum Fahrradkeller, irgendetwas Bräunliches, das Paisy mit ihrer flinken kleinen Zunge aufschleckte. »Nicht doch! Paisy! Das ist babapfui!« Sie wollte nach dem Hund greifen, doch der machte sich mit einem tollkühnen Satz davon.

Ein Polizist fing Paisy ein und drückte sie zu Boden. Das Hündchen winselte leise. Doch Marthe Finck schrie wie in Schmerzen. »Oh, bitte tun sie ihr nicht weh! Sie ist verletzt! Sie blutet ja!«

Im selben Augenblick wurde oben im ersten Stock ein Fenster aufgerissen. »Du großer Gott, was habe ich getan!«, schrie die Lazar, und alle Blicke richteten sich auf sie.

Nur Marthe nutzte die Gelegenheit. Sie stürzte sich auf ihren Hund. »Geben Sie her! Ich mach das schon. Ach, das arme Baby ...« Sie zog ein spitzenumhäkeltes Taschentuch aus der Manteltasche, wischte Paisy die Schnauze sauber und wiegte sie in ihren Armen. Erst jetzt bemerkte sie den abgedeckten Körper, der mitten im Hof auf einer Bahre lag. »Wer ist denn das ...?« Es war nur ein Flüstern mit weit aufgerissenen Augen.

»Wolfgang!«, kreischte die Lazar. »Ich wollte das nicht! Es tut mir so leid!« Sie kletterte auf die Fensterbank, stand nun mit weit ausgebreiteten Armen draußen vor dem Fensterkreuz und schüttelte ihr wirres graues Haar. »Buße will ich tun! Mein Leben für deines ...«

»Frau Lazar?« Pasow hatte die Hände vor dem Mund zu einem Trichter geformt. »Jetzt machen Se doch keen Quatsch! Komm Se da runter! Det is nich Wolfgang hier, det is Sascha.«

Sie schien ihn gar nicht wahrzunehmen. Man sah von unten, dass sie immer noch sprach, aber so leise, dass keine Worte zu verstehen waren. Jetzt fuhr sie sich mit der Hand an die Stirn und von da zur Brust, sie schlug ein Kreuz und richtete den Blick zum Himmel, aus dem schon wieder erste Schneeflocken rieselten.

Sie sprang fast wie in Zeitlupe.

Alle schrien auf vor Schreck. Dann war es still, und einer sagte: »Scheiße.« Das war Pasow.

Marthe wandte den Blick ab. In der Tür zum Hof lehnte Sandra und sah aus, als würde sie gleich umfallen. Einer der Uniformierten stützte sie. Marthe vergrub ihre Nase hinter Paisys weichen Ohren. »Komm, mein Baby«, flüsterte sie. »Das musst du nicht länger mit ansehen.

Karla lag auf dem Sofa, die Augen geschlossen, die Hände auf dem Bauch gefaltet. Mechthild hatte sie zugedeckt.

»Ich hab dir einen Kamillentee gemacht.« Sie stellte die Tasse auf den Couchtisch und ließ sich neben der Freundin auf der Sofakante nieder. »Komm, trink. Ich weiß nicht, ob das hilft, aber ...« Sie streichelte Karlas Hände.

»Lass mich einfach in Ruhe«, sagte Karla, die Augen immer noch geschlossen. »Ich kann nicht mehr.«

»Aber ich bin doch für dich da.«

»Heute nicht. Lass mich einfach hier liegen.«

»Wie du willst«, nickte Mechthild, aber die Worte gingen ihr wie ein Stich durchs Herz. »Der Tee steht hier auf dem Tisch.«

»Scheiß auf den Tee«, sagte Karla.

Es klingelte. »Das wird die Polizei sein«, sagte Mechthild und ging zur Tür. Draußen stand derselbe Kommissar, der sie schon nach dem Tod von Christa Kerner befragt hatte.

»Guten Tag, Frau ...?«

»Kaminsky.«

»Ich führe Befragungen zur Klärung des Unfallhergangs durch«, erklärte er förmlich. »Dürfte ich mir mal das Fenster ansehen, das unterhalb der Absturzstelle liegt?«

»Unterhalb ... was?« Sie schaute ratlos, runzelte die Stirn.

»Ihr Schlafzimmerfenster.«

»Was soll damit sein?« Es klang schärfer als beabsichtigt. Aber hier ging es um Karla, hier ging es ums Ganze! Wenn nötig, würde sie dafür kämpfen wie eine Löwin.

»Bitte zeigen Sie mir Ihr Schlafzimmerfenster«, verlangte Korn.

»Warum?«

»Die Spurensicherung hat ihre Arbeit aufgenommen. Und ein Hinweis führte mich zu Ihnen.« Jetzt setzte er unaufgefordert seinen Fuß über die Schwelle, aber Mechthild wich nicht zur Seite.

»Meiner Freundin geht es nicht gut«, wandte sie ein. »Sie hat einen Schock und braucht dringend Ruhe.«

»Dafür habe ich vollstes Verständnis«, erklärte er und trat nun ganz in den Flur. »Aber alle Spuren müssen zeitnah gesichert werden, und wenn das in Ihrem Beisein nicht möglich sein sollte ...«

»Na, kommen Sie schon herein«, seufzte Mechthild. »Das Schlafzimmer ist hier.« Sie zeigte ihm die Tür.

»Schön haben Sie's hier ...« Korn ließ seinen Blick über die Gemälde wandern. Sie betraten das Schlafzimmer. Mechthild schaltete das Licht ein. »Da ist das Fenster.«

Korn nickte. »Sie haben wirklich einen exquisiten Geschmack«, lobte er. »Ich kenne mich mit Kunst ein bisschen aus. Also wirklich, alle Achtung!« Er nickte ihr lächelnd zu, zog die Gardine zurück und nahm das Fenster in Augenschein, öffnete es und beugte sich hinaus.

»Danke, Frau Kaminsky.« Wieder dieses Lächeln. »Jetzt möchte ich nur noch kurz mit Ihrer Lebenspartnerin reden.«

»Karla ist im Wohnzimmer.«

»Dann gehen wir rüber?« Es war eine Aufforderung, keine Frage. Er ließ sie vorangehen.

»Wir haben Besuch«, sagte Mechthild. »Es ist Kommissar Korn.«

Karla richtete sich auf. Nun saß sie im Schneidersitz, die Decke bis unters Kinn gezogen. »Nehmen Sie doch Platz«, sagte sie tonlos. »Ich glaube, ich habe etwas zu beichten.«

Es war Mechthild, die daraufhin scharf die Luft einzog.

Korn setzte sich. »Soweit wir den Unfallhergang rekonstruieren konnten, hat Sascha Wolf mit Hilfe eines verlängerten Spiegels in dieses Zimmer geschaut ...«

Mechthild hob den Kopf. Hatte sie richtig gehört? Hatte er gerade Unfall gesagt? Sie hörte Karla aufschluchzen, sah, wie sie die Hände vors Gesicht schlug und in sich zusammensank. »Ach, Karla ...« Sie ließ sich aufs Sofa sinken und legte der Freundin den Arm um die Schultern. »Hast du nicht gehört, was er gesagt hat?

Es war ein Unfall. Du kannst nichts dafür. Der Kerl hat uns beobachtet, und du hast nur kurz an diesem verdammten Spiegel gezogen.«

Sie wandte sich an Korn. »Es war der Spiegel, der runterfallen sollte«, beteuerte sie. »Nicht Sascha. Das kann ich bezeugen.«

Korn hob die Augenbrauen und nickte bedächtig. »Ich muss Sie trotzdem festnehmen«, sagte er. »Beide. Bitte ziehen Sie sich an.«

»Aber wieso denn?«, fuhr Mechthild auf. »Sie haben doch selbst gesagt, dass es ein Unfall war! Sie haben doch ...«

»Ihre Wohnung«, sagte Korn, jetzt noch bedächtiger. »Zuerst habe ich nur den Kandinsky im Flur wiedererkannt. Aber dazu kommt das eine oder andere Stück im Schlafzimmer, und hier diese Statue ...« Er deutete auf die kleine Tänzerin. »Ihre Wohnung ist voller Diebesgut.«

14

Florian hantierte umständlich mit den Scheinen, als er den Taxifahrer bezahlte. Mit einer Hand war das alles gar nicht so einfach. Die andere war zwar nur teilbandagiert, aber jede Bewegung damit schmerzte, deshalb ließ er sie lieber in der Schlinge.

Die Ärzte hatten ihn beruhigt. »Diese Täter wussten genau, was sie taten. Sie haben so viel Haut übriggelassen, dass der Schnitt sauber vernäht werden konnte.« Und einer hatte noch hinzugefügt: »Das waren Profis. Die haben sicher schon mehrere Finger amputiert.«

Florian fand das wenig tröstlich. Er stemmte den Fuß gegen die Autotür und stieg aus dem Taxi. »Behalten Sie das Wechselgeld.« Hier ging es schließlich nicht um Peanuts.

Er hatte sich selbst entlassen. Die Zeit drängte. Er konnte nicht daliegen und Däumchen drehen, während die Uhr immer weiter tickte und tickte. Noch ließ sich vielleicht etwas retten, wenn er sich anstrengte. Noch war Gnatzows Frist nicht abgelaufen.

Es war still auf der Straße. Er hörte ein leises Pfeifen und schaute sich um, niemand war zu sehen. Trotzdem erkannte er die Melodie: *Warte, warte nur ein Weilchen, bald kommt auch zu dir das Hackebeilchen*, oder so ähnlich. Florian zog den Kopf ein. Mit seiner gesunden Hand kramte er den Schlüsselbund aus der Hosentasche. Das Pfeifen wurde lauter. Er versuchte hektisch, den Schlüssel ins Schloss zu bugsieren. Da brach das Pfeifen unvermittelt ab, und ein kehliges Lachen folgte. Jetzt sprang die Tür endlich auf. Florian warf einen letzten Blick über die Schulter. Stand da drüben nicht jemand hinter der Litfaßsäule? Er glaubte flüchtig, eine Schiebermütze zu erkennen, war sich aber nicht sicher. Eilig trat er ins Haus und schloss die Tür hinter sich ab. Pasow würde fluchen, weil es gegen seine Vorschriften für den Tagesbetrieb verstieß, doch das war Florian egal.

Mit zittrigen Fingern zog er die Werbung heraus, die seinen Briefkasten verstopfte. Kaum war er mal eine Nacht nicht da, ging hier schon alles drunter und drüber! Da rutschte etwas aus einer der Stadtteilzeitungen und fiel zu Boden, eine durchsichtige Plastiktüte. Florian hob sie auf und hielt sie ins Licht. In der Tüte befand sich ein länglicher, grau gefleckter Gegenstand mit einem sorgfältig manikürten Fingernagel an der Spitze.

Sandra verkrampfte sich. »Lass mich hier bloß nicht allein«, flüsterte sie und drückte Ruths Hand.

»Keine Sorge«, versicherte Ruth.

Sie folgten der Schwester, die sie durch die geschlossene Abteilung der Nervenklinik führte. Es war überraschend leicht gewesen, hier Zutritt zu erhalten. Auf die Frage, ob sie Irene Lazar besuchen dürften, war prompt eine Zusage erfolgt. Es könne der Patientin nur guttun, Bekannte zu treffen. Man solle sie nur nicht aufregen und gegebenenfalls sofort den Diensthabenden rufen.

Die Lazar wartete in einem weiß getünchten Besucherraum. Hinter ihr hing ein Bild, das vermutlich Ruhe und Frieden ausstrahlen sollte: Meereswellen an einem sonnenbeschienenen Strand. Darunter ein großes, in die Wand eingelassenes Aquarium. Davor saß, rhythmisch nickend, eine Frau, die geistesabwesend den Fischen hinter der Glasscheibe zulächelte. »Die wird Sie nicht stören«, sagte die Schwester.

Die Lazar hatte einen Gipsarm. Ein sauberer Bruch, hatte die Schwester gesagt. Mehr war ihr bei ihrem Fenstersprung aus dem ersten Stock nicht passiert. Der Gipsarm lag auf der Tischplatte wie ein zufällig abgelegter Gegenstand.

»Frau Lazar ...?« Sandra spürte den Kloß in ihrem Hals. Sie versuchte zu schlucken, doch das Engegefühl hielt sich hartnäckig. Sie setzten sich.

»Erkennen Sie mich? Wissen Sie, wer ich bin?«

»Natürlich«, sagte die Lazar mit rostiger Stimme. »Du bist seine Tochter. Aber ich bin nicht deine Mutter.« Ihre Augen bewegten sich unruhig. Die Finger des gesunden Arms glitten rastlos über die Tischplatte.

»Was ...« Du lieber Himmel! Frag sie, Sandra! Trau dich endlich! »Sie haben den Namen meines Vaters gerufen, bevor sie aus dem Fenster gesprungen sind.«

»Tatsächlich?« Die Lazar hob die Brauen. »Ich erinnere mich nicht.«

»Was verbindet Sie mit meinem Vater?« Sie starrte gebannt auf die rissigen Lippen, die sich fest aufeinanderpressten. Die Lazar starrte mit bösen Augen zurück. Ihr Kopf wackelte seltsam haltlos. Wahrscheinlich hatten sie ihr Medikamente gegeben.

»Frau Lazar ...?«, schaltete Ruth sich vorsichtig ein. »Was verbindet Sie mit Wolfgang?«

»Aber das wissen Sie doch.« Die Lazar zog die Oberlippe bis weit übers Zahnfleisch zurück, es sah aus wie das Grinsen einer Toten. Sandra schauderte.

»Das Fegefeuer ...« Wie in Trance hob sie die Hand und deutete auf die vergitterte Fensterfront. War da etwas zu sehen? Sandra sah nur kahle Bäume und ein paar Hochhäuser in der Ferne.

»Die Alte ist völlig durchgeknallt!«, sagte sie unwillig und sprang auf. »Das bringt nichts, Ruth. Lass uns gehen!«

Aber Ruth blieb sitzen. »Zeig ihr das Foto, Sandra.«

Es war das zerstochene Bild mit der krakeligen Unterschrift. Sandra knallte es auf die Tischplatte und beugte sich mit aufgestützten Händen so weit vor, bis die bösen Lazaraugen zu einem einzigen hässlichen Zyklopenauge verschmolzen.

»Was ist da in der Brenta passiert?«, fuhr sie die Frau an. »Sag es mir, Irene Lazar! Ihr habt euch gestritten, und dann?«

»Ach, mein Kind, mein schönes Mädchen.« Ein schiefes Totenlächeln umspielte die rissigen Lippen.

Sandra spürte, wie ihr eiskalt wurde. Die fahrige Hand der Lazar näherte sich ihrer Wange, aber sie wich nicht zurück. »Er hat mit dir Schluss gemacht, und dann? Sag es mir!«, schrie sie, mitten hinein in das Zyklopengesicht. »Du hast ihn in den Abgrund gestoßen!« Sie schnaufte. Ein Pfleger kam um die Ecke.

»Sandra, beruhige dich«, mahnte Ruth gedämpft. »Sonst fliegen wir hier gleich raus.

Aber Sandra wollte sich nicht beruhigen. »Sag es!«, brüllte sie.

Die Hand der Lazar berührte Sandras Wange, streichelte sie. Es waren heiße Finger, die Berührung unendlich zart.

Sandra hielt sie aus. »Gib es doch zu«, flüsterte sie.

»Was denn?«, fragte die Lazar und kicherte plötzlich ganz mädchenhaft. Ihr Arm sank, der Blick fiel auf das zerstochene Foto. »Ach, mein Liebster ...« Sie wollte nach dem Bild greifen, doch Sandra riss es hastig an sich und sprang zurück, als müsse sie ein Beweismittel retten. »... mein Geliebter, mein Liebhaber.« Aus den Augenwinkeln der alten Frau lösten sich Tränen.

»Alles in Ordnung hier?«, fragte der Pfleger im Vorbeigehen.

Ruth nickte. »Ich denke schon.«

Plötzlich riss die Lazar ihre Augen weit auf und fixierte die beiden Besucherinnen mit feindseliger Miene. »Ihr wollt mir meinen Schatz wegnehmen«, krächzte sie mit völlig veränderter Stimme. »Aber das könnt ihr nicht. Mit mir wollte er alt werden. Mich hat er umsorgt, mir die Wohnung geschenkt ...« Mit verzerrtem Gesicht beugte sie sich vor. »Ich bin nicht verbittert«, flüsterte sie. »Bin nicht verhärmt. Bin immer noch dieselbe, mein Leben lang. Es gibt keinen Grund, mich zu verstoßen.« Sie sprach immer schneller. »Diese hinkende Teufelin hat ihn nicht loslassen wollen. Aber sie hatte kein Recht auf ihn.« Ein selig irres Lächeln mit viel Zahnfleisch huschte über ihr Gesicht. »Ich hab ihn ins Paradies geschickt ...« Langsam erhob sie sich, der Gipsarm baumelte an ihrer Seite herunter. »... hab meinen Wolfgang ins Paradies geschickt. Er wartet dort, Kindchen. Er wartet dort auf mich.« Sie breitete die Arme wie Flügel aus, der Gipsarm hing viel tiefer als der andere, und drehte sich einmal um die eigene Achse. Aus ihrem Lächeln wurde ein Gesang: »Ich muss nur noch durch's Fegefeuer«, jubilierte sie.

Ruths Stimme klang rau: »Frau Lazar? Haben Sie auch Frau Kerner getötet?«

Unendlich langsam bewegte sich der graue Pagenkopf in ihre Richtung. Die Arme sanken herab. Die Zeit schien stillzustehen.

»Wie? Was? Sie ist tot? Das hinkende Miststück ist tot ...?« Die Lazar sackte zu Boden. Der Gipsarm schlug mit dumpfem Knall auf das Linoleum. »Hat sie mich wieder überlistet? Ist sie schon bei dir, Wolfgang?« Sie fiel in sich zusammen, als hätte ihr jemand die Luft herausgelassen. Die bleiche Wange wurde auf den grauen Bodenbelag gedrückt, das graue Haar fiel über das zerquälte Gesicht.

Nun bemerkte es auch die Schwester, die Sandra und Ruth hergeführt hatte. Behutsam hob sie die Lazar vom Boden auf und leitete sie weg.

»Ich komm ja schon!«, rief Wilhelm Heuer ungehalten. »Welcher Idiot macht denn hier so einen Lärm?« Durch den Spion sah er das gerötete Gesicht von Florian Bessert. »Der hat mir gerade noch gefehlt.«

Er öffnete die Tür nur einen Spalt.

»Ich muss Sie dringend sprechen«, stieß Bessert hervor. »Es geht um das Schweigegeld ...«

»Nicht hier im Flur! Die Wände haben Ohren«, zischte Heuer. »Kommen Sie rein.« Er warf einen kurzen Kontrollblick in den Flur, um sicherzugehen, dass sie niemand belauscht hatte. Hertha war einkaufen, von der Seite drohte also keine Gefahr. Heuer musterte Bessert, während er die Tür hinter ihm schloss. Er war trug eine alte Trainingshose mit T-Shirt, und er roch streng.

»Das Schweigegeld, das Sie mir damals gegeben haben«, setzte Bessert sofort an, »es reicht nicht. Ich brauche noch mal dieselbe Summe.«

»Sind Sie verrückt?!«, fuhr Heuer ihn an. »Wir hatten vereinbart, dass die Sache mit einer einmaligen Zahlung erledigt ist!«

Bessert verzog das Gesicht. »Ja, aber so ist es nun mal«, erwiderte er. »Mir sitzen die Russen im Nacken. Die spaßen nicht. Sehen Sie meine Hand? Das war kein Unfall, das waren die Russen.«

Heuer spürte die Angst hinter den Worten und den gewaltigen Druck, der hier an ihn weitergegeben wurde. »Wie stellen Sie sich das denn vor?«, fragte er. »Sie haben schon den Großteil des Geldes verspekuliert, und ich kriege nur meine monatliche Pension. Meinen Sie, ich hab so viel Geld auf dem Konto?«

»Dann nehmen Sie eben einen Kredit auf, ich kann da was für Sie machen«, konterte Bessert. »Jedenfalls brauche ich das Geld sofort.« Er hob die Hand und hielt seinen bandagierten Finger vor Heuers Nase, es wirkte fast bedrohlich. »Andernfalls bin ich gezwungen ... na, Sie wissen schon.«

»Was weiß ich schon?«, brauste Heuer auf.

»Ihr ehemaliger Dienstherr wird mir dankbar sein, wenn ich ihm die Kopie der Tonaufnahmen zukommen lasse, die ich damals von unserem Gespräch gemacht habe. Dann weiß er nämlich, wo das Lösegeld geblieben ist.«

Heuer spürte, wie ihm der Schweiß ausbrach. »Na gut«, nickte er, »ich werde sehen, was sich machen lässt. Aber ich brauche Zeit.«

»Zeit«, äffte Bessert ihn nach. »Tut mir leid, aber die habe ich nicht. Ich habe gerade mit sehr viel Mühe einen winzigen Aufschub erwirken können, zwei Tage. Aber am 24. Dezember brauche ich das Geld.«

Heuer schloss die Tür. Wie hatte er sich jemals mit diesem Menschen einlassen können? Er lehnte die Stirn an das kühle Holz.

Mein Gott, er war so naiv gewesen! So dumm! Herr Kerner hatte ihm die Wohnung zum Kauf angeboten, ganz seriös. Die Wohnung, in die er mit Hertha gleich nach ihrer Heirat eingezogen war. Aber Kerner hatte ihm auch deutlich gemacht, dass ihm am Verkauf gelegen war, weil er Geld für die Renovierung des Hauses brauchte. Heuer wollte nicht, dass fremde Käufer Hertha und ihn aus ihrem Zuhause vertrieben. Und das Geld hatte ihm den Kopf verdreht.

Dann war Bessert gekommen, der allen möglichen Leuten das Blaue vom Himmel versprach, sogar seiner eigenen Familie, das wusste Heuer inzwischen. Aber damals hatte er ihm geglaubt. Er hatte geglaubt, dass jemand, der in einer Bank arbeitete, sich mit Geldgeschäften auskannte.

Heuer ballte die Fäuste, setzte sie lautlos gegen die Tür.

Was sollte er tun? Was gab es da noch zu tun?

Langsam wandte er seinen Kopf dem Schlüsselkasten zu, ein Mitbringsel aus dem Schwarzwaldurlaub, mit hübsch bemalten Holztürchen. Der Kellerschlüssel hing ordentlich an seinem Haken.

Aus dem Keller schlug ihm muffige Luft entgegen. Mit schweren Schritten ging er die Stufen hinunter. Unten wandte er sich nach links, ging weiter zu seinem Kellerverschlag und öffnete mit unsicheren Händen das Vorhängeschloss. Der Keller war aufgeräumt und übersichtlich. Unter dem Fenster gegenüber der Tür waren ein paar Kartons aufgestapelt. Heuer schob sie beiseite, bis eine etwas mehr als faustgroße Öffnung im Mauerwerk sichtbar wurde. Dann zog er sich einen der Kartons heran und setzte sich.

Vorsichtig griff er in die dunkle Öffnung. Zuerst tastete seine Hand ins Leere, aber etwas weiter hinten stieß sie auf Plastik. Heuer zog ein Päckchen in einer blauen Karstadttüte heraus. Er legte es auf seine Knie und betrachtete es. Schließlich gab er sich einen Ruck und öffnete die Tüte. Ein Bündel Geldscheine kam zum Vorschein. Er ließ es fallen, als wären die Fünfziger vergiftet. Erneut beugte er sich vor und fuhr mit der rechten Hand in dem Hohlraum unter dem Fenster herum. Seine Finger berührten etwas Kaltes. »Da ist sie ja.«

Die Waffe war in einen öligen Stofffetzen gewickelt. Er zog sie heraus und förderte gleich noch ein weiteres Päckchen hervor. Darin befanden sich ein Magazin und acht Patronen. Die Waffe legte er in seinen Schoß. Mit der Linken hielt er das Patronenmagazin, während die andere Hand die einzelnen Patronen hineinsteckte. Er nahm die Waffe, führte das volle Magazin ein und lud sie durch. Ein lautes Klacken hallte durch den Raum.

»Auch das ist eine Lösung«, sagte er leise.

»Wilhelm?«

Da saß er, ganz reglos. Offenbar hatte er sie nicht kommen hören. »Was machst du denn hier im Keller? Bei der Kälte und ohne Jacke! Ich such dich schon überall.«

Sie trat in den Verschlag, er blickte müde zu ihr auf.

»Ich habe uns Brathähnchen vom Markt mitgebracht. Hast du denn keinen Hunger? Ist dir nicht gut?« Er sah so müde aus, so krank. Sie strich ihm besorgt über die Schulter. Er neigte seine Wange auf ihre Hand. »Was ist denn los?« Da sah sie die Waffe in seiner Hand. »Um Gottes willen, wo hast du denn das Ding her? Ich dachte, du hättest deine Dienstpistole längst abgegeben.«

Er zeigte auf die Kellerwand, in der ein Loch klaffte.

Zuerst dachte sie an Einbrecher, doch das konnte nicht sein. Das Eingemachte stand ordentlich aufgereiht in den Regalen. Und was gab es hier schon zu holen? Da entdeckte ihr schweifender Blick etwas, das sie bisher nur im Fernsehen gesehen hatte: ein Bündel Fünfzigeuroscheine. »So viel Geld!«

Sie bückte sich, hob es vom Boden auf und hielt ihm ihren Fund unter die Nase. »Wilhelm, was ist das? Wo kommt das her?«

Er rührte sich nicht, starrte auf ihre Pantoffeln.

»Antworte mir!«

Langsam blickte er auf. Sein Gesicht war aschfahl, die Augen flackerten. So hatte sie ihren Mann noch nie gesehen. Der kalte Schweiß brach Hertha aus, ihr Herz krampfte sich zusammen. Wankend griff sie nach dem alten Klappstuhl und setzte sich neben ihn. Das Geld warf sie ihm vor die Füße.

»Erklär mir das, Wilhelm. Bitte erklär mir das!«

Die Pistole entglitt seiner Hand und fiel auf den kahlen Boden.

»Blutgeld, Hertha. Alles Blutgeld!«

»Wie meinst du das? Wilhelm ...?« Ihre Kehle war wie ausgetrocknet, die Stimme nur ein klägliches Krächzen. »Wie kommt das in unseren Keller? Wer hat das hierhergebracht?«

»Ich.« Er sank in sich zusammen. »Ich habe das Lösegeld unterschlagen.«

»Was sagst du da? Wilhelm ...« Sie konnte nicht mehr atmen. »Was hast du?« Tonlos.

»Ich habe nur den leeren Umschlag hingelegt.«

Jetzt drehte sie den Kopf und sah ihn an. »Das Lösegeld für die kleine Laura? Du hast nur den leeren Umschlag ...?«

»Ich habe mir das Geld unter die Schutzweste gesteckt. Das Kind war doch längst tot!«

»Aber das konntest du nicht wissen.«

»Das Kind war schon lange tot!«

»Das hast du erst später erfahren«, beharrte sie.

»Ja«, seufzte er. »Ich wollte die Wohnung für uns kaufen.«

»Aber mir hast du gesagt, du hättest im Lotto gewonnen!«, fuhr sie auf. »Du hast mich belogen.«

Er ließ den Kopf hängen. »Ich habe noch nie im Lotto gewonnen.«

»Aber du spielst doch immer!«, widersprach sie.

»Ja, aber ich gewinne nicht«, sagte er. »Das meiste Geld habe ich Bessert gegeben. Das da ist nur eine Art Notgroschen, den ich zurückbehalten habe. Ich habe Bessert eine hohe Provision versprochen. Aber er hat die Nummern auf den Banderolen erkannt. Das hatte ich vergessen in meiner Euphorie. Er verlangte ein Schweigegeld, das ich bezahlt habe.« Jetzt wandte er den Kopf, schaute Hertha direkt in die Augen. »Und jetzt will er noch eins. Und noch eins. Und noch eins. Er hat mich in der Hand, Hertha.« Ein gurgelnder Ton folgte. Er vergrub das Gesicht in den Händen und begann zu weinen.

Sie schaute auf seinen Rücken. Schmal war er. Und krumm. Sie waren alt geworden nach vierzig Jahren Ehe. Seine Hand streckte sich nach ihr aus, tastete nach ihrem Knie. Hertha zuckte unwillkürlich zurück. Sie dachte an die kleine Laura, ein Entführungsfall mit tragischem Ausgang. Wie traurig sie damals alle gewesen waren, als das Kind vier Tage nach der Geldübergabe tot aufgefunden worden war! Besonders Wilhelm war untröstlich gewesen. Die Autopsie hatte später ergeben, dass das Mädchen schon am Tag seiner Entführung ermordet worden war. 150.000 Euro waren verschwunden.

»Wilhelm?«

Er hörte auf zu schluchzen.

»Was hattest du mit der Pistole vor?«

Er saß ganz still, die Hände immer noch vor dem Gesicht.

»Es beenden«, sagte er schließlich.

»Mich alleine lassen?«, fragte sie mit ausdrucksloser Stimme. »Oder den beiden Kindern oben ihren Vater nehmen?«

Er schloss die Augen. »Dich alleine lassen.«

Sie hörte ihn schlucken.

»Das dachte ich mir.« Sie schob den Stuhl zurück, nahm die Waffe und legte sie in die Maueröffnung. Dann schob sie die Kartons wieder an ihren alten Platz. »Komm, Wilhelm, lass uns gehen. Meinem Rheuma bekommt die Kellerluft nicht. Und gib dem Bessert das Geld. Soll er damit glücklich werden.«

Plötzlich lachte Wilhelm laut auf. »Oh nein, das wird er nicht. Für sein Glück ist es viel zu wenig.«

15

Inzwischen hatte Sandra Christas Schränke fast leergeräumt. Die Kleider, das Geschirr, den ganzen Nippes, alles hatte sie eingepackt und abtransportieren lassen. Auch Christas persönliche Dinge, ihr Poesiealbum, die alten Briefe und Fotoalben, sogar ihr Tarotbüchlein. Nichts davon wollte Sandra behalten. Seit ihrem letzten Besuch bei Irene Lazar hatte sie keine Lust mehr, in fremden Leben herumzustochern. Sie wollte sich nicht mehr einmischen, wollte nichts mehr aufdecken. Die Vergangenheit sollte ruhen, ein für allemal. Was geschehen war, ließ sich nicht mehr ändern

Die Möbel würde der Trödler zwischen Weihnachten und Neujahr abholen. Nur die Küche hielt Sandra in Betrieb, solange sie hier noch zu räumen hatte, damit sie jederzeit in der Wohnung übernachten konnte. Und ab Februar würde die Wohnung vermietet werden, so war es mit Ruth abgesprochen.

In einer der großen Rollschubladen im Wohnzimmer hatte Christa Hunderte von Tischdecken gehortet, die teilweise noch von ihrer eigenen Großmutter stammten. Zwei Plastiksäcke hatte Sandra damit schon gefüllt, jetzt brauchte sie einen weiteren. Wo hatte sie nur die Rolle gelassen? Vielleicht im Flur?

Aus dem Treppenhaus hörte sie Kinderstimmen. Da wurde gesungen: »Vom Himmel hoch, da komm ich her ...« Sandra lauschte. Standen die etwa direkt vor ihrer Tür? Sie beschloss nachzusehen.

»Billa? Thorben? Ja, warum klingelt ihr denn nicht?«

Die beiden sangen unbeirrt weiter, nicht besonders schön, dafür aber ziemlich laut. Jeder trug eine rote Stofftasche bei sich, die mit gelben Sternen und grünen Tannenbäumen bestickt war.

»Na, da habt ihr aber Glück, dass meine Mutter so viele Süßigkeiten vorrätig hatte«, sagte Sandra. »Kommt schnell rein, es zieht.«

Sie hielt die Tür auf, und die Kinder gingen zielstrebig in die Küche. Sandra schloss zuerst das Fenster und öffnete dann den

Schrank. »Hier, das könnt ihr alles haben.« Sie nahm den Naschkorb und verteilte sämtliche Duplos, Kinderriegel, Hanutas und Haribos gleichmäßig auf die beiden Beutel, die Billa und Thorben für sie aufhielten.

»Vorsicht, die Kekse müssen oben drauf, sonst gehen sie kaputt«, warnte Billa.

Der Vorgang hatte etwas sehr Routiniertes. »Ich glaube, das ganze Zeug hier war sowieso für euch bestimmt, oder?«, fragte Sandra. »Habt ihr meine Mutter oft besucht?«

Thorben nickte. »Verdammt oft!«

»Er redet jetzt immer so«, erklärte Billa. »Er findet das cool.«

»Verdammt cool!«

»Aber die Mama hat's verboten!«, hielt Billa dagegen.

»Is mir egal.« Thorben fixierte mit großen Augen die Marzipankartoffeln, die noch im Schrank standen.

»Hättest du die gerne?« fragte Sandra.

Er nickte heftig.

»Für Marzipankartoffeln macht er alles«, erklärte Billa. »Damit hab ich ihn immer bestochen. Er hat mich nie verpetzt.«

»Ach ja?« Sandra reichte ihm schmunzelnd die Zellophantüte. »Was hat er denn nicht verpetzt?«

Billa tätschelte ihrem Bruder den Igelschnitt. »Ich hab sie manchmal abends noch besucht.«

»Wen? Meine Mutter?«, fragte Sandra ungläubig.

Billa nickte. »Wenn Mama uns schon ins Bett gebracht hatte. Dann bin ich rausgeschlichen.«

»Wow!«

»Aber vorher hat sie geschmult«, sagte Thorben.

Sandra runzelte die Stirn. »Sie hat ... was?«

»Ich hab durch den Briefschlitz geguckt, ob die Luft rein ist.«

»Ach? Und so habt ihr heute auch mitbekommen, dass ich hier bin?«

»Och, da muss ich gar nicht gucken«, sagte Billa. »Ich erkenne ja alle, die hier wohnen, schon an ihrem Treppensteigen.«

»Echt?« Sandra wurde neugierig.

»Klar«, nickte Billa. »Am einfachsten ist der dicke Hausmeister.«

Sandra lachte. »Ja, das glaub ich. Und bei wem ist es schwierig?«

»Tante Finck ist schwierig. Wenn Paisy nicht dabei ist. An dem Abend, wo Tante Christa gestorben ist, hätt ich sie fast nicht erkannt. Weil sie auch so geschlichen ist.«

»Du sollst nicht Tante sagen«, wandte Thorben ein. »Die Mama will das nicht.«

»An dem Abend war die Frau Finck vorher bei meiner Mutter?«, fragte Sandra überrascht.

»Klar«, nickte Billa. »Kurz bevor der Hausmeister raufging, kam sie runter. Ich hab's gesehen. Durch den Briefschlitz.«

»Sie hat geschmult«, grinste Thorben.

»Aber sie war ohne Paisy«, fuhr Billa unbeirrt fort. »Sonst hätt ich sie gleich erkannt.«

Sandra hielt inne. Wie passte das alles zusammen?

»Und wo war Paisy?«, fragte sie schließlich. »Weißt du das?«

»Die war hier in der Wohnung und hat gejault.«

»Bist du dir sicher?«

»Klar«, nickte Billa.

»Verdammt sicher«, sagte Thorben.

»Geht ihr jetzt gleich noch singen bei der Frau Finck?«

»Klar ...«

»Wisst ihr was, ich komme mit.«

Sandra folgte den Kindern die Treppe hinunter. Von hinten schaute sie zu, wie die beiden die Köpfe zusammensteckten und ein neues Lied absprachen. Da war die Wohnungstür von Marthe Finck.

»Kling, Glöckchen, klingelingeling, kling, Glöckchen, kling ...«

Paisy fing sofort an zu bellen, aber es waren helle, beinahe melodische Töne. Es hörte sich an, als wolle sie in den Singsang einstimmen.

Sandra ballte so heftig die Fäuste, dass sie ihre Fingernägel in den Handflächen spürte. Da wurde die Tür einen Spaltbreit geöffnet. Unten schoss Paisy heraus. Oben erschien eine Hand, die mit einer bunten Weihnachtstüte wackelte. »Hohoho!«, ertönte eine verstellte Stimme. Die Tür wurde weit geöffnet, und das lachende Gesicht von Marthe erschien. »Ach, ihr Süßen ...«

Jetzt entdeckte sie Sandra, und ihre Blicke trafen sich.

Und Sandra wusste, was in diesem Moment in Marthes Kopf vorging. Sie erkannte es an ihrer Miene, an der Art, wie sich ihre Schultern nach vorne neigten. Es sah so aus, als duckte sie sich. Als hätte sie Angst vor Schlägen.

»Frau Finck ...« Sie musste laut sprechen, weil die Kinder immer noch mit Begeisterung sangen. »Billa hat mir da was erzählt ...« Sie räusperte sich. »Also, von dem Abend, als meine Mutter ...«

Die Finck wurde bleich und ließ die Weihnachtstüte fallen. Der Gesang brach ab. Man hörte, wie die Tüte aufschlug und platzte. Die Kinder fielen sofort auf die Knie, um von den Pfefferkuchen und Schokoladenkringeln zu retten, was zu retten war. Der Hund schnappte sich ein Schokoherz und floh damit die Treppe hinunter.

Marthe Finck stand da wie erfroren. »Billa?«, stieß sie hervor. »Was hat Billa denn ...?«

Das Mädchen schaute zu ihr auf. Sandra sah, dass sie nicht begriff, worum es hier ging. Nur, dass sie irgendetwas falsch gemacht hatte, wurde ihr klar. Billa packte Thorben am Arm und zerrte ihn die Treppe hinunter. »Aber die Kekse!«, rief er.

Danach kam ein Moment, der sich anfühlte, als hätte jemand den Ton ausgeschaltet. Sandra schaute auf ihre Fäuste, öffnete dann die Hände und ließ sie baumeln.

»Ich wollte das nicht, Sandra.« Die Finck rang mühsam um Worte. »Wirklich nicht.«

»Was ist passiert?«, fragte Sandra tonlos.

»Deine Mutter, sie hatte keine Schmerztabletten mehr an diesem Abend. Sie wollte zur Apotheke, aber ohne Paisy, ich weiß nicht warum.« Sie zuckte hilflos mit den Achseln. »Die Kleine hat so entsetzlich gefiept, es hat mir fast das Herz zerrissen. Ich glaube, sie musste mal. Also bin ich hoch und hab deiner Mutter gesagt, sie soll sie mitnehmen. Oder lassen Sie sie bei mir. Oder ich nehme sie mit und gehe für Sie zur Apotheke. Die süße Kleine hat doch Angst, so ganz allein.«

»Aber Christa wollte nicht«, sagte Sandra. »Ja, das kenne ich. Sie war manchmal stur wie ein Esel.«

»Das war sie«, nickte die Finck. Sie machte einen unsicheren Schritt in Sandras Richtung. Doch die wich zurück.

»Deine Mutter stand da mit ihrem Gehstock in der Hand wie ein Feldherr vor der Schlacht. Sie hat damit an die Wohnungstür gehämmert und gerufen: Ruhe da drinnen! Und es wurde still. In dem Moment hab ich gedacht, die arme kleine Paisy hat sich zu Tode erschreckt.« Tränen der Empörung rannen ihr über die Wangen. Sie nestelte ein Spitzentaschentuch aus ihrer Strickjacke und putzte sich umständlich die Nase. »Das hat mich so wütend gemacht«, fuhr sie mit brüchiger Stimme fort. »Ich habe deine Mutter beleidigt, weil ich mir nicht anders zu helfen wusste. Du kannst doch kaum noch krauchen, habe ich sie angeschnauzt – obwohl wir uns ja eigentlich gesiezt haben. Ich bin ziemlich laut geworden, aber Sascha hatte ja seine Musik an. Du brichst doch zusammen, ehe du die erste Treppe runter bist, habe ich sie angeschrien. Warum lässt du dir nicht helfen, du störrische alte Frau? Und der Hund hat wieder gejault und gefiept und an der Tür gekratzt. Es war so gemein von ihr!« Die Finck wischte sie sich die Tränen vom Gesicht, aber die Augen wurden immer röter. »Da wurde sie auch laut und wütend: Du wirst schon sehen, wie weit ich komme, Marthe Finck! Ich bin auf deine Hilfe nicht angewiesen!«

»Das hat sie zu mir auch oft gesagt.« Sandra spürte, dass ihr jetzt selbst die Tränen kamen.

»Sie wollte unbedingt ganz allein die Treppe runter«, ereiferte sich die Finck. »Und da hab ich sie angefasst. An der Schulter. Nicht, dass ich sie davon abhalten wollte, sich da runterzuquälen.« Sie schüttelte heftig den Kopf. »Das war mir in dem Moment völlig egal. Ich wollte bloß, dass sie das Paisylein mitnimmt, damit es mal rauskommt und sein Puscherchen machen kann. Und sie hat geschrien, ich soll sie in Ruhe lassen. Sie könne mit ihrem Hund schließlich machen, was sie für richtig halte. Ich hätte ihr da nicht reinzureden! Dabei hat das arme Hundchen so gelitten. Das hat mich erst recht wütend gemacht!«

»Und dann?«, fragte Sandra atemlos.

»Dann hab ich deiner Mutter mit der Faust gedroht«, gab die Finck zu und biss sich auf die Lippe. »Für sie sah das wohl so aus, als wollte ich sie schlagen. Jedenfalls hat sie ihren Arm hochgerissen – und dann ist sie hintenübergekippt. Ich hab noch versucht, sie festzuhalten, aber da war nichts zu machen.« Sie hielt erschöpft inne und starrte mit rotgeweinten Augen auf die Schokoherzen am Fußboden.

»Und dann?«, flüsterte Sandra.

»Dann habe ich fürchterliche Angst bekommen und bin schnell in meine Wohnung gelaufen.«

»Sie haben ihr nicht geholfen, sondern sie einfach so auf der Treppe liegenlassen?«

»Da kam jede Hilfe zu spät.« Sehr leise.

Sandra versagten die Knie. Sie tastete nach dem Treppengeländer, ließ sich auf die unterste Stufe sinken. Paisy kam eilig die Treppe herauf und kletterte ihr auf den Schoß. Sandra saß wie erstarrt, ihre Hände lagen wie Fremdkörper auf der Treppenstufe. Paisy leckte ihr das Kinn ab.

»Ach, das liebe Hundchen«, sagte die Finck, die reflexartig begonnen hatte, die verstreuten Weihnachtsplätzchen vom Boden aufzusammeln. Plötzlich hielt sie inne.

»Fräulein Sandra?« In ihrer hohlen Hand türmten sich die Zimtsterne und Lebkuchen.

Sandra zog kräftig die Nase hoch. »Was denn?«

Die Finck straffte sich, stand ganz gerade da. »Ich gehe zur Polizei. Ich werde denen alles erzählen.«

Sandra blickte mit ungläubiger Miene zu ihr auf.

»Ja, das mache ich«, bekräftigte die Finck. »All die schlaflosen Nächte, die ich seitdem hatte – ich bin froh, dass das ein Ende hat. Wollen Sie nicht mitkommen zur Polizei? Es würde mich freuen.«

Sandra bemerkte, dass sie jetzt wieder gesiezt wurde. »Ich? Aber warum denn?«

»Weil ich finde, dass Sie ein Recht darauf haben.«

»Muss ich das verstehen?«, murmelte Sandra.

»Und wenn ich im Gefängnis bin, müssen Sie gut auf mein Baby aufpassen«, fuhr die Finck fort. »Paisy ist doch so zart und empfindlich. Versprechen Sie mir, dass Sie sich um sie kümmern? Dann bin ich beruhigt.«

Hertha Heuer hatte schon gehört, dass die Weihnachtssänger durch das Haus zogen. Jetzt standen sie vor ihrer Tür.

»Schneheeflöcken, Weißröckchen, wahann kommst du geschneit? Duhu kommst aus den Wolken, dahein Weg ist so weit.«

Hertha musste lächeln. »Frohe Weihnachten, ihr beiden.« Sie nahm ein Päckchen von der Garderobe. »Hier, das hat der Weihnachtsmann für euch abgegeben. Wart ihr denn auch immer schön brav?«

»Fast immer«, nickte Billa und guckte ein bisschen ängstlich.

Hertha musste lächeln. Diese Kinder waren so unbeschwert. Sie struwwelte ihnen durch die Haare und sagte, »Ich wünsche euch einen schönen Tag und viele tolle Geschenke.«

»Wir fahren mit der Mama gleich zu Oma und Opa.«, erklärte Thorben. »Der Papa kommt später nach.«

»Weißt du, bei der Oma hat der Weihnachtsmann immer Opas Filzschlappen an«, fügte Billa hinzu.

»Ja, das kann ich gut verstehen«, nickte Hertha. »Die sind ja auch schön warm.« Sie mochte die beiden, besonders Billa.

Aber heute sah sie vor ihrem inneren Auge noch ein anderes Mädchen: die kleine Laura. Das Bild wollte ihr einfach nicht aus dem Kopf gehen. Laura war tot, schon seit langem. Aber Hertha wurde den Gedanken nicht los, dass sie vielleicht noch leben könnte.

Das Display zeigte *Anruf anonym*, aber Florian wusste, wer dran war. »Ja?«

»Florian Bessert? Hier ist dein bester Freund.«

Die Stimme bohrte sich tief und unangenehm in Florians Magengrube. Er spürte ein Stechen in seinem amputierten Finger.

»Flori? Warum antwortest du nicht?«

»Ja, Herr Gnatzow«, stieß er hervor. »Bitte entschuldigen Sie.«

»Ach, Flori, ich entschuldige alles – wenn du mein Geld hast.« Er räusperte sich umständlich. »Hast du mein Geld, Flori?«

Der Stechen im Finger steigerte sich schlagartig. Er musste das Handy in die andere Hand nehmen, sonst hätte er es fallenlassen.

»Hast du mein Geld?«

»Ich habe es.« Tonlos.

»Gut gemacht«, lobte Gnatzow. »Dann treffen wir uns in zwanzig Minuten, Parkhaus Altstädter Ring.«

»Und wo dort?«, wollte Florian wissen, aber Gnatzow hatte schon aufgelegt.

Florian stöhnte. Sie würden ihn schon finden, daran hatte er keinen Zweifel. Er zog seinen Mantel über, nahm sein Diplomatencase und machte sich auf den Weg. Es war nicht weit.

Im Parkhaus wurden seine Knie immer weicher. Der Wind pfiff eisig durch die Reihen der Fahrzeuge. Es war ziemlich dunkel hier drinnen, das fiel ihm heute ganz besonders auf. Er hatte dieses Parkhaus nie gemocht. Jetzt schlug er den Mantelkragen hoch. Hoffentlich würden sie ihn nicht wieder verschleppen. Noch einmal würde er das nicht durchstehen.

Sie erwarteten ihn bei seinem Auto, Gnatzow und der Fingerschneider. Florian wäre am liebsten einfach weggerannt.

Gnatzow lächelte. »Also, Flori?«

Als Florian die beiden Geldscheinbündel aus dem Koffer nahm, kamen sie ihm unendlich dünn vor. Es war das Geld von Heuer und alles, was er selbst noch auf dem Konto gehabt hatte. Er reichte es Gnatzow. Der ließ die Scheine mit ungläubiger Miene unter seinem Daumen wegflippen. »Wie viel ist das?«

»Zwölftausend«, sagte Florian. »Mehr habe ich im Moment nicht, aber sobald die Feiertage vorbei sind ...«

Gnatzows Miene verfinsterte sich. »Willst du mich verarschen, Flori?« Seine Stimme wurde immer leiser. »Ich gebe dir 400.000 Euro, und du gibst mir das? Obwohl du gerade einen Finger verloren hast?!« Die letzten Worte waren nur ein Flüstern.

Florian zog heftig die Nase hoch. »Aber ich ...«

»Ich gebe dir zwei Stunden!«, brüllte Gnatzow unvermittelt. »In zwei Stunden gibst du mir, was mir gehört! Sonst hole ich mir deine Frau und ficke deine Kinder. Hast du mich verstanden?!«

Florian wimmerte vor Entsetzen.

Gnatzow legte ihm den Arm um die Schultern. »Ob du verstanden hast, will ich wissen«, wiederholte er leise.

Florian fühlte die Berührung der fremden Lippen an seinem Ohr. Er nickte verzweifelt. »Ja. Verstanden.«

»Dann lauf. Du hast keine Zeit zu verlieren.«

Marthe war vom schnellen Gehen schon ganz außer Atem. Trotzdem kam es ihr vor, als würde Sandra ihretwegen trödeln. So unterschiedlich waren die Konditionen. Aber das ist auch kein Wunder, dachte Marthe. Für sie war es der schwerste Gang ihres Lebens, und Sandra wollte den Besuch bei der Polizei einfach nur hinter sich bringen. Sie tat Marthe einen Gefallen, mehr nicht.

Paisy hatten sie zuhause gelassen. Es wäre Marthe zu schwergefallen, sich vor den strengen Blicken der Beamten von ihrem Liebling zu verabschieden. Allein bei der Vorstellung, sie würde, womöglich schon in Handschellen, ein letztes Mal das niedliche Köpfchen kraulen, waren ihr wieder die Tränen gekommen. Sandra hatte Marthe versprechen müssen, ihr Fotos von Paisy in die Haftanstalt zu schicken. Das war hoffentlich nicht verboten.

Da die Geschäfte Heiligabend bereits mittags schlossen, war es leer auf den Straßen. Vor den Stufen des Polizeireviers hielt Marthe inne. »Einen Moment, Sandra.« Sie schaute zum wolkenverhangenen Himmel hinauf. Wann würde sie den wiedersehen?

Aus dem Inneren der Dienststelle schlug ihnen verbrauchte Luft entgegen. Die Neonleuchten an der Decke gaben grelles Licht ab. Der Eingangsraum vor dem Schalter war leer. Dahinter sah Marthe drei uniformierte Beamte, die sich unterhielten. Sie wartete. Warf einen Blick auf die Uhr über der Tür, die Schreibtische, die Computer, die Aktenstapel und die blauen Uniformen. Dann nahm sie sich ein Herz und räusperte sich lautstark.

Einer der Polizisten kam an den Schalter. »Und?« Es klang gelangweilt.

»Ich bin hier, weil ich ein Geständnis machen möchte.«

»Ach?« Er musterte sie prüfend, ließ seinen Blick kurz zu Sandra schweifen, und schmunzelte dann. »Worum geht's denn? Diebstahl von Weihnachtsplätzchen auf der Seniorenfeier?«

»Mord«, sagte Marthe.

»Nein«, widersprach Sandra schnell. »Sie haben das doch nicht mit Absicht gemacht, Frau Finck.«

»Das ist egal!«, widersprach Marthe. »Ich bin schuld daran, dass deine Mutter tot ist.« Und zu dem Polizisten: »Aber es stimmt, ich habe das wirklich nicht gewollt.«

»Soso. Wer ist denn tot?«, fragte er, immer noch schmunzelnd.

»Frau Kerner«, sagte Marthe.

»Meine Mutter, Christa Kerner«, erklärte Sandra fast gleichzeitig. »Sie wohnte hier um die Ecke, in der Kladowstraße 5.«

»Kerner?«, wiederholte der Polizist. »Ach ja, Kerner. Ich erinnere mich. Lag tot im Treppenhaus. Und Sie sind also daran schuld?«

»Jawohl. Ich habe mich mit ihr gestritten. Es ging um den Hund.«

Der Polizist nickte verständnisvoll. »Um den Hund also.«

»Aber sie ist doch von alleine gestürzt«, wandte Sandra mit müder Stimme ein. »Es war ein Unfall.«

»Sie ist tot«, rief Marthe. »Und ich gehöre bestraft!«

Der Polizist ließ seinen Blick zwischen Marthe und Sandra wandern. »Tja, diese Feiertage«, brummte er dann. »Da drehen viele Leute ein bisschen durch, ganz besonders am Heiligabend. Am besten, Sie gehen wieder nach Hause.«

Aber Marthe wollte nicht klein beigeben. »Sie werden jetzt ein Blatt Papier nehmen und aufschreiben, was ich zu sagen habe!«, verlangte sie. »Anschließend können Sie mich festnehmen.«

Der Polizist seufzte. »Na, dann kommen Sie mal.« Er deutete auf einen Schreibtisch. »Nehmen Sie Platz, dann kann's losgehen. Wir machen das inzwischen nämlich mit dem PC.«

Aus der Wohnstube schallte die alte Platte von Freddy. *La Paloma* sang er mit seiner warmen, tiefen Stimme und *Junge, komm bald wieder*. Hertha Heuer schwelgte in Erinnerungen. Sie waren damals frisch verliebt, und es war eine schöne Zeit gewesen, obwohl Wilhelm nie zum Rosenkavalier getaugt hatte. Er fuhr damals Motorrad, und Hertha fuhr Beiwagen, ihr blieb gar nichts anderes übrig. Sie begleitete ihn zu jedem seiner Boxkämpfe, Wilhelm brauchte die Bestätigung. Er war kein Draufgänger, sondern ein Durchbeißer. Sehr penibel, manchmal ein bisschen penetrant, aber immer moralisch korrekt. Vor allem das hatte ihr an ihm so gut gefallen.

Sie begann, die Schlaftabletten im Mörser zu zerreiben. Es war ein hartes Mittel, der Arzt hatte sie bei jedem Rezept, das er ihr verschrieb, gewarnt. »Bloß nicht zu viel davon, Frau Heuer. Sonst wachen Sie nicht mehr auf.« Nun pulverisierte sie fünfunddreißig Stück auf einmal, würzte damit den Lebkuchenteig, den Wein und auch die Klöße. Die Gänsekeulen schmorten bereits im Ofen. Den Rotkohl würde sie kurz vor dem Servieren aufwärmen.

Jetzt musste sie noch ein bisschen aufräumen. Niemand sollte sie für schlampig halten. Sie wollte einen perfekten Haushalt hinterlassen. Sie fuhr sich mit der Hand durchs Haar. Und dann würde sie sich schön machen für den letzten Abend.

Vierhunderttausend Euro. Florian saß an seinem Schreibtisch, ganz allein in der menschenleeren Bank, und spürte dem eigenen Herzschlag nach. Wo sollte er so schnell so viel Geld hernehmen? Noch dazu an Heiligabend? Und in bar! Denn das war Gnatzows letzte Bedingung gewesen. »Ich traue dir nicht mehr, Flori«, hatte er gesagt. »Es reicht mir nicht, wenn du mir einen Kontoauszug zeigst. Ich will mehr von diesen Scheinen.« Damit hatte er die zwölftausend in seiner Jackentasche versenkt. »Enttäusch mich nicht, Jungchen.«

Florian stand auf, lockerte seine Krawatte. Im Fenster sah er sein Spiegelbild. Die Augen stachen groß und dunkel aus dem blassen Gesicht hervor. Sie wirkten fiebrig. Unwillkürlich musste er an Julia und die Kinder denken. Sie waren sicher längst zu den Großeltern gefahren. Aber wenn ich nicht zahle, ergeht es uns allen schlecht! Florian presste die Handteller gegen die Schläfen. Übelkeit stieg ihm in die Kehle. Er hatte nicht den geringsten Zweifel, dass Gnatzow seine Drohung wahr machen würde. »Was soll ich nur tun?! Was kann ich denn noch tun?« Er legte den Kopf in den Nacken und starrte zur Decke.

Natürlich! Die Geldbomben! Warum waren ihm die nicht gleich eingefallen! Das Geld, das heute nach dem Vormittagsgeschäft noch hereingekommen war, reichte sicher locker, um Gnatzows Forderung zu erfüllen. Von dem Rest konnte er sich ein Flugticket nach Südamerika kaufen. Vielleicht sogar mehrere. Er konnte mit Julia und den Kindern zusammen flüchten. Wenn sie das wollten. In diesem Punkt war er sich nicht ganz sicher.

Ein Griff, und er hatte seinen Mantel von Haken genommen. Ein zweiter Griff in den Tresor, und er hielt den Schlüssel für den Geldkeller in der Hand. Hastig verließ er sein Büro und lief die Treppe ins Kellergeschoss hinunter. Den Raum, in dem die Tageseinnahmen gelagert wurden, hatte er schnell aufgeschlossen. Mit dem Spezialschlüssel öffnete er die Geldbomben und stopfte die Banknoten in einen Geldsack. Die Münzen nahm er nicht, sie waren ihm zu schwer. Der Sack hatte jetzt schon ein ziemliches Gewicht.

»Hohoho, ich bin der Weihnachtsmann.« Er wuchtete sich den Sack über die Schulter und verließ eiligen Schrittes das Gebäude. Die Türen ließ er hinter sich offen, und auch alles andere ließ er hinter sich. Diese Bank kümmerte ihn nicht mehr. Er hatte ein Leben vor sich, um das seine Kollegen ihn beneiden würden. Ja, dachte Florian, vielleicht schicke ich ihnen bald eine Postkarte von der Copacabana.

Marthe berichtete dem Polizisten alles, was sie bereits Sandra gesagt hatte. Auch von Paisy erzählte sie ihm. Das war für Sandra neu.

»Wissen Sie, ich hab doch nie Kinder bekommen können, obwohl ich mir so sehr welche gewünscht habe. Es hat nicht geklappt. Und mein Lothar ist tot. Jetzt hab ich nur noch das Hundchen.« Sie beugte sich vor und zwinkerte dem Polizisten vertraulich zu. »Sie hat so liebe Augen, meine Paisy. Um so ein Schätzchen muss man sich doch kümmern! Ein Leckerli hier, ein Küsschen da. Tiere sind einfach die besseren Menschen, Herr Wachtmeister.« Jetzt richtete sie sich ganz gerade auf. »So. Und nun stecken Sie mich ins Gefängnis!«

Der Polizist schaute irritiert. »Ins Gefängnis soll ich Sie stecken? Aber warum denn? Ich werde Ihre Aussage weiterleiten. Wahrscheinlich wird man sie an anderer Stelle noch einmal befragen, das ja. Aber ins Gefängnis müssen Sie deswegen nicht. Soweit ich das beurteilen kann, war das ein Unfall.«

Marthe sah ihn erstaunt an. »Ich darf gehen?«

»Ja, natürlich. Gehen Sie nach Hause zu Ihrem Hund.«

Marthe starrte ihn an.

»Gehen Sie nach Hause«, wiederholte er. »Frau Kerner hier wird Ihnen bestimmt Gesellschaft leisten, bis Sie sich beruhigt haben.«

»Ich muss nicht ins Gefängnis?«, fragte Marthe noch einmal.

»Irgendjemand muss sich doch um Paisy kümmern«, sagte Sandra, und der Polizist nickte: »Im Gefängnis ist Hundehaltung strengstens verboten.«

Sandra strich Marthe über den Arm.

Die hatte schon wieder zu weinen begonnen. »Ich bin so erleichtert«, schluchzte sie.

Florian lief durch die kalten, leeren Straßen. Er kam sich komisch vor mit seinem Geldsack auf der Schulter. Das Ding wurde jede Minute ein bisschen schwerer, weil er nur mit einer Hand zupacken konnte. Außerdem war es ziemlich glatt. Nachdem der Schnee gestern kräftig angetaut war, hatten der Nachtfrost und die Minusgrade heute die Matschpfützen in Eis verwandelt.

Ob Gnatzow ihn beobachten ließ? In der Umgebung war nichts Verdächtiges zu entdecken. Aber das musste nichts heißen. Gnatzows Leute waren Profis, die sah man nur, wenn sie gesehen werden wollten.

Da war schon der Taxistand. Einige Fahrer standen neben dem vordersten Mercedes und hielten rauchend ein Schwätzchen. Florian frohlockte. Erst mal weg hier, nach Hause, Pass holen, Koffer packen. Dann Geldübergabe. Und dann: Copacabana, ich komme!

Er kam sich völlig überdreht vor, wie auf Speed, aber gleichzeitig war er in Hochstimmung. Das war immer so gewesen, wenn er einen Plan verfolgte. Und je aberwitziger der Coup, den er plante, desto geiler fühlte es sich an. Florian grinste euphorisch.

»Hohoho!«, rief er den rauchenden Taxifahrern zu. »Ist einer dieser Schlitten zu mieten?« Im selben Moment rutschte er mit seinen Ledersohlen auf einer gefrorenen Pfütze aus, verlor das Gleichgewicht und stürzte. Der Sack wurde vornübergeschleudert, prallte gegen einen der Taxifahrer und öffnete sich. Geldscheine wirbelten durch die Winterluft. Fünfer, Zehner, Zwanziger, Fünfziger. Florian sah das Geldscheingestöber mit Entsetzen. »Fassen Sie nichts an!«, brüllte er und rappelte sich auf.

»Wat is'n ditte?«, staunte der Taxifahrer, packte Florian am Kragen und zog ihn auf die Füße. »Mit dem vielen Jeld kann ick ja jetzt Feierabend machen.« Er dreht sich zu seinen Kollegen. »Ruft mal die Bullen! Da stimmt doch was nicht.«

Florian trat ihm vors Schienbein. »Lassen Sie mich gefälligst los!«

Ein anderer Taxifahrer kam seinem Kollegen zu Hilfe. »Na warte, Bürschchen! Hiergeblieben!«

Aber Florian verpasste ihm einen Faustschlag auf die Nase und riss sich los. Er packte seinen Geldsack und stürmte davon. Viel zu spät bemerkte er, dass er den Sack am falschen Ende hielt. Die flatternde Geldspur wies seinen Verfolgern den Weg. Florian rannte in blinder Panik weiter. Da war die Treppe zur U-Bahn. Er stürmte die Stufen hinunter. Eine Truppe Weihnachtsmänner kam ihm entgegen, und es wurden immer mehr. Er sah Hunderte von Weihnachtsmännern, begleitet von etlichen Weihnachtsengeln. Sie kamen die Treppe hoch, versperrten ihm den Weg.

»Hohoho!«, rief einer und breitete die Arme aus.

Florian bremste abrupt, warf einen Blick über die Schulter und entdeckte die Taxifahrer, die ihn verfolgten.

»Hohoho!«, drohte ein zweiter Weihnachtsmann.

»Hohoho!« Ein dritter.

Ein Taxifahrer packte Florian an der Schulter, der nächste griff seine linke Hand. Florian brüllte vor Schmerz.

»Süßer die Glocken nie klingen«, sangen die Engel.

In der Ferne hörte man schon Polizeisirenen.

Wilhelm hatte die Weihnachtsplatte von Peter Alexander aufgelegt und die Kerzen angezündet. »Komm, Hertha. Lass dich mal drücken.« Er hatte sich extra für sie in Schale geworfen, sich gebadet, rasiert und das Herrenparfüm benutzt.

»Siehst gut aus, Wilhelm.«

»Du auch.«

Sie umarmte ihn, strich ihm übers frisch gewaschene Haar. Dann küsste sie ihn. Das hatte sie lange nicht mehr gemacht. Er war kein großer Küsser. Sie hatte das immer schade gefunden. Jetzt spürte sie seine Lippen, die sich vor Überraschung öffneten, und ihre Zunge stahl sich in seinen Mund. Er zog den Kopf zurück.

»Na, Hertha, was machst du denn da?« Verlegen.

Aber sie hatte der Kuss erregt. »Hat's dir nicht gefallen?« Sie schaute ihm in die Augen und lächelte traurig.

Sie musste auf der Hut sein, er hatte bereits Verdacht geschöpft. Wehmütig dachte sie daran, wie dieser Tag enden würde. Warum hatten sie beide so früh schon aufgehört zu leben? Schon vor zwanzig Jahren. Warum fiel ihr heute erst ein, dass es noch etwas anderes gab als Pflichterfüllung?

»Setz dich schon mal an den Tisch. Ich hol uns das Essen.«

Sie stießen mit Wein an. »Auf uns«, sagte Wilhelm, und Hertha nickte ihm zu. »Auf uns, Wilhelm. Lass es dir schmecken.«

Sie aßen die Gänsekeulen mit Rotkohl und Klößen.

Zum Nachtisch gab es Lebkuchenherzen mit heißen Kirschen und Sahne. Jetzt ist es vollbracht, dachte Hertha.

Wirkten die Tabletten? Sie schaute zur Uhr. Schon eine halbe Stunde, und sie merkte nichts. Da! Hatte Wilhelm nicht gerade gegähnt? Ja. Er gähnte schon wieder. Jetzt spürte sie es auch.

»Hertha, sei mir nicht böse, aber ich brauche meine fünf Minuten. Nur ein kleines Nickerchen.« Er gähnte herzzerreißend.

Sie lächelte. »Schlaf gut«, seufzte sie. »Und träum was Schönes.« Sie sah zu, wie er die Augen schloss. »Verzeih mir, mein Schatz.«

Sie überlegte, ob sie beten sollte. Die Müdigkeit nebelte ihr die Sinne ein. Eigentlich waren sie doch gar nicht besonders gläubig. Aber es konnte nicht schaden, oder? Ungelenk faltete sie die Hände, wie sie es früher als Kind getan hatte, und bat Gott, dass er sie beide in sein Reich aufnehmen solle. »In Ewigkeit. Amen.«

Ein Geräusch ließ sie aufhorchen. Es kam von Wilhelm. Sie sah, wie er, offenbar völlig kraftlos, in seinem Sessel zur Seite rutschte. Sein Oberkörper kippte über die Armlehne in die Zweige des Weihnachtsbaums. Es gab einen Ruck. Der Baum schwankte, und alle zwanzig brennenden Kerzen schwankten mit ihm.

Du musst aufstehen, Hertha! Du musst das Schlimmste verhindern! Aber sie konnte nicht mehr aufstehen, die Beine wollten ihr nicht mehr gehorchen. Mit letzter Kraft mühte sie sich aus dem Sessel und streckte die Arme aus. Aber sie bekam die Zweige nicht mehr zu fassen. Der Baum fiel um. Funken stoben durch den Raum. Hertha knickten die Beine ein, sie sank in den Sessel zurück. Zu spät, dachte sie.

Zuerst fing der Teppich Feuer, dann auch die Gardinen.

Pasow schreckte hoch. Er war im Fernsehsessel eingeschlafen, doch ein Knall hatte ihn wieder geweckt. »Wat war 'n ditte?« Er hievte sich aus dem Sessel. »Gertrud? Wo biste? Kriegt mal wieder nüscht mit, die Olle.« Sein Blick fiel auf den Rückspiegel, den er an seine Fensterbank montiert hatte. Irgendetwas flackerte da draußen. Er öffnete das Fenster, lehnte sich hinaus. »Det riecht doch hier nach Feuer!«

»Erwin! Mach det Fenster zu.« Gertrud war unbemerkt in die Stube gekommen. »Wird doch kalt hier drinne.«

»Sei doch still!«, blaffte er sie an. »Riechste det nich wenigstens, wenn de schon Tomaten uff de Augen hast? Wir haben Feuer im Haus!«

»Ach, du lieber Himmel!«

»Pack sofort die nötigsten Sachen! Kleidung, Papiere, Geld. Und denn nüscht wie raus hier!«

»Aber wir müssen doch Hilfe ...«

»Keine Widerworte! Ick rufe die Feuerwehr«, fiel er ihr ins Wort und griff zum Telefonhörer. Gertrud zog den Kopf ein und eilte zur Schrankwand. Sie begann offenbar wirklich zu packen.

»Hallo? Ist da 112?« Pasow warf sich in Positur. »Sie müssen sofort kommen! Bei Heuers brennt's. Die wern noch det janze Haus abfackeln ...« Jetzt kniff er die Augen zusammen, lauschte angespannt in den Hörer. »Wat denn noch? Fahrn Se los mit de Spritze! Ach so. Nee, nee. Det is hier Kladowstraße 5. Noch wat? Na, wat denn noch? Ach so. Ick heiße Erwin. Wat? Nee, nich mit Nachnamen. Ick heiße Erwin Pasow.«

Als er aufgelegt hatte, lief er zur Wohnungstür. Der Hausflur war voller Rauch. Pasow fluchte. Ob die Heuers nicht zu Hause waren? Er klingelte mehrmals, bekam Qualm in den Hals und begann zu husten. Jetzt bummerte er mit der Faust gegen die Tür. »Mensch, Heuer! Sind Se da drin? Hallo!« Er musste schon wieder husten. Die Tür war kochend heiß. Da war bestimmt der Weihnachtsbaum in Brand geraten. Aber wo waren die Heuers? Die hatten sich doch nicht etwa rausgeschlichen, ohne die Feuerwehr zu rufen?

»Ach, du Scheiße, und wer ist sonst noch im Haus?«, überlegte Pasow laut. Doch der Qualm wurde unerträglich. Das Feuer breitete sich viel schneller aus, als er gedacht hatte.

Er rannte in die eigene Wohnung zurück. »Gertrud, biste fertig?« Wo war sie bloß? »Wo bleibste denn? Wir müssen hier raus!«

»Ich packe«, hörte er sie aus dem Schlafzimmer.

Pasow packte die Taschen, die sie aufs Bett gestellt hatte, rannte ins Wohnzimmer und warf sie durch das Fenster hinaus auf die Straße. Dann schnappte er sich seinen Weihnachtsvorrat an Bier und deponierte ihn neben der Tür. Das Atmen wurde immer schwieriger.

»Gertrud! Wintermantel, Mütze, Handschuhe! Mach hinne!« Er nahm noch den Generalschlüsselbund und den Werkzeugkasten. Mit dem Bierkasten in der anderen Hand eilte er auf die Straße.

Gertrud folgte ihm in Pantoffeln.

Die Polizei, ein Krankenwagen und drei Feuerwehrfahrzeuge trafen fast gleichzeitig ein. Pasow fixierte die Haustür mit dem neuen Stopper, den er vor wenigen Tagen angebaut hatte.

»Gertrud! Unsere Sachen müssen auf die andere Straßenseite!«

Sie packte die Taschen und schleppte los. Als nächstes holte sie den Bierkasten.

Pasow hatte Wichtigeres zu tun. Mit gestraffter Brust trat er dem Brandmeister entgegen. »Herr Hauptmann, ick bin hier der Hausmeister. Pasow mein Name.« Um ihn herum waren Feuerwehrleute in Schutzkleidung damit beschäftigt, Schläuche auszurollen. »Ick habe die Haustür geöffnet, um Ihnen freien Zutritt zu gewährleisten.«

»Ein hervorragender Gedanke«, nickte der Brandmeister. »Wissen Sie, wie viele Leute noch im Haus sind?«

»Nur die Heuers«, sagte Pasow. »Det is da, wo's zuerst jebrannt hat. Inzwischen ist det Feuer ja schon fast im zweeten Stock.«

»Und die anderen Hausbewohner?«

»Alle ausjeflogen. Bis uff die Fincken, die müsste noch kommen.« Er blickte zur Haustür, aus der zwei Feuerwehrmänner gerannt kamen, um dem Brandmeister Bericht zu erstatten. Pasow verstand nur Wortfetzen: »Zwei Tote ... durchs Treppenhaus kommen wir nicht durch.«

Dann waren die Heuers also tot? Pasow fuhr sich mit der Hand ins Gesicht. Er musste sich auf den Bierkasten setzen, weil seine Beine ihm den Dienst versagten. Was war da vorgefallen, dass nun auch noch die Heuers tot waren?

Benommen sah er zu, wie der Brandmeister seine Befehle gab. Die Feuerwehrleitern wurden ausgefahren und ausgerichtet. Offenbar wollte man sich dem Brand im Treppenhaus über die Wohnungen nähern. Doch das Feuer breitete sich immer weiter aus. Dicke Qualmwolken erschwerten die Sicht.

Plötzlich entdeckte er Marthe Finck. Sie kam auf ihn zugelaufen. »Herr Pasow! Wo ist meine Paisy? Ist sie bei Ihnen?«

Er zuckte mit den Schultern, schüttelte den Kopf. Sein Blick schweifte die Fassade hinauf und blieb am Finckschen Wohnzimmerfenster hängen. Bewegte sich da nicht etwas? Schnell sah er wieder weg.

Aber die Finck hatte den Hund auch entdeckt. »Paisy!«, kreischte sie, dass es Pasow fast das Trommelfell zerriss. »Mein Paisylein!«

Jetzt sahen es alle. Immer wieder sprang Paisy in wilder Angst gegen die Scheibe. Die große, rote Weihnachtsschleife auf ihrem Kopf hatte Feuer gefangen. Ihr Gebell konnte man nicht hören.

»Ich komme, mein Baby! Ich rette dich!« Die Finck rannte zu dem Feuerwehrauto, dessen ausgefahrene Leiter ihrem Wohnzimmerfenster am nächsten war. Sie kletterte bereits auf den Wagen, als ein Feuerwehrmann sie zurückriss. »Bleiben Sie hier! Wir machen das.«

»Was machen Sie denn? Sie stehen hier rum und glotzen!« Jetzt begann sie zu wimmern.

»Wir holen das Tier«, sagte er und gab seinen Kollegen ein Zeichen. Die Leiter schwenkte. Das Fenster, hinter dem Paisy jetzt nicht mehr zu sehen war, wurde eingeschlagen. Der Feuerwehrmann kletterte hinein. Wenige Augenblicke später erschien sein Gesicht wieder im Fenster. Er schüttelte den Kopf.

Pasow saß auf seinem Bierkasten und sah zu, wie Marthe in die Knie sank. Ihr Mund öffnete sich zu einem stummen Schrei. Sie schlug die Arme um ihren Körper und begann sich zu wiegen. Vor und zurück, vor und zurück. Die Feuerwehrleute eilten an ihr vorbei.

Pasow erhob sich. »Gertrud, du passt hier uff, det nüscht wegkommt.« Er deutete auf seinen Bierkasten. »Ick muss mich mal kümmern.«

Wie dieses Buch entstanden ist

Hausmeister Pasow, Sandra Kerner, Marthe Finck, das liebe Paisylein und die übrigen Figuren wurden 2003 während eines Workshops der VHS Berlin-Spandau »geboren«. Sie waren von Anfang an übertrieben bis skurril, nicht für die Ewigkeit entworfen, sondern zum Üben – doch gerade das begeisterte die Erstautoren und später immer weitere.

Unter Leitung der Autorin Claudia Johanna Bauer entwickelte sich die Story im Laufe der Jahre weiter. 2007 war Pasows erster Fall einmal »durchgeschrieben« und wurde unter dem Gruppennamen *Spandau Krimi Connection* als szenische Lesung vor großem Publikum präsentiert. Danach ging der Text in die Überarbeitung. Viele Autoren haben an diesem Roman mitgewirkt, einige nur in Mini-Szenen. Ihnen allen sei herzlichst gedankt.

Ganz besonders bedanken möchten wir uns bei Doris Blank, die dieses Langzeitprojekt im Rahmen der Volkshochschule Berlin-Spandau überhaupt erst möglich gemacht hat, und bei Gisela Rhein von der Stadtbibliothek Berlin-Spandau, wo sich die Krimiautoren seit Jahren regelmäßig »hinter dem blauen Vorhang« treffen.

Dass Pasows erster Fall nun als Buch vorliegt, ist einigen »Unentwegten« zu verdanken, denen das Projekt besonders am Herzen lag. Gemeinsam wurden die Texte in vielen Arbeitsstunden stilistisch vereinheitlicht und poliert.

Wir wünschen allen viel Spaß beim Lesen.

Die *Spandau Crimi Connection*

Die Autoren

Die Autoren der *Spandau Krimi Connection*, die u.a. an diesem Buch mitgewirkt haben, sind:

Claudia Johanna Bauer

geboren 1965, studierte Germanistik, Musikwissenschaften und Philosophie. Seit 2000 lebt sie in Berlin, wo sie, immer noch ganz begeistert, als Autorin, Dozentin für literarisches Schreiben und Literaturcoach tätig ist. Dazu gehört auch die Leitung größerer Schreibprojekte mit vielen Autoren.

Dagmar Kahr

geboren 1970 in Berlin, versuchte sich in diesem Roman erstmals als Autorin. Da sie nicht allein schreiben wollte, suchte und fand sie fröhliche Mitstreiter in der *Spandau Krimi Connection.* Sie liebt humorige Geschichten, die gerne auch ins Skurrile gehen dürfen.

Ramona Karthe

geboren 1965, studierte Volkswirtschaft. Sie ist Kabarettistin mit durchaus ernsten Absichten in der Literatur. In der *Spandau Krimi Connection* schreibt sie seit 2006. Außerdem veröffentlichte sie diverse Kurzgeschichten im Rahmen des Berliner VHS-Literaturwettbewerbs *Die Schreibwerkschau.* Zur Zeit arbeitet sie an ihrem ersten Roman.

Hans-Peter Nicklasch

Nachdem er sich 35 Jahre lang mit Kriminalität jeder Art befasst hatte, wollte er die Herangehensweisen von Krimi-Autoren kennenlernen. Es war für ihn sehr interessant, die völlig andere Methodik in der Entstehung und dramaturgischen Weiterentwicklung der Krimitexte mitzuerleben.

Helmut Paske

ist von Beruf Erzieher im Kindergarten. Schon als kleiner Junge erzählte er gerne Geschichten und behielt diese Freude am Fabulieren und Hineindenken in Wesen jeglicher Art stets bei. 1999 erschien sein Roman *Nirupama, die Unvergleichliche* in der *edition belletriste.*

Gudrun Peters

ist überzeugte Spandauerin, schreibt ansonsten Kabaretttexte und präsentiert sie lustvoll auf der Bühne.

Rainer Rehme

geboren 1955 in Spandau, hat in den 80er-Jahren zur Probe einige Glossen beim *Spandauer Volksblatt* abgegeben, als es noch eine »echte« Tageszeitung war – und viele dieser Texte wurden tatsächlich veröffentlicht. Nach seiner Pensionierung 2003 stellte er die Produktion humorvoller Kurzgeschichten auf eine semiprofessionelle Ebene und schrieb in den ersten Jahren für bis zu sieben deutsche Tageszeitungen.

Anders Alborg: Das Unikat – Flucht ins Leben

Der Biologe Dr. Simon Haydeck und seine Freundin Miriam sind in letzter Sekunde dem Inferno auf einer geheimen Forschungseinrichtung in Mecklenburg-Vorpommern entkommen. Während sie mit einem aus einzigartigem genetischen Material geklonten Baby an Bord eines Kreuzfahrtschiffes nach Amerika reisen, ahnen Sie nicht, wie dicht ihnen ihre Verfolger schon auf den Fersen sind. Es entwickelt sich eine atemlose Flucht rund um den Erdball vor den Häschern einer weltumspannenden Geheimorganisation und dem vielleicht mächtigsten Militärapparat der Gegenwart.

Packender Wissenschaftsthriller von Anders Alborg!

Karim Pieritz: Die Jagd nach dem geheimnisvollen Rollsiegel

John ist wütend, weil im Klassenchat nur dummes Zeug über ihn gepostet wird. Als seine Eltern davon Wind bekommen, drehen sie durch und verfrachten ihn Hals über Kopf in ein Internat im Bayerischen Wald. In der Kreuzritterburg gibt es keinen Handyempfang oder Internet - und seine Eltern finden das auch noch gut!

Als John nachts unheimlichen Geräuschen zum Hexenturm folgt, begegnet ihm die wunderschöne Charleen. Irgendetwas ist mit ihr geschehen und sie wird bald sterben. Ein geheimnisvolles Rollsiegel könnte sie retten, doch um es zu finden, muss John schwierige Rätsel lösen und sich Gefahren stellen, die schon die alten Römer in die Flucht getrieben haben.

Erlebe ein spannendes Abenteuer mit absurd-komischen nächtlichen Tanzritualen und Mitschülern, denen man bei Vollmond lieber aus dem Weg geht. Begleite John auf eine Rettungsmission, die von Tropfsteinhöhlen bis in ein digitales Universum führt und auf der ihm mehr als ein Mädchen den Kopf verdreht.

Spannendes Abenteuer-Jugendbuch von Karim Pieritz!

Verlag Karim Pieritz

Kinderbücher und mehr!

Krimis & Thriller	**ISBN**
Anders Alborg: Das Unikat - Flucht ins Leben	9783944626918
Spandau Krimi Connection: Hundsgemein!	9783944626932

Jugendbücher	**ISBN**
Karim Pieritz: Die Jagd nach dem geheimnisvollen Rollsiegel	9783944626413

Kinderbücher	**ISBN**
Karim Pieritz: Leuchtturm der Abenteuer Band 1-3	9783944626611
Karim Pieritz: Hüter des Kristalls (Band 4)	9783944626628
Karim Pieritz: Der Stein der Riesen (Band 5)	9783944626635
Karim Pieritz: Kampf um Himmelblau (Band 6)	9783944626642
Karim Pieritz: Geschichten für Erstleser	9783944626222
Karim Pieritz: The Magical Dinosaur Hunt (Deutsch-Englisch)	9783944626314
Lina Nordmeer: Tschaigy, das Fledermausmädchen	9783944626840

Bilderbücher	**ISBN**
Carola Hauser: Fino entdeckt die Welt	9783944626826

www.karimpieritz.de

Originalausgabe

1. Auflage 2017

ISBN 978-3-944626-93-2

Neue Rechtschreibung

Herausgeberin: Claudia Johanna Bauer
Autorengruppe Spandau Krimi Connection:
Claudia Johanna Bauer, Dagmar Kahr, Ramona Karthe
Hans-Peter Nicklasch, Helmut Paske, Gudrun Peters, Rainer Rehme
Lektorat: Franziska Dreke
Zeichnungen: Frank Hegemann
Gestaltung: Karim Pieritz
Google Web Fonts: Covered By Your Grace (Überschriften)